星火兰溪

王 排 尹亮宇 著

华龄出版社
HUALING PRESS

图书在版编目（CIP）数据

星火兰溪 / 王排，尹亮宇著. -- 北京：华龄出版社，2024.3

ISBN 978-7-5169-2667-3

Ⅰ. ①星… Ⅱ. ①王… ②尹… Ⅲ. ①传记小说－中国－当代 Ⅳ. ①I247.5

中国国家版本馆 CIP 数据核字（2024）第 006813 号

策划编辑	张立云	**责任印制**	李未圻
责任编辑	梅　剑	**装帧设计**	云上雅集

书　名	星火兰溪	**作　者**	王　排　尹亮宇
出版发行	华龄出版社 HUALING PRESS		
社　址	北京市东城区安定门外大街甲 57 号	**邮　编**	100011
发　行	（010）58122255	**传　真**	（010）84049572
承　印	长沙市精宏印务有限公司		
版　次	2024 年 3 月第 1 版	**印　次**	2024 年 3 月第 1 次印刷
规　格	710mm x 1000mm	**开　本**	1/16
印　张	16	**字　数**	210 千字
书　号	ISBN 978-7-5169-2667-3		
定　价	78.00 元		

序

作家王排，在叶紫诞生110周年之际，创作了长篇小说《星火兰溪》，以纪念这位英年早逝的益阳籍青年作家。

“如果丧失对历史的记忆，我们的心灵就会在黑暗中迷失。”俄罗斯著名历史学家克柳切夫斯基的这句名言，提醒着人们铭记历史的真正意义。

是的，我们不应该忘记历史，也不应该忘记在浩瀚的历史星空上，划过的那一颗颗耀眼的流星。

人们对叶紫的记忆，以不同方式得以留存。

有人以传诵叶紫作品的方式铭记叶紫。

20世纪50年代和80年代，《叶紫文集》《叶紫选集》被几度编辑出版。1984年，叶紫的小说《星》被改编成电影《一个女人的命运》。2007年，根据叶紫的小说《丰收》《星》《火》改编的电视连续剧《星火》，在中央电视台黄金时段播出。春梅是中篇小说《星》中的主角，立秋、云普叔是短篇小说《丰收》中的人物，何八则是《火》中一个屠杀农民的恶霸地主。《星火》播出后，反响甚大，收视率位居当年央视所有频道电视剧排行之首。北京大学孔庆东教授盛赞《星火》：“直指人心地向青年人提出了一个永恒的人生问题：当你发觉自己生活在一个民不聊生无法无天的龌龊时代，你如何支配自己的青春？”

有人以重建叶紫故居的方式铭记叶紫。

2008年，在电视连续剧《星火》热播之后，当时在报社工作的我，曾去寻访过叶紫故居，遗憾的是，那时的叶紫故居早已不复存在。据叶紫的一位远亲介绍，叶紫老屋所在的位置，现在是一户农家的菜地。这位远亲还带我们去看了叶紫的祖坟地，那里葬着他被反动派杀害的父亲和二姐，叶紫去世后也葬在那里。1952年，益阳县政府将叶紫墓迁至会龙山公园对面临江的狮子山上。而狮子山因20世纪70年代建设自来水厂被平掉，叶紫的坟茔及墓碑便荡然无存。2010年，在叶紫100周年诞辰时，赫山区委、区政府在叶紫老屋原址重建了叶紫故居。叶紫故居青砖黑瓦木架结构，坐北朝南，有正屋三间横屋一间，是一座典型的江南民居。故居里陈列着大量叶紫的珍贵照片、叶紫出版过的书籍以及叶紫用过的物品，如今成了一处爱国主义教育基地和红色旅游基地。

而王排则以创作长篇小说的方式铭记叶紫。

王排是一位体育老师，从事写作只是半路出家。2015年，她因伤在家休养，也就在这时，她开始了文学创作，其时已年逾五十。可喜的是，短短几年，她就在各类报刊和文学网站发表小说、散文作品100多万字。王排曾说自己写作起步太晚，难成气候。我说，美国女作家安妮·普鲁以前是个家庭主妇,50多岁才开始写小说,出版第一部小说集时已是58岁。可是，此后她几乎囊括了美国所有的重要文学奖项，如普利策奖、国家图书奖、福克纳奖等。她的小说《断背山》，被中国台湾导演李安改编成同名电影，还荣获了奥斯卡奖。王排摇头笑了。其实我没有打趣的意思，以安妮·普鲁为参照，王排一点也不晚。

1926年，湖南农民运动风起云涌，叶紫一家在其满叔、共产党员、县农民协会主席余璜的带动下，投身到农民运动之中。叶紫一家六位亲人闹革命，五位亲人献出了宝贵的生命。尽管如此，叶紫仍在悲愤、贫穷和疾病中坚持革命文学的创作，写出了《丰收》《星》《火》等经典作品。鲁迅在为叶紫的《丰收》作序时这么说："作者还是一个青年，但他的经历，却抵得太平天下的顺民的一世纪的经历。"这一切，都让王排心生敬仰又无比感动。

而真正萌生写写叶紫的念头，是在她加入枫林文艺社之后。枫林文艺社是叶紫家乡兰溪的一群文艺爱好者成立的一个文艺社团，王排在里面负责编辑内部刊物《叶紫文苑》。叶紫曾酝酿创作一部"大的、纪念碑似的"、反映大革命时期洞庭湖农民运动的长篇小说《太阳从西边出来》，但只写了 4 万字后便因病去世，未及完成。前些年，兰溪籍作家王志气，创作了一部与叶紫遗作《太阳从西边出来》同名的长篇小说，从某种意义上说，算是完成了叶紫的未竟之业。王排为这部小说的出版，做了大量的编辑工作。正因为如此，王排对叶紫的人生经历、革命故事和文学创作，有了比较深入的了解。之前，她曾准备与王志气合作，创作纪实文学《叶紫传》，后经反复酌量，还是决定另辟蹊径，以叶紫为题材写一部长篇小说，以缅怀这位从兰溪走出去的湖湘才子、"左翼"革命作家光辉而短暂的一生。

短短五个月时间，王排就完成了《星火兰溪》的创作。王排的这部作品有几个特点：

一是真实可信。在写作之前，王排通读了叶紫的全部作品，收集研究了叶紫的相关资料，还与叶紫的亲属取得联系，请他们对有关史料和细节进行核实，力求尽可能地还原历史。

二是肉血丰满。王排在小说中，既写了叶紫的革命志向，又写了他的苦闷彷徨；既写了他的贫困潦倒，又写了他的坚强不屈；既写了他的疾病缠身，又写了他的乐观向上。

三是风情浓郁。王排在描写兰溪乡村农民生活的苦难与农民自发斗争的悲壮的同时，也善于描摹洞庭湖乡的湖光水色、风土人情、乡风民俗，如兰溪龙舟、兰溪山歌、兰溪民谣等，有着乡土小说般的浓郁艺术气息与氛围。

四是意义深远。王排通过对叶紫这个人物的生动塑造，再现了黑暗中的那一抹穿透历史的星光，带给我们的是精神上的震撼和灵魂上的洗礼，以及我们重拾信仰的力量，这对当下红色题材的小说创作，提供了一个很好的范例。

是为序。

裴建平

2019年10月30日

（注：裴建平系益阳市文联副主席、国家一级作家）

前　言

◎王　排

小时候，我知道兰溪很富庶，读高中时上历史课听过叶紫的名字，知道他是我们湖南籍的著名作家。当时，只是觉得名字好听，然后忘记了许多年。

2017 年，我参加枫林文艺社的一个关于研究叶紫的活动，了解到当年认为名字好听的那个叶紫，就是益阳兰溪人。坊间流传着许多他家的革命故事，枫林文艺社的长者、还有许多离退休老革命对叶紫的故事如数家珍，当年的兰溪是一块革命的热土，当年的兰溪走出了许多的革命者。

当我听到老前辈们的介绍后，心中油然而生对叶紫的敬佩、对兰溪的向往。

我后来通过与兰溪枫林文艺社社长萧玉书，副社长罗夏金、张桃仙、李训珍、王丽明等的多次联络，到兰溪叶紫故居采风、走访，收集相关资料，都得到了他们的支持。枫林文艺社党支部书记萧佑长，特别提供原始文字资料多份，为我写作本书提供了第一手材料。曹美君大姐赠送给我枫林文艺社的《叶紫文集》上、下卷，还有叶紫的远亲余春在红网上看到我发的《兰溪记忆》一文后，主动联系并提供相关图片和文字。还有湖南艺术研究院教授曾少祥、益阳著名作家广军、湖南益阳职业技术学院教授罗孟冬、益阳作协主席冯明德、赫山区文联主席陈堃，都为我解疑析难，提供帮助，使我写作要用的史料得以真实可信，写作顺利，从起意到完成初稿不到五十天时间。后来修改时间长达一年多。

最初是王志气老师想邀请我与他一同合作写《叶紫传》，计划五万字。

王老师给我看了他写的一万多字的草稿。我曾经阅读过王志气老师的与叶紫未完成的同名小说《太阳从西边出来》，我觉得王老师本次的创作计划规模小了，特别是从2019年7月11日与王志气老师走访叶紫故居后，我被叶紫一家的革命事迹深深地感动。

叶紫一家是革命的一家。为了革命，一家牺牲了五人，其红色基因值得传承和宣扬。我便定了主意，由原来与王老师商定两人合作创作《叶紫传记》改为我个人独立创作一部关于叶紫的小说，后改由我和尹亮宇共同创作《星火兰溪》，计划十万字左右，经王竹良教授提议，增至十五万字，既为叶紫树碑立传，也为完成叶紫研究会布置的“叶紫丛书”增添一份材料吧。

我曾将书名定为“兰溪一叶”，后想来想去改成“星火兰溪”。因为我的创作主要是写叶紫如何在兰溪开始走上革命道路、如何在上海开始创作的经历，最后又回到兰溪养病，养病期间也不忘宣传革命，为党工作，为人民而创作，他的心始终在兰溪，最后在兰溪去世，葬在兰溪。叶紫走了，但他传播的思想、留下的作品继续在放射光辉。所以，定名为“星火兰溪”更为合适。

在创作过程中，王竹良、罗赛君、萧佑长、萧玉书、张洋、陈绍平、罗夏金等人提供了大革命时期的翔实的原始资料，让本书得以反映历史的本来面貌，真实地再现当时的历史与人物。尤为感谢的是得到了红网管理人员贺姜华先生的指导和推荐、原红网小说版主一啸长歌为拙作校对指正。

我翻阅了大量的资料与书籍，反复阅读了叶雪芬教授的《叶紫资料研究》。我获此书，还有一个故事。在益阳银城读书会微信群，每周五晚上有一个旧书拍卖活动，原来我是拍了一本周国平的散文，来到嘉树山房拿书之时，正好碰到一位美女问书房主人汪行长：叶紫是什么人？我一听叶紫大名，马上问她：“你有他的书籍？”她说：“我是讲这本书呢。”她即把《叶紫资料研究》递给我，一本躺在旧纸堆里的书，却正是我千方百计在寻找的宝贝。书房主人说二十元，我于是迅速买下了。

我一回家就不停地阅读，反复地读了十来遍。本来很旧的书，被我翻得卷了边。对叶紫的一生，我算是有了一个完整的了解，并留下了深刻的印象。

在创作的过程中遇到不能确定的资料，我除了向老革命前辈们请教，就是上网搜索、研究手中的书，反复核对和确认。比如：叶紫的出生年月，叶紫的家庭成分，叶紫与鲁迅的关系。叶紫的出生年月，在他自己的文本中都是有出入的，通过反复比对后，本书以叶雪芬教授编著的《叶紫资料研究》为蓝本；但对比叶紫自己已有明确表示的资料，我选择了尊重叶紫自己的说法。比如：关于叶紫的家庭成分，叶紫的文章《我怎样与文学发生关系》中说他爸是一个小官。可百度上关于叶紫的简介，有说叶紫是知识分子家庭出身，有的说是捎布（按益阳话讲是卖布的二手贩子），有的说是农民出身，有的说是小公务员。我采用的是叶紫自己的说法，他是小官儿家庭出身。因为叶紫在有关文章里写过他爸当过湘西一个县的县长，当过警备队长（相当于公安局局长），当过团防局长（马迹塘团防局长，相当于城管队长）。这都是拿的官饷，吃的皇粮，应该算官儿。

说到他父亲当县长，每一处资料都说：他父亲不知何故当上了湘西的县长。我按当时叶紫母亲家的情况推断：叶紫的舅舅刘炳文是当时益阳市著名的大律师，而当时年代里当县长是考试和推荐两条路，而所谓推荐不过是捐官的另一种说法而已。因此，我大胆猜想是刘炳文的关系，余达才到边远地区当的县长，因为他既当过私塾老师，又做过布匹生意，见多识广，在当时环境下，他是完全能胜任的。

2019 年 8 月 20 日的社务会议上，枫林文艺社得到了曹美君老师赠送的由湖南人民出版社出版的胡从经主编的《叶紫文集》。此书比较全面地收集了叶紫各个方面的文章，而且整理精细、全面。我又反复阅读并比对叶雪芬教授编的资料，这些资料为我撰写《星火兰溪》提供了很好的蓝本。

关于叶紫与鲁迅的关系。1934 年 4 月，鲁、叶第一次接触。当鲁迅知道叶紫的家庭身世之后，非常愿意提携叶紫这位革命家庭出身的青年才俊，也对其进行了无私的帮助；但在后期，鲁迅身体不好，而叶紫对鲁迅的过多财务上的依赖给鲁迅也带来一定的压力。彼时叶紫疾病缠身，家庭拖累过重，全家几口人都靠他供养，叶紫除了写文字挣稿费，还兼职过许多工作，但收入都聊胜于无。而当时鲁迅帮助的文学青年也特别的多，萧红、萧军等人在上海基本就是围绕在鲁迅的身边，无论创作还是生活上都得到了鲁迅的无私帮助。从鲁迅与叶紫的诸多信件交往上可窥见一斑，他们的交往非常密切，表面关系虽说是师生，可实际情况是亦师亦友亦父子。生活上鲁迅对叶紫全方位地照顾，有求必应的慷慨，都堪比父亲对儿子的爱；文学上鲁迅对叶紫多方指导、推荐上刊、推销叶紫的新书、提前预付书款等，无一不体现出鲁迅对叶紫的偏爱和照顾。在鲁迅过世后，叶紫的母亲逝世时，都是许广平出资协助、安葬，并亲笔写下悼词：可怀念的勇敢的母亲、英雄母亲，彪炳千秋。可见，其亲密关系远在一般友情之上。

叶紫与鲁迅之间密切的师友关系始于 1934 年 4 月，终于 1936 年 10 月鲁迅逝世。之后，叶紫又返回故里养病，时局艰难，与许广平的来往便少了。

在上海是叶紫星光闪耀的时期，也是他生活压力甚为艰难的时期。此时母亲和妻子还有儿女的相继出生，一大家子人都要依赖叶紫写文卖字生活。他的妻子问他为何不多写、他的娘也问他为何不多写，还有那些朋友看到他的境况也不禁问他为何不多写，以改善目前的生活窘境。此时的叶紫，当过编辑、当过教员、当过警员，一家人全靠他。所以，叶紫不得不长时间地拿起笔杆，将他在土地革命时期、大革命时期的亲身经历写成文学作品，换取稿费。

有人要他写小说，有人要他写散文，有人要他写游记、军人生活、妇女生活……可是一提起笔，他就感到脑子混乱起来，不知道写什么好。就这样，他陷入了那深沉混乱的苦痛之中，终于不知道要写什么好了，然而为了生活，他又不得不写。虽明明知道自己是一头瘦弱的公牛，榨不出奶，但也不能不拼命地榨一榨。（叶紫《我为什么不多写》）

关于叶紫的病情。1930 年，他在上海遇到了在兰溪读书时的老师、长沙读书时的同学卜息园，卜此时是上海地下党组织的成员。与卜取得联系后，党曾派卜息园带他回湖南继续开展革命。同行的引路人卜息园被反动派杀害后，他回到上海，又被党组织安排到浙江温玉环岛一个寺庙去搞枪。搞枪不成后被国民党发现并抓进了上海监狱，八个月后由党组织营救出狱。但此时，他已患上痨病而不自知，加之生活条件不好，还得拼命写书卖文，得不到休息与营养，积劳成疾。重压之下的叶紫，病情越来越严重。

1937 年 8 月 13 日，上海抗战爆发，卖文无路、朋友断援的情况下，叶紫携家带口离开上海，经南京、武汉回到益阳兰溪养病，并着手写作构思已久的长篇小说《太阳从西边出来》(仅写完四万字，遗稿散失)，参与当地的一些地下党革命活动。

1939 年 10 月 5 日（农历己卯年八月二十三）晚上七时一刻，叶紫病逝于兰溪上渡口老渡夫刘少山的茅屋中，终年 29 周岁。

了解了叶紫的一生，了解了叶紫革命的一家，了解了当时国际背景下的中国，不难理解，叶紫的作品何以取得如此大的成就。他的作品何以讴歌革命的人民、革命的士兵、革命的英雄为主，大多作品中的主要人物都积极向上，带给人们希望，带给人们光明。无论是《丰收》中的癞大哥、《火》中的立秋，还是《电网外》中的一群负伤战士、《乡导》中的刘翁妈，等等，这些光辉的新人物形象，在 20 世纪 30 年代的革命文学创作中，几乎是罕见的明珠。《丰收》小说集的成就，使得叶紫在 30 年代的革命文学史上，占据了一个独特的位置。

叶紫所处的时代，一方面是工农革命运动蓬勃发展，另一方面是反动势力为了维护他们的反革命统治对革命力量进行疯狂的反扑。叶紫的父亲、姐姐被斩，叔叔、奶奶被逼逃亡，他是一个深受其害、被迫流浪逃亡的年轻人，一个忧国忧民的年轻革命者，面对这一切，自然是思绪激荡、心潮澎湃，如是才有了《丰收》等一系列反映大革命时期农民运动的作品。

叶紫诞辰110年了，有关他的研究有很多，有关他的专著也有很多，但我还没有读到一本单独写叶紫和叶紫革命之家的小说。所以，我便心生此意，为叶紫写一本小说，为大革命时期一家牺牲了五位亲人的叶紫之家写一本小说，向叶紫先生诞辰110周年献礼。

特别致谢莱阳党校詹许君同志为《星火兰溪》所做的校对工作。

特别致谢益阳文联副主席、国家一级作家裴建平为《星火兰溪》所作的序。

特别感谢余春同志为本书的创作提供原始照片。

叶紫是怀着鲜明的阶级爱憎感情，以严肃的创作态度真实而深刻地反映了当时的社会现实。

写作也是一种反抗，对抗外界的恶心，也对抗自己内心的黑暗。正如鲁迅先生强调的："文学是战斗的。"叶紫的作品不仅具有高度的思想性和巨大的战斗意义，还有相当高的艺术水平；但正当作者艺术才能飞跃进步的时候，却不幸去世了！这是值得深深惋惜的事情。

我只是一名普通的文学爱好者，一直从事高中体育教学工作，文学底蕴不深，但凭着对家乡的热爱、对革命先辈的崇敬，我热爱叶紫的作品，热爱小说创作，故萌发了创作《星火兰溪》的念头，现书稿完成并即将出版，请各位读者批评指正。

2020年10月，既是叶紫诞生110周年的纪念日，又是叶紫逝世80周年纪念，谨以此书献给所有大革命时期为民族为国家牺牲的兰溪革命先烈；谨以此书献给叶紫先生，以纪念叶紫先生为革命文艺和为兰溪美好的未来所做出的贡献。

目录

MU LU

第一章 引子

Di Yi Zhang

20世纪刚开始，旧的统治欲倒下，新的阶层要站起来，注定了这是一个不平凡的世纪。统治了中国两千多年的封建王朝，在摇摇欲坠中跨入下一个百年，又摇摇晃晃地移着沉重的脚步，几经挣扎，最后轰然倒下。

那时益阳县兰溪乡下，连普通农民都知道，皇帝下台了，龙椅坐不成了。旧的统治阶级倒下了，新的统治者接踵而至。虽然北京城里闹得沸沸扬扬，紫禁城里惶惶不可终日，但小乡村里却依然平静如初，依然是日出而作、日落而息。对于他们来说，日子还是照样过，与以前没有什么大不同。

相对于国家和统治者来说，这只不过是一次朝代的更替、一种制度的更替。从此，代表地主阶级统治利益的封建社会消亡了。

1911年发生的辛亥革命，是载入中国五千年历史史册的重大历史事件。这个事件的历史意义是结束了两千多年的封建君主专制制度，把皇帝拉下了马，建立起资产阶级共和国——中华民国，推动了历史的前进。这是中华民族史上全面现代化的起点，是现代民族国家重建的开始。

辛亥革命的目标，在当时形势下可以说是刻意模仿了当时的理想社会模式——美利坚合众国。辛亥革命的政治手段，是刻意模仿一百二十年前的法国大革命，以暴力手段打碎一个旧世界，成立一个新中国。以孙中山先生为代表的新生代领导人规划着中华民族的发展蓝图，希望从此建立一个共和制度，确立民主、民权、民生的三民主义。三民主义的提出，让一部分现代人看到了希望；但资产阶级革命的不彻底性，让原本处于封闭状态下的农民提不起多大兴趣。

农民认为，这只是换汤不换药，自己不是土地的主人，等于是穿新鞋走老路，革命不彻底。

在益阳县龙光桥月塘湖乡余家垸内（今兰溪镇），余宗祥一家的日子过得红红火火，有没有皇帝、由谁做皇帝对他们来讲，真的无所谓。他们关心的是每天有没有饭吃、有没有老婆孩子热炕头。要是一年到头，吃穿不愁就过得幸福了。肚子要是闹“革命”，人就过得不舒服。

所以，自余宗祥的先人们从江西来到洞庭湖畔这块土地上，扎下根算起，他们就以农耕为主，兼做一点小生意。通过祖祖辈辈的打拼，到余宗祥这一辈，日子越过越殷实。他老婆叶氏的肚子也特别争气，一口气生了四个崽，个个有出息。大儿子余达才，二儿子余寅宾，三儿子余三湘，满儿余璜。开明有见识的余宗祥，自己省吃俭用，却让四个儿子都读书。他认为多读几句书，人可以在社会上少吃亏。

现在世道变了，皇帝没有了，却来了个总统。他不明白总统是个什么洋玩意儿。

余宗祥农耕之余，不由得也关心起国家大事来，还要儿子们也关注身外的世界，做人做事，小亏可以吃，大事却不能糊涂。

当时很多农民传统保守，不关心政治，只关心饭碗。余宗祥认为，人只要活在世上，就有需求，就与政治脱不了关系，但并不是说关心政治，就非要从政。人必须了解政治，在必要的时候，能够用政治维护自己的利益，这样可以少吃亏。因此，余家虽为农耕之家，却在耕作之余常读诗书，关心时政。

儿子们在一起讨论说，现在是一个广东人，名叫孙中山，是他当了大总统，搞的共和制。

原来，孙中山等革命先行者经过十几年的艰辛奋斗，终于将“一个人的革命”演化成全民族的觉醒。武昌起义爆发后，特别是清政府阵前换将，起用袁世凯执掌朝政，开始了南北对峙。孙中山多年来倡导的民族革命，似乎失去了合法性和正当性。辛亥革命后，革命理想根本没有按照孙中山所设计的剧情发展。

更重要也更吊诡的是，南北对决的主力其实都是清政府在过去十几年自己培养的新式军队，孙中山等革命党人心目中的冲突，直接演变为具有现代思想倾向的南北两支新式军队之间的对决。新式的军队，新式的思想，几经碰撞，才发现原来大家都是自己人，一切好商量。

千百年来，政治在中国，一直被神圣化和妖魔化。神圣化的一面是皇帝自诩为天子。奴隶社会和封建社会的统治阶级为了巩固自己的地位和政权，自称其权力出于神授，是秉承天意治理天下，故称天子。为了上位名正言顺，便有了许多顺应天道的上位故事流传民间。

妖魔化的一面认为，政治就是要杀头，要血流成河；政治就是阴谋，就是钩心斗角。无论是在宫廷，还是在民间，许多人不择手段，以达到其个人的目的。

随着文明程度的提升、人类社会的进步，一些先知先觉，有担当、有独立人格、有高尚灵魂的人出现了，他们推动了整个社会的进步。

于是，辛亥革命后，经过短暂的南北和谈对话，南北握手言欢，宣布清帝退位，实现共和。末代皇帝继续留在宫中称孤道寡，由民国奉养，大清王朝列祖列宗梦寐以求的万世一统，竟然以这种特殊形式实现了。

对于辛亥革命这个结果，从大历史视角进行观察，这场革命不仅推翻了帝制，建立了共和，而且避免了一场内战，这是中国智慧的最高体现，是不战而屈人之兵的完胜，既合乎国际社会的期待，也合乎中国人民的根本利益。

这是国外势力所不能理解也看不透的中国变革模式，也是国人闻所未闻、见所未见的新鲜模式，但与生俱来的大融合大包含本领再一次在中华民族中得以显现。

辛亥革命是一次有限的不彻底的革命，它没有触动整个社会的结构，它只是一场政治革命。

可无论政治层面有什么变化，如果土地的拥有性质没变，所有的变化对于农民无大的影响。相对于底层的劳动农民来讲，谁给他们田种，谁让他们有饭吃，谁就是好皇帝、好总统。虽然他们不想理睬朝廷里的那些事，但是，一忽儿，孙中山又下台了，袁世凯又要当新皇帝了，这让余家垸小村里的这些人儿如无头的苍蝇，无所适从，只好埋头种田，静观其变。

余宗祥最小的儿子余璜也发蒙读书了。他从学校里带回一些学舌的消息，令余家的人大感新鲜好奇，却有隐隐的担忧，这世道变来变去，要变成什么样的世道呢?

老百姓的日子怎么过呢？天天打仗，今天这个喊改革，明天那个要改良，一不如意，刀枪相见。农民最怕的是没有田种、没有饭吃，至于哪个当皇帝、哪个当总统，还真的不怎么关心。按乡下人的话讲：哪个当皇帝也好，哪个做总统也好，只要有饭恰（吃），就是好皇帝，就是好总统，其他的关我什么事。

1916年袁世凯去世后，北洋政府分裂成多个军阀势力。孙中山认为，自己的建国构想再次有了施展的机会。于是，他在1917年至1919年，花费了两年的时间，写下了《建国方略》这本宏伟著作。不幸的是他积劳成疾，1925年（民国十四年）3月12日，孙中山因患肝癌在北京逝世。逝世前夕签署的遗嘱，包括《国事遗嘱》《家事遗嘱》和《致苏俄遗书》三个文件。在《国事遗嘱》中，他总结了40年的革命经验，得出结论说："必须唤起民众，及联合世界上以平等待我之民族，共同奋斗。"发出了"革命尚未成功，同志仍须努力"的号召。

遗嘱指出，要按他"所著《建国方略》《建国大纲》《三民主义》及《第一次全国代表大会宣言》，继续努力，以求贯彻"。在《家事遗嘱》中，说明将遗下的书籍、衣物、住宅等留给宋庆龄作为纪念，要求子女们继承他的革命遗志。在《致苏俄遗书》中，阐明他实行三大革命政策，坚持反帝爱国事业的坚定信念，表示"希望不久即将破晓，斯时苏联以良友及盟国而欣迎强盛独立之中国，两国在争世界被压迫民族自由之大战中，携手并进，以取得胜利”。

正是在这段风云变幻莫测的特殊时期内，月塘湖乡余家垸余爹的大儿子余达才结婚了，讨得益阳街上刘氏家的女儿为堂客。她略通文墨，读过几年私塾，婚后生养了十多个小孩，因患病、水淹去世了几个，仅存二女一男。其间生一女后十多年不曾生养，去年得了一小女。现身边已有大女儿十二岁，小女儿还不到周岁。

远在湘西一小县担任县长的余达才赶回来，因为妻子又要生产了。真是秋天里的丝瓜开了挂，年逾四十岁，又要生了。

余达才心想：这莫又是一个女崽吧？他不由得有点担心起来。

那么他的妻子此次到底生的是男是女呢？

第二章 Di Er Zhang 月塘湖乡

一

巍巍会龙，莽莽雪峰；浩浩洞庭，汤汤资水。从来鱼米丰盛，郡富民安。

白鹿晚钟，碧津晓渡；黄帝临峰，屈子发问。自古人文厚重，文脉流长。

月塘湖就在距富庶的洞庭鱼米之乡益阳县兰溪镇四五里远的地方。

金秋十月，阳光明媚，晴日方好。位于益阳县境内龙光桥镇的月塘湖乡余家院内的余达才家里却一派忙碌、紧张。

“大妹儿，你快去镇上把接生婆张娭毑请来，你娘只怕是要生了。”余达才朝大女儿余裕春吩咐。

“二婶子，你快生火烧水，收拾一些干净手巾、衣物，不晓得在什么地方的就问你嫂子。”他又朝一直在帮他带人的婶子急切地说道。

望着一脸痛苦、辗转难受的妻子刘氏，余达才焦急又无奈，只能暗自祈祷。

妻子刘氏嫁入余门二十多年，连生十余胎，病死多个，现剩二女承欢膝下，大女儿裕春十四岁，小女儿也名刚满周岁。大女儿聪明能干，妻子贤惠持家，自己在湘西一个小县城任县长，虽称不上富裕，但一家人有吃有穿，日子过得其乐融融。

没有儿子成了夫妻俩的一块心病。俗话说：不孝有三，无后为大。虽说有两个女儿了，但女儿嫁出去就是别人家的人，自己终究干事没劲，赚钱也没奔头，这老婆要生了，谁知是男是女呢？老婆最了解余达才的心思，一直不停地生，先前生了十多个儿女，可命薄如纸，一个个长不成人就走了，只留下裕春。十多年没生，以为这一世不再可能生儿育女了，谁知前年又添一女，今年这又要生了，能不能生个儿子呢？刘氏心里也是十五个吊桶打水——七上八下的。所以，一怀上就天天吃素念佛，虔诚地祈祷老天保佑，送一个儿子给自己。余达才也懂妻子的心，但这是没揭锅看不出底细的事，谁知道呢？于是余达才用热毛巾给刘氏擦了一把脸，心痛地说："咱命里无儿不强求，如果再是个妹佗就送人吧？"

刘氏强打精神，停止呻吟，对余达才说："管他是男是女，都是我身上掉下来的肉，就是我的崽。生了这一个再不生了，好好养活带大他们是一样的。哎哟，张娭毑还要好久来啰？"

"来哒，来哒，也有好几里远啵。我前脚赶后脚，接哒信就跑，脚杆子都跑断了。"

只见大门外一个小脚婆婆，一边下了二人抬轿，一边搭腔往屋里走。

"人呢？人呢？"小脚婆婆一边噔噔地走，一边询问。小脚婆婆就是兰溪街上最有名的接生婆张娭毑。

余达才忙招呼小脚婆婆张娭毑往东厢房里来。

"快点上一脚盆热水来，不要太热，也不能太冷，点盏灯啰。"张娭毑一边吩咐，一边麻利地打开随身携带的一个布包，从里边拿出一把锋利的剪刀、几块白大布和一个红布婴儿围裙，对着余达才说："你出去，叫你家大妹子或婶子过来帮我打下手。"

余达才欲言又止，转身唤老弟婶子过来帮忙。

往年生了那么多，都是娘老子（方言妈妈）一手操持，不用自己操心，自从独立门户分家出来，事事都得自己操心了。

幸亏大女儿懂事乖巧，体恤大人，家里事、族里事现已基本不用操心。

门外边，余达才急得团团转，这又不是头胎二胎，都生了七八上十个了，大妹佗出生时，一壶烟的工夫都没有就出来了，二妹佗出生时还是刘氏上厕所时无意之中生出来的。手脚都没搞得赢，还是娘老子接的生。

其间也有过儿子，但都出生不久，病死了。有个养到三岁多的儿子，八字先生讲命里缺水，却又要注意防水，起了个名字叫水生，千注意万注意，塘边不去，缸边不挨，三岁多会儿自己走了，谁知过年时人多事杂，一不留神，水生自己却掉到屋门前粪凼子里淹死了。

自此，余达才认命了：命里有时终须有，命里无时莫强求。看来天老爷要我绝户，绝代就绝代，我无儿子，兄弟几个儿子多，有侄儿也一样，他不由得这样安慰自己。

生下了大妹佗后，十多年里不曾再生养，谁知去年又增添了个小女儿，周岁未满，开春不久，老婆告知他又有了，自己还不信呢。

这次怎么了，折腾了这么久还未生出来，莫非？莫非真应了婆婆子（方言妻子）刚怀孕时说的，她做了个梦，梦见观音菩萨送来个赤脚胖娃给她，菩萨交代说："咯是文曲星转世，你好生待他，将来光宗耀祖就靠他了。"

"哇……"

一声啼哭从厢房传出来，余达才悬着的心才落地。

接生婆婆把从脚盆里清洗出来的小娃用她带来的红布围裙包好，搂着哇哇叫的娃娃递给了刘氏，一边对余达才说："恭喜恭喜，老板，有接班人了！"

余达才兴奋不已，马上递给接生婆一个红包，"辛苦您老了，您到堂屋里休息会儿，喝碗红枣桂圆茶。"

接生婆张娭毑收拾好包裹，开心地将红包收进内衣襟口袋里，挪着小脚到堂屋里去了，余达才一边喊"您小心慢走"，眼睛却朝妻子看着。

看着妻子怀抱中的娃娃，余达才开心又不安地询问妻子：

“真的是个带把的？”

刘氏白了余达才一眼，“当然是真的，莫非有假。”然后掀开襁褓朝余达才面前一伸，“自己看，认得啵。”

余达才高兴地张开嘴，埋头朝小儿的小屁股上亲了一口，然后开心地说：“天不绝我，天不绝我呀！”

“裕春，给你娘把鸡汤端来。”余达才朝厨房里忙着的大女儿大声呼喊。

转过身又小声地对刘氏说：“多喝点鸡汤好生调养，奶好娃，家里其他事叫裕春、婶子帮忙做，你专心带儿子。再不能出任何意外了！”

“要得，晓得哒，我四十岁得崽，他就是我的心肝宝贝，我自己不吃不穿，也要照顾好他的。”

月子里，刘氏不但把儿子奶得白胖白胖，自己也养得又白又胖了。

“咹，咹，咹……”摇窝里的毛毛小声啼叫着。

哦，许是饿了。刘氏说着话边解开衣襟，嘴里哼着自编的开饭歌：“三毛乖，乖三毛，三毛吃饭饭，饭饭三毛吃。”三毛是刘氏给心爱的小儿子起的乳名。

听着刘氏的歌，毛毛不哭了，闭着眼睛，张开嘴巴，朝他娘的胸前直拱，咬住奶头就吧唧吧唧地吸了起来，旁若无人，一边手脚还不安稳地乱踹乱蹬。余达才看着儿子笑得合不拢嘴，用手指头挠儿子的手心，这三毛手掌乱挥，根本不理睬他。

手忙脚乱而又开心不已的日子转眼即逝，不知不觉就快一个月了。

奶过三毛，刘氏说：“他爹，过几天孩子满月了，这三毛是我按他姐弟大小顺序叫的，你得给他起个名字了。”

“叫三毛很好呵，排行第三，小毛头一个。”余达才随口应付着老婆。

“咯还是不正式啵，做小名喊没事，但做正式名字还得起个响亮一点的好名字。”刘氏一心想为儿子起个响亮合适的好名字，便不厌其烦地对余达才说起名字的重要性来了。

“晓得哒，晓得的。我会去找八字先生讨个好些的名字来的。”余达才回复妻子。

"那你还不快去，磨叽什么！"

"看看你和儿子呗。"

"天天见着有什么好看的，去吧，天还早，快去快回。"

余达才眼睛盯着儿子，依依不舍地离开。

二

月塘湖乡余家垸虽属龙光桥镇，地理位置却紧挨着兰溪，余达才家到兰溪镇不过三四里地。来到兰溪镇，余达才急忙来到名传益州城的神算子杜能解的堂下。杜能解俗称都能解，号称是杜甫第四十八代孙，能上知八百年、下晓五百年，方圆百里的人都知其大名，坊间传说省城都有大官悄悄来找他算命呢。所以，乡下人一遇大事自己无法解答的都来请教求解，而杜能解有求必应，而且十有八九都算得很准，故在乡间得名：都能解。

杜家堂屋睡椅上正躺着一个人在假寐，旁边站着一小厮在轻轻地打蒲扇。躺着假寐的就是杜能解，余达才进门便深揖礼拜："杜大师午安，打扰您休息了。"

"何事呀？还劳余县长亲自上门。"杜能解眼睛都没睁开不徐不疾地回道，还故意高呼余达才的县官身份，让余达才很受用。

"哪里哪里，您客气了。我来吵烦（打扰）您老人家，为我家刚出生不久的小儿，求您赐个好名字。"说完余达才顺手将用红纸包着的一块银花边（光洋）放到桌上。

杜大师捻着山羊胡须，看都不看余达才送的礼金，推了推水晶眼镜，从眼镜框上边露出眼睛盯着余达才上下反复打量一番，才慢悠悠地说："你这儿子不简单啊，是天上文曲星下凡，其名昭昭扬九州，其文明明芳千古，你这东西拿回去吧，算得不准我不要，要算准了，日后再来谢我也不迟。"说完转身就走了。

余达才急得直呼："大师，求你了，我婆娘生了好多个儿子，都养不到三岁就死了。求您赐个好名，保佑我儿成人。”

杜能解说：“这名已给你了，回去好好想想吧。”

杜能解朝徒弟一努嘴，徒弟会意，拿上那块银花边塞进余达才怀里：“师父已赐名给你儿了，回去琢磨琢磨吧。”

余达才一脸蒙：回去琢磨什么呢？你一句“其名昭昭扬九州，其文明明芳千古”，这人生才开头，谁知以后的事呢？

其名昭昭，其文明明。哦嗬，原来窍门在这里，有了，有了。这师傅还真是高人一等、胜人一筹呵，不愧为杜甫的后代。

余达才一拍脑门，儿子大名有了，就按杜能解大师的指点得名为余昭明。小名呢，喊顺了口，按他娘的意思叫三毛，三毛佗都要得。

读过几年私塾又教过私塾的余达才还是有点文化底子的，杜能解师傅出的题也难不倒他。余达才为自己的聪明有点小得意，便叫大女儿多做几个菜，倒上一杯酒，一家人一起，庆祝三毛佗有了正式的大名。

月塘湖的每一天都美，月塘湖每一个季节都迷人，月塘湖的每个人都友善。住在月塘湖的余达才，觉得老婆越来越贤惠，女儿也越来越漂亮，尤其是幺儿三毛佗更让余达才爱到心里去了。自从有了这个儿子，家顺人顺事事顺，余达才觉得日子这样过才有奔头。儿子满月了，余达才也要去湘西任上了，看着眼前的美好情境，不由得感慨万千。

从前跟着老爹走村串乡卖布，虽赚得几个小钱，但起早贪黑，辛苦得紧。

搭大舅子帮忙，才把自己从普通农民加小生意人变成了吃皇粮的人。到湘西当了几天清知府，虽没捞到什么雪花银子，但见识长了不少，还到警界混了个脸熟。

但路途遥远，回家不方便，也照顾不了家人。看着眼前这温馨的场景，余达才暗忖要如何才能隔家里近一点，能多和儿子、老婆在一起。

现在要离开他们，他心里真的千般不舍万般牵挂。还是得找大舅子想办法，找个近边的差事做才好。告别了妻儿，余达才踏上了去湘西的征途。

一晃又是四年。

四月的乡村美丽妖娆。油菜花儿给月塘湖铺上了一层黄地毯，把月塘湖装点得像天上的宫殿一样美。花儿红，蜂儿飞，小娃闹，到处生机勃勃，春意盎然。

月塘湖村一幢丁字形的江南民居小木屋前地坪里，一中年妇人坐在一棵大樟树下做针线，一个妙龄少女，身边围着两个小儿在打闹嬉戏，高个少女护着小儿一边跑一边追小姐姐，嘴里喊着："追上小姐姐了，三毛佗好厉害。"前面跑的矮个小女孩假装气喘吁吁地说："哎哟，我跑不动了，三毛佗太厉害了，要追上我了。"当三毛佗真要追上时，她加快脚步就丢开三毛佗好远了，让他就是追不上，最后假装跑不动了才让三毛佗追上了，二个小毛娃笑成一团。

笑够了，闹够了，三毛佗就要求大姐姐抱着做推磨子的游戏。

大姐姐坐在一把竹椅上，三毛佗坐在大姐姐腿上，大姐姐拉着三毛佗的双手就一边推着三毛佗一边唱着改编的歌谣：

推粑粑，磨粑粑，
推杂（只）粑粑三毛佗恰（吃），
恰也恰不完，
留在枕头边，
猫儿咬得踏板上，
老鼠子咬得地坪里
和风细雨吹到细河里
大风大雨吹到大河里
分得三毛佗冇得恰滴……

小姐姐看弟弟玩得开心，吵着也要玩。大姐姐只得将就了，那就一条腿上坐一个，重新开始唱推粑粑的儿歌，做着简单快乐的游戏。

小娃娃们的笑声洋溢在地坪的上空，一幅其乐融融的乡村家居图展现在眼前。

"别闹了，玩够了，春，带上弟妹去温习功课，不读熟冇得夜饭吃。"中年妇人对着高个少女喊道。

高个少女叫裕春，生于1896年。从前是父母独一无二的掌上明珠，母亲生了好几个儿女，幸存的只有她裕春。她十三岁时，父母又给她送来一个妹妹，这个小她十三岁的妹妹温暖了父母的日子，也温暖了裕春的寂寞，帮母亲做家务，带妹妹成了她的日常。小妹妹还不会说话走路，母亲如逢春的枯木，开了挂似的，四十岁的人又怀上了，还生了个儿子。

自从有了这个弟弟，父母脸上洋溢的都是笑，更难得的是父亲说要把湘西那边的县长辞了，离开湘西回到距家近一点的地方做差事，方便照顾家人，可以抽空多回家陪伴家人。父亲余达才很重亲情，也非常关爱自己的妻儿老小。读过书的父亲思想开明，在他心里男女一样，送裕春读过两年私塾。

自从添了妹妹后，裕春就回家了，一直帮着母亲照料家务和照看妹妹。但凡有空，裕春还是要到学堂里，去找原来的同学聊一聊，而裕春找得最多的便是兰溪河北岸千家洲的秋满，裕春与他关系最好。

父亲常说，现在的社会，不读书是个睁眼瞎，会遭人欺负。父亲搭信说这次回来过端午节，还说到下半年要送妹妹和弟弟去读书。

三

人间最美四月天，五月遍地花儿鲜。一不经意，四月悄然而逝，五月稳步而来。连雨都不知春离去，一晴方觉夏已深。

五月的天，亦春亦夏。月塘湖乡的五月已经忙碌起来了。

有人说五月是感恩的季节，有人说五月是遇见爱情的季节。

那么裕春的五月是什么呢？十八岁的姑娘有了自己的心事，她在憧憬，她在期待，她在等着他的到来。

五月里最令人开怀的就是端午节。端午节那天，兰溪人山人海，岸上人头攒动，河里是游龙戏凤。特别是龙船竞渡那天，枫林桥头四坑八乡的人来这里对山歌，听山歌，看地花鼓。那是开春后农闲里最快乐的日子，也是农忙前的一次虔诚祈祷，祈求五谷丰登、风调雨顺。

因为弟弟、妹妹下半年要启蒙读书，父亲决定全家从月塘湖搬迁到兰溪。兰溪最有名的端午龙舟赛、山歌会吸引着方圆几十里的人来看，而看龙舟赛的最佳位置就是枫林桥了。

兰溪枫林桥就横跨在镇西的兰溪河上。兰溪古镇的历史已近千年。早在南宋时期，这里便已店铺林立。到了清末民初，兰溪河成了一条直插湘江到长沙的捷径，兰溪的商贸业务更加红火起来。粮棉油、猪鱼蛋、小百货、土特产，各类商品应有尽有，小镇繁荣兴旺，热闹非凡，被誉为八百里洞庭的“小南京”。余达才正是看上这一切才举家迁至兰溪的。

兰溪小镇之出名，不仅因为它历史悠久，更在于它所拥有的枫林桥的美丽传说。枫林桥长 64 米、宽 6.5 米，是一座花岗石单跨石拱桥，始建于清代嘉庆八年（1803）。在桥头竖有公母石狮、石麒麟各一对。母狮怀抱小狮，母子相亲，造型精美，栩栩如生。桥拱两侧，刻有“枫林胜迹、资江一桥”八个大字。

枫林桥，在民间口口相传着一个优美动听的故事。

老人们说枫林桥是由住在桥东枫林中的老石匠，带领几十名徒弟义务捐资兴建的。老石匠助人为乐，造福乡里的精神，感动了神仙，纷纷下凡帮助。桥修好后，爱唱山歌的兰溪人民，为庆贺枫林桥的建成，在端午节竣工剪彩的时候，商定在桥东桥西搭歌台，以唱山歌比赛的方式来感谢石匠师徒，庆祝兰溪枫林桥的启用。那位鹤发童颜的老石匠，自告奋勇当司仪。在万子鞭响过之后，老石匠用铜钟似的声音宣布：“枫林桥开通，赛山歌开始！”说完就羽化成仙，脚踏祥云，飘然而去。桥畔的山歌，从东西两边响起，回响在兰溪上空，传遍百里湖乡。从此，枫林桥上赛山歌，便成了兰溪人过端阳的传统节目，一年复一年，一代接一代，红红火火，百年不衰。它活跃了一方的乡土民俗文化，弘扬了助人为乐的精神。慢慢传开了，四邻八乡的老百姓称兰溪为“山歌之乡”。

裕春也会哼几句：“绿鸟嗟呀，绿肚皮耶，绿绿姣莲姐，穿绿衣啊……”她还记得大前年的那次山歌盛会。

那是三年前的端午节。

裕春听说过兰溪的山歌花样多，但从没听全过。以前小，听了也不记得，而三年前的那场山歌盛会让她一直记忆犹新。

那天的山歌对唱，从早唱到黑，从青年唱到老人，从女人唱到男人，唱山唱水，唱天唱地，唱生活的点点滴滴；有的用高腔，有的用花腔，唱老的，一对一，二对一，一人对多人，真是八仙过海，各显神通……把裕春看得眼花，听得神魂颠倒。一首山歌唱出了无数的花样。

特别是裕春要好的同学秋满也上去对了山歌，而且唱的是高腔。

高腔是兰溪山歌里较难唱的一种。高腔发声高亢嘹亮，收声婉转而甜美。唱时多小嗓，皆仄韵。歌词每板皆两句；每板四个音区，多用衬句。主衬句为“哇！哇呜哇呜哇——”辅以“姣姐我咯鬼也”之类，谐趣妙生，皆信口唱来；只有主旋律不变，衬句可自由使用。唱词中的“姣莲”或“姣莲姐”为益阳方言，指年轻的女人。男人统称为“哥”或“哥哥”，或“郎”或“情郎”。高腔以《栀子花树傍墙栽》《阳雀子头上一点红》为代表。唱得裕春心情荡漾，对秋满更是心生好感了。

不久，裕春赞美秋满：“你真厉害，会唱那么多山歌！”

秋满说：“咯有什么厉害的啰，我爷老子会唱的还多些。”

“他们平时种田做菜，驾轮船做生意，怎么还会唱山歌的呢？”裕春很是疑惑。

“咯又不稀奇，他们唱的都是平时的生活。听它么子事，他们总能找到恰当的句子当成歌唱出来。我倒是真的非常佩服他们咯一点。那些老班子的人，书又没读几句，但唱起歌来一溜溜的。”秋满的语气和眼神里满是敬佩和羡慕。

确实，兰溪山歌就是村民们在劳动中创作的劳动号子，休息时哼着玩的调子，经时间积累和文化改进而形成现在的山歌。据说兰溪山歌曲牌有60多种，目前已收集到的曲调有30余种，按民俗大体可分为两部分：高腔和小调。

刚才在舞台上表演的那些歌手都是清唱，特别是有个大姐姐在无乐器伴奏的情况下，凭借天生或训练而来的嗓音高歌，随手带的一把折扇敲打出节奏作为伴奏，唱得几多好听哟。下面的观众就用手边随带的器具如水车、锄头、蒲扇、雨伞、斗笠等敲打出节奏和她一起伴奏。台上台下，响天震地，和着她那美妙的高音，把枫林桥沉浸在欢乐的海洋里，兰溪的上空到处是："哇！"哇！哇呜哇呜哇——"台上台下唱成一片，乐成一团。

"那你教我唱几句好不？"裕春好生期待秋满能教自己唱几曲山歌。

秋满不假思索地答应了。

正当秋满准备教裕春唱山歌时，一个声音传来："秋满伢儿，回家了。"

"今天没空哒，改天好啵。"秋满的脸写满了歉意。他走的时候，不时回头，依依不舍的样子，只是没想到一别之后，他们竟然三年都没有见面。

"这一转眼就是三年了，"裕春想，"今年会有机会吗？"

随父母迁入兰溪之前，裕春正儿八经地只看过一回龙舟赛，就是跟秋满和几个同学一起看的，一晃又有三年了。今年听人说新打了好几艘大龙船，附近一些村子，沙头、李村港、泉交河、新桥河的龙船都会来参赛，裕春将这些消息不停地说给母亲和弟妹听。去年妹妹嚷着要去，父母不肯，说人多太挤，再说弟弟太小，父亲忙公务，母亲一人招呼不过来，不要凑这个热闹。

今年端午快到了，比去年更热闹！十八岁的裕春更加向往。她不仅想看地花鼓，看龙舟赛，听对山歌，更想看那个划龙舟的小伙，那个说要教自己唱山歌的男同学，那个邻村一同长大一同读过书的秋满哥。

端午节还没到，父亲就提前回来过节了。一家人欢欢喜喜相聚在一起，品着兰溪小曲，一口一条兰溪河里的小淡干鱼，有娇儿承欢，有老婆儿子热炕头，这就是余达才想过的小日子，有吃有穿，不愁不闷，日子就像兰溪河里的水，平静缓缓地流动着，不要有大风大雨，也不要猛日晒头，小桥流水、耕读人家就好。还没抿几口，余达才就醉了。

裕春一看机会到了，告诉妹妹和弟弟，到兰溪枫林桥看龙船、听山歌是何等地热闹，还有好多美味小吃，只有这天才能吃到。裕春把妹妹和弟弟哄得团团转，一起围着娘和爹一定要去看热闹。

拗不过小儿子撒娇，余达才嘴里答应着，却又下达规矩：下大雨不去，出大太阳不去，不背好《劝学篇》不去。

尽管条件如此苛刻，就小朋友们来讲终归是同意去了，那么狠劲背书吧。从这天起，小小的人儿，还天天早起去神龛那默默祈祷：请老天保佑端午节不下大雨，也不要出太阳，让我们都能背熟《劝学篇》。

两个小娇娃，一直读得天昏地暗，摇头摆尾，终于倒背如流。从初一到初四，《劝学篇》硬是背下来了，余达才看着两个可爱的小家伙，脸上虽然装得很严肃，眼角上绽放的却是开心与快乐。

第二天就是端午节了，父亲答应带他们去枫林桥看龙舟赛，于是早早地吃了晚饭，好好睡觉，等待黎明的到来。

今晚兰溪河里的水格外幽深，几点渔火，倒映在水中，波光粼粼，像撒了一池的碎银子，一闪一闪夺人眼珠。

一眉月牙斜插在树梢边，似一弯钩子，吊着几丝渔火晃来晃去，晃着余达才的床，晃着余达才的美梦，再一次把余达才摇醉了。他一转身松开搂着的妻子，满足而又酣甜地睡去。

天刚露鱼肚白，妻子就醒了，催促余达才快去街上买点菖蒲、艾蒿、蓼辣子，烧水给孩子们泡泡澡，去去身上的毒，以便吃了早餐就好去枫林桥看热闹。

四

五月五，过端午，看龙舟，唱花鼓。这一天枫林桥畔水泄不通，有一家老小全出发的，有拖儿带女的，有一队队成群结伴远道来的，到处是人挤人。什么叫人山人海，五月的端午节，你到兰溪枫林桥畔来看就懂了。

河里面锣鼓喧天，吆喝不断，时不时还伴有几声巨响。有人说是在放铳，欢迎庆祝龙舟从他家面前划过。

余达才一家人来到枫林桥畔的东侧，找到一棵樟树下，铺开一张油布坐下来。

裕春的心早就被河里的锣鼓敲得咚呛咚咚呛了，她的眼睛在四处寻找秋满的船。

裕春所在的位置，处在枫林桥的东岸，南北两头来的龙舟都要从面前的河里经过，而所有的参赛龙舟最后都要以穿过枫林桥的先后来确定名次。比赛的河溪面较宽，一条宽约两百米的溪面上可以并排十条龙舟齐头并进。

在开赛前，龙舟下水竞渡前的仪式是必不可少的。

在枫林桥左边一块坪里，搭建的临时台子上，围坐着县镇的头面人物，广法寺的大和尚也来了，说是今年由他主持祭祀大礼，祭祀大礼后还进行“做胜会”，看谁抢得多才算全胜。在兰溪镇里称之为“夺罐会”，是“夺冠会”的谐音。

《隋书·地理志》有记载：“其迅楫齐驰，棹歌乱响，喧振水陆，观者如云。”唐·刘禹锡《竞渡曲》自注：“竞渡始于武陵，及今举楫而相和之，其音咸呼云：‘何在’，斯沼屈之义。”可见两湖地区，祭屈原与赛龙舟是紧密相关的。可能屈原（及曹娥、伍子胥等）逝去后，当地人民也曾用魂舟送其灵魂归葬，故有此俗。兰溪枫林桥端午龙舟赛的仪式应该是源于此俗吧。

来自四面八方的壮年汉子们，各自抬着本龙舟的龙头，一批一批地汇聚在台下，叩拜、吊唁，以粽子、包子、酒水等祭奠。然后由主祭人将一条红绸系到“头龙”的头上，由“头桡”将龙头扛到江边洗澡，洗完后将龙头安于船首，这才开始赛龙舟。

只听得三声连响铳之后，便锣鼓震天响、吆喝达云霄，一艘艘龙舟如离弦之箭，水面上尽是一线线的红黄蓝绿的龙在飞，你追我赶，力争上游。因为怕输了今年做事不顺，因此拼尽最后一丝力气也得赶上。

中间两年没赛龙舟，也是因为那年有两条龙舟碰撞后桡手们打架，打得头破血流，打得乡邻不安，扯了好久的皮。今天开赛前各村保长们早就约法三章，以祭祀纪念为主，不取头名，只为健身娱民。还由各村保长和各团防局做好安保工作，不准滋事取闹，才有了今年这一场龙舟赛。

划龙舟其实是一项强度非常大的体力活。加上划动时水花飞溅，汗如雨下，一身汗一身水，人就是水淋淋的。划手们都穿统一的服装，站在岸上看的人分不清水里的龙舟与人，只能看旗帜，所以每条龙舟上面都有自己的旗帜。以此识别自己的队伍，为之加油。划龙舟的人更看不清岸上有谁与谁了。水上岸上哪里分得清谁是谁呢？可裕春分得清，她的眼里只有秋满哥，一直盯着秋满哥划的那条龙舟，他划到哪儿，她的眼神跟到哪儿，一刻也不曾离开。

因为今天秋满他们划的龙舟与众不同，是一条双层桡的大龙舟，双桡龙舟分坐桡和站桡。划手就有一百六十人。

在那一干常规龙舟中，这个双桡大龙舟就格外抢眼了。

双桡龙舟由两层人划桨，坐着划的叫坐桡，站着划的叫插桡，故为双桡，这是兰溪龙舟的独创，在全国是绝无仅有的。行船中还有吹唢呐的、击鼓鸣锣的、放铳的、掌舵的，一艘双桡龙舟少则几十人，多则可容纳160余人，气势颇为壮观。

作为龙舟之乡益阳兰溪古镇每年的端午节，都要划龙舟、吃粽子、对山歌，这些端午文化活动让人目不暇接，其独特的龙舟文化享誉三湘四水。附近湘阴、岳阳、桃江、沅江都有人赶来看热闹，到兰溪过端午是他们向往的乐事、以后炫耀的资本。

兰溪镇的端午节龙舟赛从每年的农历四月二十八就开始预热了，到五月十五大端阳过后为止，每年的这些日子是村里镇上最热闹的时候。

裕春望见对河来的那一支队伍，就知道是秋满哥他们千家洲的龙舟队来了。

锣鼓声声，鞭炮响起，裕春是第一次见到这种震撼的大场面。只见双桡龙舟迎面而来，它形状威武，身披彩凤，长度近百米，载有一百几十人，气势恢宏，河面上一派繁荣热闹，百舟竞渡，千龙闹水。

特别是当竞渡开始时，只见双桡龙舟启动时，千楫破浪，飞射如箭。喧天的锣鼓鞭炮，两岸的鼎沸人声，让观众、选手无不心潮逐浪、热血沸腾。因为人多，双桡龙舟一启动，往往就是好几千米远。所以河边沿岸都站满了助威看热闹的人，以一睹双桡龙舟的风采为荣。

每年端午，在资江河两畔的不少村落都有着自己的龙舟。两村龙舟如果平时在河道相遇，欲比赛者会先起一声长哨，对方如果应战，也会回以长哨一声，然后船上的桨手们纷纷发力，带来一场中国风的速度与激情。

而如果有一方不想应战，龙舟船尾的舵手会打出手势，让对方先行。意思很明显：今天我们呀，是来试水的，要比呀，端午再说吧！

今天就是端午了，决战雌雄，在此一战，所有龙舟都做好准备，现在，水中、岸上一片欢腾，原来正式比赛开始了。

五

兰溪的龙舟，有文字可考的历史，可追溯到100多年前的清道光年间。据益阳地方志记载，清道光进士周代炳在资水下游观看龙舟竞渡之后，有感于本地龙舟比外地龙舟特色多多，特作《龙舟记》。《龙舟记》曰：“湖湘龙舟竞渡习俗，自五月溯日(五月初一)至端午日，每日啸江河，裹红巾，排列登舟，舟始行锣鼓齐应，坐着缓桡，而进，立者竖桡而歌，整以暇也。迨以二三舟相近，鼓乃急，立桡分水，桡具下，竿摇水激，呼声雷动，江水为沸，虽杨么水轮不及也，数舟急进，须臾，渐分胜负……”《兰溪地方志》对龙舟竞渡也有这样的描述：“端午节，兰溪镇、千家洲乡、天成垸乡百姓在兰溪河赛龙舟，枫林桥畔结对山歌，水上龙舟竞发如箭，桥头山歌高亢如潮，两岸观众万头攒动，显示一派清平景象。”

兰溪龙舟长而窄，船头装有龙头，船尾配以龙尾，船身和桡片绘有鳞甲，船上结七彩，张旗伞，配吹乐。龙头安装前按照传统的祭祀方式，要请礼宾师哼读告文，用三牲酒肉祭祀龙头。

裕春记得，秋满哥曾经告诉过她：传统的兰溪龙舟都是双层划，站着划的人数越多，越能展示其龙舟的气势和美感，又由于赛程往往在几千米以上，所以要求划手具有较好的耐疲劳能力。龙舟竞渡是以个体的齐心合力来完成的，个体人数越多，其耐疲劳度就越持久，所以益阳龙舟选用较长的龙舟来参赛。一般设计在 24 ~ 36 舱，据说是对应天上的星宿或神佛之数而定，设 24 舱是 20 诸天和四大金刚之数，设 28 舱是应天上 28 星宿之数，设 32 舱是 28 宿和四大天王之数，设 36 舱是应 36 天罡之数。

又据资料记载：益阳龙舟船体长，加上是双层划，因而参与的划手也就最多。益阳龙舟按每舱四人计算，可载划手 100 ~ 140 人之多，其中有坐桡手 60 人左右，站桡手 50 人左右，艄公 3 人，鼓手 1 人，锣手 1 人，唢呐 1 人，小丑 1 人，铳手 3 人，指挥 1 人。60 把坐桡中，雄踞船头左右的 4 ~ 6 个划手称为“头桡”，也称“晏桡”，他们经常是擎着桡子，或随着鼓的节奏 360 度甩动桡片，非到关键时刻是不轻易下水的，鼓手、锣手都是按照指挥（艄公）的眼色行事，叫作“听鼓下桡”。当秋满哥兴致勃勃地告诉裕春这些有关兰溪龙舟的知识时，裕春头都大了，连忙说：“我不要听不要听，只要看下热闹就行了，反正又不会让我们女人上龙舟。”

秋满却故意揶揄道：“怎么，你也想尝下划龙舟的味道？”

“当然想啦。”裕春毫不迟疑。她生在水边长在水边，其他水中的活儿都可以任由女子去做，可每次裕春想上龙舟划几下玩，秋满都不从不松口的，还说：“这个不行，女人不能碰龙舟，哪个村的龙舟被女人碰了，哪个村的人就倒霉背时，比赛就会输。”因此，有几次裕春想偷偷上龙，秋满都没有同意。

似乎是为了补偿裕春的遗憾，秋满说：“明天我们去偷别人家的龙木。你可以躲在一边，看怎么偷龙木。”

"那有什么好看的，偷别人家的好木料，发现了还不会被人家打死。太吓人了，我不去。"裕春才不想跟着去讨打。

"你不晓得，有味呢。"秋满哥绘声绘色地讲了起来。

偷龙木是一条不成文的民俗，不算违法。兰溪一带各个村庄做龙舟，做龙骨的木头都是偷来的。龙骨就是龙舟的主梁，它对木材的要求很高，要又直又粗上好的木料，但是这种木料很少，造龙舟的木匠们就去有好木料的大户人家里偷。怪的是被偷的人家却很高兴，因为自家有木料被人看上，能做龙舟的"龙骨"，将预示着家里风调雨顺、人丁兴旺。当然，前提是木匠们去偷时没被主人发现。万一被发现就不能强抢，打个喔嗬一走了之就是了。有时，有好木料的人家对木匠们高度信任，彼此之间达成某种默契。偷时要小心翼翼，一个假装发现了抓又抓不到，蛮有味呢。

秋满哥还沉浸在上一次偷龙木的过程中，他说："上次是到兰溪镇上的最大的老板曹家屋场，看准了一根好料，师父带了我们好几个人，一直等到半夜子时过后，待主人家进入梦乡，偷偷潜入他家放置木料的堂屋，两个力气大的人将木头扛上肩，另一个人即迅速在木头中部拴上一红布条，表示这根木头是拿去做龙舟的，另外那一个躲在屋前的人，等前面偷木料的人走出百余米后，就点燃手中的爆竹，向主人家报告，以示感谢或引起主人家出来追赶。"

秋满绘声绘色地讲述，当时，前边扛着木头的人，嗬嗨嗬嗨地快跑，后边主人家的人吆喝着抓贼，假装来追偷料者。其实，知道自家的木头是被偷去做龙骨，心中窃喜得不得了，因为自家要出龙子龙孙啦！于是，跑几步也就不追了。那个样子还做得蛮吓人，像演戏一般好看呢。

"真的呀，那蛮有意思了。"裕春也不禁向往起来，"那好，明天跟着你们去看看。"

裕春记得，当地至今流传"宁荒一年田，不输端午船"的俗语。却不晓得做个龙舟还有这么多讲究，还有这么多故事。

秋满不禁得意起来，又讲了许多的划龙舟的规矩，十分卖力地将肚里所有关于端午赛龙舟的点滴倒了出来，听得裕春一愣一愣的。

最终，那次偷龙木，裕春没去成。女孩子家哪有半夜出来的呢？虽然父母不是很保守的人，但农村还是十分封建的。有些事女人不能挨边，就一定不能挨边，挨边就不吉利；不然，有你好看的。

兰溪之所以能成为益阳龙舟的翘楚，全因为独特的水乡地形优势，小河大溪，河溪相连，河面不宽，溪面不窄，小河绕镇，大溪穿街。特别是枫林桥横跨两个小河洲上，把两岸连接在一起，河与溪在这里交融，无论站在桥的哪个角度都能看到宽阔的河面，是观赏龙舟赛的最佳位置。但桥小人多，因此，裕春早早地安排好家人，她自己一个人就跑到桥上来了。她要看自己的心上人秋满哥划龙舟的样子。她还带了两个用红绳系的小角粽，到时在桥上丢给秋满哥。她在心中暗暗许了个愿：粽子要是丢中了秋满哥，今年就嫁给他。要是丢不中，那就以后再说。

开始比赛了，数支三眼铳一齐发令。三眼铳所爆发的隆隆巨响，划手们为之一振。火药的威力，为龙舟前进助力，铳的巨响，十里之外都能听见。兰溪河畔方圆十几里的人，只要听到龙舟的鼓响和铳响，在数十分钟内就聚集数千人甚至上万人。

裕春眼看秋满哥的龙舟划过来了。

秋满哥的龙舟，号令十分独特。平常龙舟只在河面较宽处，快速划动。穿桥洞时，龙舟都是以鼓和锣的配合，使其形成“咚—锵—咚—锵”的打击声，和谐平稳、偏慢的节奏，以便能安全、平安地穿过桥洞，也让桥上面的鞭子放得更响，河中的划手和岸上的看客可以互动。岸上的看客丢粽子、荷包、糖果给划手们，划手们用桡击打水面，让水花四溅，更有力大的划手，用侧桡把水打出好高的浪花，袭击岸上的人。当然，主要是把水溅到岸上观看的姑娘、堂客们身上。当姑娘和嫂子们发出一阵阵尖叫笑骂声，划手们又有节奏地拍打着龙舟梆打着呼哨，飘过去了。

枫林桥畔，只留下一片片欢天喜地的哈哈声。

但今天秋满哥他们的龙舟过枫林桥洞时，号子非常急促如快马加鞭，催促划手们快速地划动。洞小舟长，从小河进入溪水里，水的宽度不够，而且进入溪水后，水道由直而弯，如果没有很好的控制技术和对力度的把控，龙舟一过桥洞就会撞到堤坝上，引发舟毁人亡的事故。裕春的心都吊到嗓子眼里了。怎么会这样？你们不要命了？裕春拼命地喊：小心，减速。可还有人在喊：厉害，加油！

慢慢形成一帮姑娘们都尖叫着喊：停下来，停下来。一帮老爷们在喊：有种，加油，加油。

就在这一片纷乱的叫喊声中，鼓点突然戛然而止。秋满他们的龙舟如利箭穿过桥洞，猛然停在了溪水的中间，岿然不动。只见划手们一个个喘着粗气，胸脯起伏，脸上汗水直淋，似一尊尊雕像立在水中。哇，太厉害了。所有人看呆了，裕春也看呆了，手中的角粽也忘记了朝秋满扔过去，不知谁朝龙舟丢粽子糖果，才记得自己还有礼物给秋满哥的。她猛地大喊着："秋满哥，接住。"趁机用力把两个用红绳捆着的角粽，朝站着的秋满用力丢去。谁知力道不够，眼见得就要落在水里，裕春张大了嘴，"啊"字还没落音，只见秋满哥用长桡一挑，两个粽子牢牢地缠在了木桡上。

裕春紧张的"啊"字口型变成了开心的"哦哈"，情不自禁地跳了起来，不由得脸也红了，谁知道姑娘是想到了自己的愿望：角粽被秋满哥接到了，自己今年就要出嫁了。

别人划龙舟桡手都是坐着的，秋满为何站着呢？因为秋满是一位站桡(插桡)。

人们有所不知，因为兰溪双层龙舟独具特色。因此，它的观赏性更强。兰溪龙舟的独特就在于将划手分为两个层面，坐着的是坐桡，称为常备队，站着的是站桡(插桡)，称为增援队。在游划或寻找战机时，由坐桡负责慢划，站桡把桡片倒竖在船的边缘上，随着锣鼓的节奏声做前后摆动，似一只巨大的彩凤，栩栩如生。当全体插桡做水平上下摆动时，又像一只巨大的海鹰在河面展翅遨游；当全体插桡做挑水状时，好似蜻蜓点水，争奇斗艳；当插桡垂直上举时，又像万支宝剑冲天，更像群情激愤的将士叫阵。参赛时站桡下水，锣鼓齐鸣，喊声震天，一艘艘龙舟如离弦之箭，齐头并进，争先恐后，互不示弱，桡片挑起的朵朵浪花，在阳光的照射下闪闪跳跃，龙舟掀起的波浪此起彼伏，形成一道道亮丽的风景。

龙舟处于非比赛状态时，船上配备的唢呐会在锣鼓的节奏下吹出悦耳动听的乐曲，全船划手，特别是站桡随着节奏声做前后摆动，领唱、对唱、时而合唱当地民歌或龙舟专用歌诗，表现了划手们欢悦的心情和节日的快乐。

为了加强活动气氛和调节水手的精神状态，有时候，兰溪龙舟还会在船的中舱竖一根比大拇指粗的四米多长的竹竿，竹尾留着浓密青翠的枝叶，从船头到船尾用一根绳子扯在竹竿的上部。划船时，一个手持蒲扇、揩花脸着彩装的小丑式人物粉墨登场。小丑站在第四舱的井字方上，手舞足蹈，并根据锣鼓的节奏一边高声呐喊“嗬喂，呛咙咚”，一边使劲上下摇蒲扇，还一边将绳子一拉一放，竹尾的枝叶也随着一弹一闪，益阳人称之为打闪篙。南宋周代炳的《龙舟记》中“竖桡而歌、竿摇水激、呼声雷动”对此作了描述，真实情景大概如此。

兰溪龙舟赛由于每船参赛的划手都在100人左右，每支龙舟队都是以自然村为单位，他们所代表的胜负和名誉就是自然村的胜利和名誉。所以，他们所具备的团队精神和决胜的状态，可想而知。每支龙舟队都有统一的着装，都有统一的步调。铳响就是号角，鼓声就是命令，每支龙舟队，只要听到铳声鼓响，在数十分钟内就能招之而来，每一个划手只要登上龙船，个个都是意气风发，呈现出斗志昂扬的精神状态。

每一艘龙舟悬挂的旗帜，它是一种象征，代表着一种精神，也表示该龙舟所属地理位置和行政村。

沙头水域的龙舟所挂的旗帜，与其他地区龙舟清一色的红旗有显著不同，其三种不同颜色的旗帜分别代表不同区域的龙舟。资水沙头水域的南面有一条岔河，即兰溪河，沙头水域形成了以河为界的三角地理位置，行政上也分属不同的辖区，沙头水域的龙舟赛事为了区分不同属性的龙舟，历史上形成了以资水为界，北面沙头区域（现属资阳区），以红色旗帜为标志，以兰溪河为界，东面羊角片为黄色旗帜（现属赫山区兰溪镇），西面千家洲片（现属赫山区兰溪镇）以白色旗帜为标志。

龙舟文化的历史沿袭各地域、水域都有它不同的文化底蕴和特色。兰溪龙舟以它的独特堪称华夏一绝。

正如唐代诗人张建封的《竞渡歌》所写：“……两岸罗衣破晕香，银钗照日如霜刃。鼓声三下红旗开，两龙跃出浮水来。棹影斡波飞万剑，鼓声劈浪鸣千雷。鼓声渐急标将近，两龙望标且如瞬。坡上人呼霹雳惊，竿头彩挂虹蜺晕。前船抢水已得标，后船失势空挥桡……”这些诗句形象地写出了龙舟竞渡的壮景。妇女们平时是没有空出门的，只有端午节是过节，所以也争着来看龙船，银钗耀日；鼓声、红旗指挥下的龙舟飞驰而来，棹如飞剑，鼓声如雷；终点插着锦旗彩竿，作为标志。

难怪人们说：外行只晓得看热闹，内行才会看门道。裕春认为原来自己年年看的都是热闹，今年听了秋满哥这么一讲，才算了解赛龙舟，也有这么多的讲究和规矩。

裕春被这一切热闹景象搅得心慌意乱，特别是角棕已经被秋满哥接到了，那他知不知道自己的心意呢？会不会和自己想到一块呢？一想到自己当新娘的模样，裕春心里早神怡心醉了。

喂，仪式开始了，快点看。一声锣惊醒梦中人，原来刚才不过是龙舟大赛的第一部分，比快慢，下一个节目是“夺罐”大赛。谁夺了罐，谁就是今年公认的高手，好戏在后头呢。

六

“咚呛咚咚呛，
铿锵锣鼓透悲怆，
远古在呼唤。
咚呛咚咚呛，
挥动长桡划短桨，
长礼水龙王。

咚呛咚咚呛，

哦嗬震撼天地响，

求五谷满仓。

咚呛咚咚呛，

山歌婉转民心唱，

祝国富民强。”

众口一词，跟着大法师唱。

邻近四面八方的男女老幼，抬着龙头，一批又一批地汇聚在祭祀台前坪里，在广法寺大法师的引导下叩拜、吊唁，以粽子、包子、酒水等祭奠，然后由主祭人将一条红绸系到“头龙”的头上，由“头桡”将龙头扛到江边洗澡，洗完后将龙头安于船首，这才开始赛龙舟。龙舟赛后，就是“夺罐”赛了，今年用鸭子替代罐子，而且都是活蹦乱跳的鸭子。

划龙舟、抢鸭子是节日里最为精彩的一幕。

今年端午大有看头，早在坊间流传由兰溪商会准备了一大笔银子做赏金，在龙舟赛后，还有夺罐大会或者夺鸭会。

所谓夺罐大会，就是在龙舟会后，由商会派人把若干大空罐投入指定水域中，一声哨后，开始抢夺，先夺得完整无损的罐或夺罐数多为胜。

今天的夺鸭大会就是看谁在规定时间里抢得多。这可是各乡各保的划手们最显身手的时候，不仅要有体力，还要有巧力，夺罐后还要好好保护，不然被对手用桨打烂了或保护不善摔烂了，都不算。

为夺此鸭，各保各乡的龙舟划手们都跃跃欲试，准备迎接挑战，夺得头魁。

一阵紧锣密鼓响过之后，一条小舟快速划入河中，只见一人朝河水里倒出四筐鸭子，鸭子扑啦啦地在水中乱扑通，看上去有近百只。艄公用竹篙赶散了鸭子，然后迅速撤离。

当小舟撤离到安全距离后，又是一阵锣响，然后突然停住，有一个洪亮的声音在河面响起：夺鸭大会现在开始。他的话音刚落，三声铳响之后，是一阵震撼得地动河摇的呐喊声：哦嗬嗬……

只见一艘艘龙舟在河面上划得转起圈来，有的划手用桨打得龙舟嗬嗬作响，有的嘴里发出啸叫声，有的用桨去拨按鸭子，有的干脆用手去捉。鸭子并不会等着你去捉它，看到这么多龙舟和人围着它，吓得四下里乱窜，嘎嘎乱叫，张开翅膀乱扑，水花四溅，人、鸭在水花里欢叫，龙舟停在水里不动了。一些有经验的龙舟队会事先协商好，自动形成一个临时的合作伙伴关系，几条龙舟朝水里鸭子多的水域形成一个包围圈，把鸭子围起来打歼灭战，至于谁抢得多，那是各人的运气和本事了。

平时自由自在习惯了的鸭子，几时见过这样的阵势，有的鸭子慌不择路，自己跑到划手手里了；有的被按住了，一抓又跑了；也有厉害聪明的鸭子或者是本能的反应，低头往水里一沉，一个潜水潜出好远，成了“漏网之鸭”。

划手们有的特别厉害，一出手一个准；有的没有经验，凭一舟之力，朝鸭子扑去，鸭子是活的，又不会坐等人来抓它，所以常常是扑了个空。岸上的人干着急，看着自己村的龙舟成了散兵游勇，但也有办法支持水里鏖战的划手们，于是一起朝河里喊，“左边，左边有一只”“右边，右边有一只”，水里的一顿瞎转，岸上的一顿瞎指挥，等龙舟划来，鸭子又跑了，这样的队伍是抢不了几只鸭的。

一阵鼓响，有声音传来：“时间到，夺鸭会现在结束，请队长交鸭登记。”

经过长时间激战，终于锣响了，竞赛时间到，到底谁夺得了今天的头“罐”呢？

有人报：

“××村八个。”“呀，好厉害的。”岸上人群一阵欢呼。

“××村九个。”“呀，太厉害了。”岸上人群又是一阵欢呼。

“××村二个。”“嘘，好差，只抢了两只。”

头等会是谁呢？人们期待着。

又有几条龙舟靠边了。

“××村十一只。”“哇，怕是第一名，第一名！”人们拍手起哄兼欢呼。

这里裕春看到秋满两手各提着几只鸭，雄赳赳地报数："十二个。"

"哇，秋满牛气！原来真正的第一名在这里。"还没正式公布结果，水里的人、岸上的人全都祝贺，岸上的人鼓掌，水里的拍水花，鸭子嘎嘎乱叫，一片欢腾。

所有参赛的几十条龙舟纷纷靠拢枫林桥周边，商会的裁判人员忙着将统计数据报给主持人。当听到主持人宣布秋满哥所在的乡夺得了头"罐"，裕春和妹妹弟弟们在岸边欢呼，和着岸边的人声，兰溪河里的水都被震撼得裂开了嘴，荡开一股股笑纹，岸上的杨柳也笑弯了腰。

龙舟竞渡一年一度的盛会训练了兰溪人好斗善战的精神，养成了灵活机动的个性，培养了英勇顽强的身手，也成就了姑娘、小伙们一年一度的相亲盛会。

是夜，裕春再次来到了枫林桥畔的大樟树下，等着秋满哥的到来，他们早就约好了，只要秋满哥得"罐"又得粽，那么今年他们就能成亲了。

第三章 Di San Zhang 枫林桥畔

一

兰溪有悠久的历史，是个经历了千年风吹雨打的古老城镇。明朝万历年间又被称为兰溪市，到清末时已成为益阳县最大的集市。民国元年置行政镇，其间，厂铺、牙行、河运业等蓬勃发展，并逐步成为湖南省著名集镇之一。

自从看过兰溪的龙舟赛后，余达才更加对这块风水宝地有了感情，加上儿子要在益阳县第七学区的兰溪镇高等小学发蒙读书，为了儿子读书方便，少吃苦受累，于是余达才决定举家移居到兰溪，开始全新的生活。

余达才此时刚辞去湘西县府一职，托妻舅找事做的消息还没回信，只得和妻子刘氏一起在兰溪居家度日。辞了官职，没得俸禄，人多钱少，余达才又捡起布匹生意来走村串乡，刘氏也替人洗洗补补帮衬家用。妻子刘氏读过几年私塾，粗通文墨。受妻弟的关照，虽不是很富裕，但不愁吃穿，一家人在一起，日子过得也其乐融融。

从此，不仅余达才爱上了兰溪，连他的女儿也爱上了兰溪河畔的人。

看完龙舟赛回来后，裕春的心里就开始惴惴不安起来，眺望着千家洲方向，时常发呆失神，小妹乖巧而又带点故意地问：“姐姐是不是在想秋哥哥啊？”

“打死你个小鬼头，人小鬼大，你晓得么子，只会信口开河。”裕春做欲打状，小妹嗖地一下子跑开，还用指头在脸上刮着喊：“羞羞脸，刮屎片，大姑娘，想男人想得直发癫。”小妹跑远了，但小妹的话提醒了刘氏，是啊，哪个少女不怀春，哪个少年不钟情呢？裕春大了，近二十岁的人了，别人家的姑娘十五六岁就出嫁了，这几年，得了小儿子后，幸得有大女儿在身边照应，现在小儿也进小学堂了，是解决裕春婚事的时候了。

第二天余达才又要去湘西了，晚饭后，刘氏便说：“他爹呀，商量个事，裕春老大不小了，早点把婚事办了才好。对，你明天叫媒婆去曹家问询下……择个日子做好安排。”

“你急么子啰？错不错我们还是女方家啦，男方不急，你急么子？”余达才心里有点恼火，论身份，自己家错不错也是沾了点官边边。虽然是湘西那鸟不生蛋的穷地方，但也是上了品啵，他们不找我们，未必还要我们女方家找他们？因此，还算开明的余达才心生不快，对曹家一直不曾讲起两方的亲事。

“你说是不急，转眼又到年底。男人没事，我的女儿拖不起。没看别人家女儿的小伢满地跑了。”妻子刘氏不禁责怪起来。

“我心里有数，你放心罗，我先回湘西办完一些交接手续，办完那边的事马上回来处理春儿的事。”

“那你早点回来，七夕前赶得回不？”

“争取吧。”余达才也不敢肯定。毕竟这世上好多事不是自己能够决定。

七夕到了。

七月七之夜，枫林桥畔浸淫在一片缤纷艳丽的花影灯下。一年一度的乞巧节，是姑娘们出来礼拜七仙女的时候，也是她们出来偷偷约会心上人的时候。

七夕，是牛郎织女鹊桥相会的日子，也是表达爱的日子。爱，是诗人口中唱不尽的歌，也是我们每个人内心最柔软真挚的情感。我们生活中的爱情大多不是轰轰烈烈，而是平平淡淡的。平淡之情也是动人心弦的。每个人都想能遇一人执手白头，同看牛郎织女星，自己的生活中处处充满爱和情。裕春也有这个想法，而且比一般人更为迫切。

在兰溪河边的栈道上，有三三两两的游人，也有成双成对的恋人，更有成群结队的小孩子们，穿行在灯影桨声里，打打闹闹，使这个普通乡村的七夕之夜充满了明快的情调。

裕春和曹秋满也混杂在这一群人里面，倚着河边一棵斜着的藤缠柳上，说着悄悄话。

紧挨着的头和紧靠着的身子，初看会以为是一个人。

微凉的夜风送过来一段情意缠绵的私语。

“春……”

“嗯。”

“你爱我吗？”

“嗯，当然爱啦。”

“那早点嫁给我啦？”

“你准备好四抬八轿吧。”

“我家里穷呀！”

“那你就打光棍啰。”

“那你会当老姑娘。”

“你个死鬼，尽胡说。”

沉默了好一阵，裕春开口道：“讲真的，秋满哥，过了今秋我们又大了一岁，你跟家里讲了我们的事没有？”裕春充满忧虑地看着秋满，看他怎样答复自己。

因为自从端午节那次丢粽得中，裕春早就认定自己是秋满的人了，今年再不嫁过去，听老辈子讲，明年是寡年，不宜结婚。过了年坎就是二十岁的人了，真成了嫁不出的老姑娘了，说不急也是假的。近期父亲辞了湘西那边的职务，听说舅舅在帮忙推荐到近一点的地方任公职，到底是在安化还是在马迹塘还没定好。家里母亲一人带两个孩子忙不过来，自己的担子也重了，能出来和秋满哥约会的时间更少了。

其实秋满心里是爱着裕春的，也希望趁早把婚事办了，可是秋满家人多吃口大，是曹家屋场里较穷的一家。

因为秋满的爷爷是曹家这一辈的老大。听爷爷说，他们是曹操的子孙，老屋是祖上传下来的，祖坟也在这里，得好好守着。爷爷这一辈起，因为家里人口众多，都在一口锅里吃饭，众口难调。有能耐的都独自搬了出去过，曹明阵的父亲因为多读了几年书，早早地独立了，搬到岳家桥荷叶塘村那边了。还有几支到长沙、汉口做生意，也移民了，仅余秋满的爷爷留守在老屋场。因此，秋满一家一直住在这里，比起移居在外做生意的曹家子孙，秋满一家过的日子最穷。

去年大哥娶了亲，今年又生了小孩子，自己跟爹娘也提过，可爹娘说等秋收后再办。现在才七月，父母手头紧，正是青黄不接的时候，办喜事，总归得手里有几个钱，于是秋满犹豫了，回答也不恳切，期期艾艾的样子，让裕春生气得紧，一个好端端的七巧节成了生气节，裕春丢下秋满，一个人就往回走。

“哎，你等等我，我送你。你听我解释嘛。”裕春前头跑，秋满后头急步追。

从兰溪河畔回到裕春家里，也有两三里路程，其中一段路是田间小路，无灯又无人家，秋满怎么放得下心让裕春一个人回呢。穿过枫林桥，插进青石巷子，拐进了田边小路，秋满一把搂住裕春：“你着什么急嘛，我回去就跟他们说，只是你可别嫌我家彩礼少呀。”

“怎么会，人家是这样的人吗？我家条件比你好些，这是我私下里积赚的一点金器，你拿去用吧。”裕春从口袋里拿出一个小手帕递给秋满，秋满打开一看，里面包着的是一对金环子、一个金手镯子。

秋满连忙推辞：“不要不要，哪有由你自己贴聘礼的道理。”

“有什么不行嘛，你家里缺钱，聘礼反正还是给我对不？再说，迟早反正是你的人啦，你要家里准备一下，择个日子，最好是趁我父亲现在不忙时把事办了。”

“嗯，嗯，容我回去就和父母商量好，一定要把你早日迎进门。”

秋满开心而又伤感地抚摸着懂事而又有主见的裕春，这么好的姑娘自己是哪辈子修来的福分，紧紧地抱住裕春，把裕春贴在心口，生怕她跑了。

裕春温软的身子和刚洗的头发上弥漫着一股淡淡的清香，让秋满浑身一紧，热血贲张。秋满一把搂住裕春，低头便朝裕春吻去，裕春身后路边的懒夹叶篱笆被压得弯了腰，原来郁郁葱葱的青草在两个年轻人脚下蹂躏得都流出汁来了。

享受着情人的亲吻，靠在秋满的怀里，裕春感受到一种妥妥的温暖与惬意，闻着秋满散发出浓郁的青春男子气息，裕春陶醉地闭上了眼睛。

在秋满的坚持下，他把裕春一直送到她的家门口才打转身。

踩着一路上的月光，秋满兴奋地飞奔，一路高歌：“啊……哈哈……走罗嗬嗬，行罗嗬嗬，胡大姐你随着我来走罗……”

旷野里，只传来一阵阵狗叫声应和着秋满，汪……汪汪……

二

一个黄道吉日，裕春和秋满如愿大婚。

兰溪河的东边，千家洲上，曹家屋场的地坪里，热火朝天。那个哇哇乱叫的土喇叭，那迎客的鞭炮，那火红的灯笼、对联、轿子，还有新郎新娘红红的喜服，把曹家屋场的地坪映得一片火红火红。

地坪里摆了几十张八仙大桌子，帮忙的，来吃喜酒的，乡邻乡亲的都来凑热闹、看热闹，还有许多是专门来看曹爹出洋相的。因为地坪里正上演的是一场乡下最喜闻乐见的民俗——烧火佬背媳妇，家爷推车。就是媳妇坐在一辆农家小独轮车上，在进入婆家的屋场地坪前由公公接过车子，把媳妇接到自己家屋坪里，在推车的过程中，许多小伙、小孩子们就帮倒忙，拉住车增加阻力，让公公拖不动，公公做死地拖，调皮的人做死地按住不准拖，形成僵局，急得新郎官上来帮爷老子的忙，有人就拖住新郎不允许。当然，不是没有办法拖走，那就是要讲好话，敬烟、敬糖给这些人，这些人得了烟、吃了糖，然后才能让你拖进门。

进门之后，从此，媳妇进了夫家门是自家人了。

在益阳一带，特别是乡下，一家有喜事，家家都来送贺喜。新婚三天不分大小、不讲礼数，可以任意地闹。平时严谨的家风族规把人管得死死的，一到有人结婚的这天，得到了发泄的机会，便什么胡闹的点子花样都出来了。最流行的就是做公公的要过“烧火佬”这关，婆婆要过“灭火婆”的这关。

曹家的所有近邻远亲都来喝喜酒了，乡亲们一边喝着酒，吃着菜，一边看着平日里一本正经的曹大叔被乡亲们捉弄的样子，捧腹大笑。

曹大爷似乎也乐意被捉弄，乐得合不拢嘴，被人画了一副大花脸，就像过年过节时那唱地花鼓的小丑，脑袋上的高帽子上写着：我是烧火佬。身上背着一根很长的铁叉子，手拿一面破铜锣，一边敲打一边喊：“我是烧火佬，我要烧火了。”

曹大娘手里拿着一把大蒲扇，一边扇一边喊：“哪里起火哒，我就来灭火……”

这边要烧火，那边喊灭火，一唱一和，此起彼伏，笑得一地坪的人打滚。

有人起哄：“家爷爱媳妇啵？”

曹大叔只笑不答，便听得下面一片哄声，“讲，你要讲，爱不爱媳妇？”

“当然爱啦，儿子的婆儿，我未来孙儿的娘，我老后的照护人，何解会不爱呢。”曹大叔的回答迎来了一片哗哗的掌声。

司仪跑来接过话说：

“下面新郎新娘到依桌敬酒，由烧火老倌前面带路。”

曹大叔带着秋满和裕春首先来到了坐着曹家长辈和地方绅士们的桌前，当敬到一位年轻帅气的青年前面时，曹大叔嘱咐秋满和裕春说：“这位是我们的远房亲戚，你堂叔叔的满崽，曹家最有出息的青年才俊，人聪明书读得多，在湖湘政法学校毕业。真正的年轻有为，你们的明阵哥，你们要多向他学习啰。来敬你们的明阵哥一杯。”

“哪里哪里，曹叔言重了，我不过痴长他们几岁而已，谈不上才俊，也没什么值得学的，我倒是要向秋满老弟学习，年轻能干。”

曹明阵连连谦虚回敬小两口：“祝你们新婚大喜，早生贵子。”说完，一仰而尽，亮杯致意，好不干脆利落。这个青年在裕春心中留下了美好的印象。

“好啦好啦，今天大伙乐也乐了，闹也闹了。今天请大家来是大家一定要吃好喝好，酒足饭饱，让我们共同祝新娘新郎百年好合、早生贵子。”司仪在一边吆喝着，喜庆的唢呐又猛地吹了起来。

乡村的夜色因这场热闹的婚礼而充满了幸福与甜蜜，星星快乐地在夜空眯起眼睛，月亮把嘴也笑得弯到后颈根了。

兰溪余家姑娘因与曹家儿郎的结缘而得以保命，此为后话，容后详述。

清扫过后的曹家地坪里，燃着的一堆残余烟火上时不时炸响的一颗残散鞭炮，似乎告诉你，这里有过的繁华喧闹。

还有曹家屋后飘然一闪的身影让人迷惑不解，这么晚了，还躲在人家屋后干什么？

这可是这里祖祖辈辈传下来的新婚必备节目——听房。

这些听房的人大多是青年未婚男子，也有一些老光棍。这是他们日后聊天扯淡的最原始的一手资料，也是最原始的性启蒙教育。

这火热的七月，因了这场喜事，变得更加显得热烈与充满人间烟火味。

而三毛佗在这次婚礼当中，不仅当了上亲，还坐了上上席，看到了在益阳当大律师的大舅舅刘炳文，他就一直依挨着大舅舅问东问西，三毛佗乖巧灵泛清秀的样子特别逗大舅舅的欢喜。

在三毛佗的一再挽留下，大舅舅终于答应到三毛佗家住一晚再走。

三

来到距兰溪镇三四里地外的一处僻静地，三五农家房子自成一个小院，田里稻谷正黄，沉甸甸的头都挨着地面了，刘炳文环顾了一下说："今年的收成不错吧。"

姐姐说："是啊，马上就要收割了，吃饭还是不成问题，就是口袋里布撞布了。"

"现在的生活好些了吧？"刘炳文最关心的还是姐姐一家的日子。

姐姐的话不停："刚打发了裕春，这两个小的马上要念书了，还得花费不少呢。"说完用手理了理被风吹乱的头发。刘炳文看到，姐姐的额头上飘着几丝白发，姐姐的手好粗好糙了，没有了往日闺秀的意韵，多了几分岁月的磨砺与风霜的洗礼，不由得心里掠过一丝隐隐的痛。

他记得那年来姐姐家时，姐夫姐姐都很勤劳，日子却过得很寒酸。那时姐夫农闲时还捎布。

他问姐夫余达才："你做小生意，一年到头赚得几个钱呢？"

余达才不由得低下了自己的头："对不住你姐和孩子，让他们跟着我受苦了。赚不了多少，乡下人一年到头只有过年才做一身新衣裳，平日里不讨媳妇不嫁女，有几个人会经常做新衣啰，何况都是粗布子，本小利小，赚几个零头吧。"

为了让姐姐过上好日子，益阳著名的大律师刘炳文绞尽脑汁，费尽心机。早些年通过朋友的关系，帮余达才谋到了一个远处的官差，到湘西一个小县任县长。俗话说，三年清知府，十万雪花银。尽管任差的地方偏远，但比四处乱窜卖布还是好得多。余达才兴奋地赴任了，为了让妻儿老小过上好生活，尽管舍不得温暖的小家，但他必须去呀。

那穷地方，人生地不熟。一个人在那里打拼，估计也是没赚到什么银子，不然不会混得想回来。

湘西偏远，加上交通不发达，余达才一年都难得回家一次，照顾不了妻儿，看不见聪明可爱的儿子，让余达才心急如焚，惶惶不可终日。他对妻弟说："你能不能帮我换一个差，只要隔家里近一点，能帮上你姐，又能多看几眼我的满崽，钱少一点都要得。"

作为益阳街上著名的大律师，刘炳文也不想自己姐姐过得太辛苦，看着可爱的小外甥，他怎能不帮他们呢。于是，只能再次动用自己的关系，为余达才再找一个近点的差事。

找谁呢？刘炳文过滤了一下自己的朋友圈，上次为姐夫谋那个县长一职，已经动用了省城朋友的关系，那是最大的关系了，这次不可能再去找人家了。

作为一名老益阳的著名律师，要是帮不到姐夫，自己面子上也说不过去，但能发挥作用的朋友，一下子还真不好找。

正愁眉苦脸之时，益阳县的团防局长派人送来一个帖子。局长有事请教刘律师，说是家里与邻人为争田垄路边一点地闹矛盾，打得蛮厉害。他们以前也为争水吵过架，但这次把事闹大了，把状告到局长这里来了……

真是天无绝人之路，好人自有天照应。这不就是机会吗？

刘律师二话没说，拿起公文包就往团防局走。

四

益阳古城，还是多年前的老样子，静静地立在那里，望着她的子子孙孙在这片土地上繁衍生息。公元前 221 年，秦始皇统一中国，始设益阳县至今，虽地域城邑大小有变，但名字始终不曾变化。她的态度一成不变，始终爱着她的子孙，始终盼望他们幸福。不管是闹腾的子孙，还是安静本分的子孙，她都一视同仁，从不偏袒。

尽管她始终热爱秦始皇赐给她的美名，始终保养着美好的容貌，但每有新生代出来，都把她重新打扮一番。她也乐得像个老奶奶初次坐上花轿一般，依照孩子们的意思微笑着，不管你待见不待见，她就这么着。

这不，1911 年辛亥革命让清朝最后一个皇帝退位，成立民国，她的子孙们又把她打扮了一番。当然，原本是旧瓶装新酒，说是打倒旧世界，建立新生活，可打来打去，也没见什么新花样，倒腾几日，便又依然如故，甚至于新不如旧了。

司空见惯了，她便不好奇了，也懒得理了，任由子孙们去闹吧。她想，自有老天管着他们。

刘炳文夹着公文包，疾步赶到团防局。益阳团防局坐落在益阳青石街的一隅，离繁华一步之遥，距宁静半步之远，便于管理城市。团防局公门有雄狮蹲守，威风凛凛，门前的两个花坛正开得姹紫嫣红，绿肥红瘦，不乏城市之美，好不动人。可刘大律师此时没有心情赏花，他姐夫的事没着落，姐姐和孩子们的日子也不好过。

一进团防局的大门，碰上正要出门的益阳团防局局长。他连忙说："呀，兄弟，你来了，你再迟片刻，我便不能等你了。我得赶着去处理城东门口的一件命案。"

呵，那来得早不如来得巧了。两人握手后，局长便带路找了个僻静的小店坐了下来。

"我所托之事你有办法解决好吧？"局长开门见山问道。

"别急，你家的事就是我的事，我包办理好，请局长放心。现在先说我的事，我的事也比较急，而且还非局长帮忙不可。"

于是，刘炳文将姐夫余达才的情况一五一十地讲了起来。说他读过几年私塾，还做过湘西某县的县长，因为路途遥远，不能照顾家里，加上那边……言下之意是他想回来，换个差使，距家近一点，至少可以照顾一下妻儿老小。其实姐夫能力还是有的，担任一个小公差是绰绰有余的。刘炳文言之凿凿，令人动容。

局长不作声，刘炳文心里急："你表个态吧，帮得帮不得？"

半晌，局长发话了："帮是帮得，只是还是有点远呢，不知合不合你意呀？"

"哪里哪里？总没得湘西远啵？"刘炳文见有希望，便急切地追问起来。“安化？”因为隔益阳县城最远的就是安化了，刘炳文这么想是有道理的。

“不是。”局长摇了摇头。

“那是？”刘炳文不好猜测，益阳范围咯大，随便哪个边边上都是两三天路程。

“马迹塘那边团防局正好有个缺，去不去？”局长故意卖关子，一阵后才说出谜底。

“太好了！”刘炳文端起酒杯连敬局长，说感恩不尽，铭记在心，日后有用得着刘某人的地方，只要局长一声招呼，便当图报。

当余达才听到大舅子传来的好消息，开心不已。到湘西去一趟要好几天，到马迹塘只百来里路程，自己虽然不能天天陪伴他们，但只要想回来还是方便的。只是苦了婆娘崽女，特别是妻子更为辛苦了，一个人照料两个小家伙读书和生活起居。

可一想到能为他们改善生活条件，儿子能够安心读圣贤书，余达才就兴致勃勃，快乐地踏上了新的征途。

五

兰溪高小开始报名了。兰溪镇上与三毛佗同龄的小伙伴们都报名了，只有三毛佗家里没反应。学校里面有许多小朋友，有体育课，有好多新派的老师，还有新开的操坪很好玩，急得三毛佗团团转。正着急中，碰到了上兰溪街来卖菜的大姐，他一把扯着大姐的衣襟，要她带自己去学校报名。

大姐带他回家，把情况跟父母亲一讲，余达才再怎么舍不得儿子，刘氏再怎么不想儿子离开自己身边，也懂得只有送儿子去读书才是道理。1916 年的秋天，六岁的三毛佗正式进学堂学习了。

上学就得有学名，要正式用大名了。余达才对家人说：“以后再不要三毛佗三毛佗地乱叫了，读书就要取学名，按族谱和辈分来讲，三毛佗属鹤字派，就叫余鹤林了。”报名前余达才还是按家族辈分报了余鹤林的名字。

裕春急了，不是找神算子都能解讨了个好名字余昭明吗？怎么不用呢？

余达才说那个是官名，现在读书还是用学名，虽然老气横秋了点，但咯是老祖宗的规矩。裕春没有办法，三毛佗也没有办法，族谱上规定了的字派，子孙不可随意更改，那就这么着吧。

小姐姐也民也同时报了名，和三毛佗同年级，但不是一个班。

余达才想着大女儿出嫁了，堵在心里的一块石头落地了。可看着眼前的这一双小儿女，都要读书，要成家，任务还很重，不禁发起愁来。

受到大舅子的关照，推荐到马迹塘去当团防局长，钱是多了，可要离开他们心里还是十分地不舍。矛盾而又纠结不已的余达才，反复嘱咐妻子好好照料孩子，照料好家庭，然后走马上任去了。

在马迹塘担任团防局长的余达才，一任就是四年，家庭经济状况越来越好。余达才十天半月回家一趟，逢年过节没踏过空。这样顺心美妙的日子，余达才感到生活充满了乐趣。

余达才想着儿子不小了，十岁了，可以找个童养媳了，既做儿子的小伙伴，又可帮妻子分担一点家务。不久，一个十岁左右的小女孩进了余家。

时光如梭，日月似箭，一帆风顺的日子流水一般过去了，三毛佗已经读四年级了，读四年级的余鹤林长高了不少，其聪明善学在兰溪镇高小也小有名气。

兰溪高等小学里，余鹤林的乖巧、聪明超出了许多同龄人——记忆力好，悟性高，一首诗老师讲一遍，他就能一字不差地背下来，认字造句又快又好。他的作文常被当作范文在学校里传扬，这让小小的余鹤林早已闻名兰溪高小，就是镇上的人也晓得余家出了个会读书的崽。

老师、同学都喜欢这个长得像女孩子一样清秀的浓眉大眼的小男孩，但有一些男生故意逗他玩，也有的老是欺负他，喊他林妹妹、余姑娘，有时让余鹤林的心情乱糟糟的。

夏天小伙伴们都到兰溪水中游泳，有调皮的同学故意喊：“林妹妹，你敢下来吗？”“余姑娘，水里头几多好要呢！”有的喊捉了一条鱼，有的喊凉津津的，几多舒服哟……

不管同伴们怎么逗他，余鹤林却怎么也不敢下水一试，哪怕是荷叶塘里的菱角、莲蓬，看哒也不敢伸手去摘，生怕一不小心，掉到水里头起不来。他牢记着母亲的嘱咐：不准下水。因为他的哥哥就是淹死的。

因此，相对乡下长大的男孩子，余鹤林欠缺一些男孩子应该享有的游戏乐趣，个性也越发阴柔胆小。

同龄人多，应该是很好玩很快乐的，可三毛佗在学堂并不顺意。家里待他如掌上明珠，妈妈、姐姐们对他百依百顺，有求必应；还有老父为他找的那个童养媳，对他是绝对服从，说一不二。习惯了家人的顺从，习惯了动口不动手的日子，让余鹤林在学堂里受了不少苦。

同学不听他的调摆，让他生气。学校不如家里好，老师不帮他惩罚同学，老师不如妈妈、姐姐好。他想回家，他想不在学校读书了，那样就没有人说他是姑娘妹佗了，待在家里日子快乐些。

小小少年，有了烦恼，这一切让他的老师看在眼里、急在心里。这么乖巧灵泛的一个学生，不好好磨炼怎么成才，不好好调教会浪费了这个人才。这位老师就是卜息园。

卜老师找余鹤林谈心，和他一起吟诗，借给他许多新鲜的书读。有时陪他走路回家，边走边谈，终于打开了小小少年的心扉。卜老师了解到余鹤林的内心是丰富多感的，但情感是脆弱的。如果引导得当，将来一定是一个不错的有用的人。

余鹤林对卜老师的感情也越来越深。他觉得这世界上除了父母、姐姐对他最好，还有一个对他好的人就是卜老师了，于是一有空就往卜老师的家里跑。

卜老师其实比余鹤林的大姐还年轻，完全是一个大哥哥。他简陋的房间里，其他的没有什么，书却很多，除了经典史书、课本，还有一些上面印有外国老头的书摆在书架上。有一次，余鹤林拿着两本厚厚的书问卜老师："这个凹眼睛、高鼻子、大络腮胡子的人，不是中国人吧？"

"不是，他是德国人。"卜老师很认真地回答余鹤林，"这样的书你还看不懂，太深奥了。"

"那他写的什么呢？"余鹤林睁着他的那对大眼睛，清澈明亮如同一泓清水，却又充满探究与好奇。

"老师慢慢对你讲吧，他呀，在书里面告诉我们资本家是如何剥削工人的，如何压榨工人的血汗养肥自己的。他告诉我们，资本主义必然灭亡，人类最终走向共产主义社会。"

"那共产主义社会是什么社会呢？"

余鹤林更加好奇了，那小脑袋里装着无数个为什么，他想一下子就问清才好。

师生一问一答间，来了两位青年男子，高大的笔挺的身材，戴着眼镜的一位更让余鹤林好奇。长袍马褂穿在他们的身上，使他们显得很飘逸、很洒脱，让余鹤林不由得把头抬得高高地看着他们。

"怎么，收了个徒弟？"其中一位朗声问卜老师。

"不是不是，他呀，是我班的一个特别聪明又善感的学生，现在是我的小尾巴。"

"哦，原来如此，好呀，好好培养一下，也许能成为我们有用的人呢。"这人还在继续说着话，卜老师对余鹤林说："小林子，快喊袁老师，"又指着另外一位说，"这位是彭老师。"

原来这两位是镇小学的袁铸仁、彭国才两位老师。他们都是进步青年，相互走得近，经常在一起探讨时势，关心人民疾苦，关注国家变化。

余鹤林按照卜老师的吩咐一一喊着"袁老师好""彭老师好"。余鹤林站起来恭恭敬敬地鞠了两个躬，然后又准备继续看书。

卜老师拿过一把小椅子递给余鹤林，说："小林子，你到门口坪里去看书，我和两位老师讨论一下读书会的事，等会再给你讲书，好啵？"

"好嘞。"余鹤林接过椅子，拿起书就到卜老师屋前的地坪里坐着看书了。

可他能清楚地听清屋里人的对话。

卜老师递给袁老师、彭老师各一杯水：“老袁，读了什么好书，有什么心得收获呀？指教一二。”

“有什么可指教的，还不是和你一样，在啃《资本论》，啃《共产党宣言》。”袁铸仁的声音洪亮有力。

“那你呢，老彭，谈谈。”卜老师又问道。

彭老师说：“我呢是甘做老袁和你的学生，向你们学习，我水平低，读得不透，讲不出条条道道，只晓得写得好，讲出哒我心里想的、以后想要做的。”

“哈哈哈，还讲你没心得，咯就是读书的收获啵。”袁老师爽快明朗的笑声富有感染力，连坐在地坪里的小林子也感受到了。

这些人在愉快地交流学习心得、读书收获呢。小林子真想快快长大，也参加入其中，和他们一块探讨人生、寻求真理。

正冥想当中，一只巨大的手掌朝小林子伸了过来，说：“小林子小朋友，感谢你对我们的支持。”

余鹤林兴奋而又惊讶地伸出了自己的小手，他感到那人的手是那么有力量，那么有温度。一个大人对小孩也这么亲切和蔼，无形之中，余鹤林对袁老师产生了无比的敬佩和极大的好感。他想向他们学习，自己长大了也要做他们一样的人。

天向晚，必归家。余鹤林也要告别了，他对卜老师说：“卜老师，这两位老师怎么懂得那么多呀？”

“他们呀，就是读的书多，懂的也就多呀。你知道我们学校是谁办的吗？”卜老师反问余鹤林。

“不知道，只听说校长姓孙，是不是他办的呢？”余鹤林记得上年期末表彰时校长在台上讲过话，还鼓励同学们读好书，长大了为家乡造福。

卜老师高兴地说：“是的，我们学校就是由孙慕韩创办的。他是我们益阳一位有进步思想的开明人士，所以我们学校青年教师多，思维活跃，比较开放，易于接受新思想，加上我们兰溪商业发达，传播速度快，对外来的新事物感兴趣，接受也快。”

“新思想是什么？”余鹤林很不解，一直是这么过日子的，又哪里来的新思想呢？

“这些问题不是一下能和你讲清楚的，这样吧，你先拿这本书自己看，不懂的再问我好吗？”救一个人要先救他的思维，教一个人要教他改变心态，帮一个人要帮他养成良好习惯，助一个人要助他自己做完一件事情！卜老师想借此看看这个学生，到底是才，还是柴或是菜。

卜老师把那本《共产党宣言》递给了余鹤林，这让余鹤林如获至宝：这就是传说中马克思写的那本书吗？

回到家里，余鹤林迫不急待地拿起书就看了起来。尽管有些字不认识，有些意思不懂，但他觉得这个讲的就是他想要的那种生活。

看到卜老师这么好的人都看这样的书，说明这都是一些值得看的书，余鹤林心想：自己也要做像卜老师一样的好人。

于是，一颗种子撒在了小小少年的心中：长大了，我也要做一个像卜老师、袁老师一样的人。

他也喜欢这几位年轻有才的老师，特别喜欢听他们的讨论，那种对家国的关怀、对民族前途的忧虑、对共产主义美好社会的向往，让余鹤林心潮澎湃：好想自己有朝一日也能像他们一样，教书育人，指点江山，激扬文字。

第四章 Di Si Zhang 求学长沙

一

1922年夏，余鹤林将要高小毕业了。六年的高小学习，让一个在溺爱中长大，娇气而又灵泛的小小少儿长成了一个有志向、有追求的小小少年。在学校里，余鹤林最敬佩的便是卜老师，而卜老师也成了余鹤林最好的朋友。

父亲任马迹塘的团防局长后，方便时经常回家看看，父亲最喜欢的事就是看儿子读书、听老婆唠叨。他觉得这样的日子，不愁吃不愁穿，水旱无忧，很幸福。他还给余鹤林找了个童养媳，给儿子做伴。

家庭条件越来越优渥，家里什么事都不要他做，专心读书就是了。父母亲和姐姐们看他深得学校老师喜爱，便任他做卜老师的“跟屁虫”。

卜老师也一步一步地看着余鹤林成长与成熟，在心里也有意培养灌输其进步的新思想。这小林子不但看进了这些书，还有了自己的想法，言语中还流露出对新思想、新革命的向往。

卜老师记着了，这是一棵革命的好苗子。

放了暑假，卜老师就要到长沙读书去了。他考上了长沙的一所中学，特地把消息告诉了小林子。

小林子非常不舍，这么好的良师益友离开自己，以后没有人可以随时请教了，没有地方可以借书了，没有人可以和自己聊心事了，闷闷不乐的余鹤林急得眼泪都掉了下来。

卜老师低声劝道："男儿有泪不轻弹，一时的分别而已。你也可以考到长沙来读书，那样我们又可以经常探讨人生了。"

"真的吗？我也可以考到长沙去读书？"得到肯定的回答后，余鹤林高兴地跑回家，对母亲说："我要到长沙去读中学。"

"你要到长沙读书？那么远，谁来照顾你？你自己会洗衣吗？"母亲提出一连串的疑问。

"不远呢，只有百多里路，小卜老师告诉我的。是啊，我是什么都不会，难道我不能学吗？"他不得不顶撞最爱他的母亲。

胸怀远志的余鹤林报考了长沙的中学。

惟楚有才，于斯为盛；千年学府，弦歌不绝。带着对长沙的向往、对新思想的向往，余鹤林不久就要去长沙的中学考试了。而他那位一直在长沙读书的满叔，却满载新思想新动向回来了，回到了月塘湖这个典型的湖区农垸。

月塘湖余家院里，正热闹着呢。

余家堂屋里的八仙桌上，摆起了十个碟子，平时难见的肉和鸡都摆上了。喝酒的人全是余家的男人们，有余鹤林的爷爷、三个叔叔，还有余家的几位堂兄弟，他们都在向余半溪敬酒，余半溪大名余璜，常年在外面闯荡。

原来是余鹤林的满叔余半溪回来了，大家庭为他接风洗尘。这个长余鹤林十岁的满叔，一直在长沙读书，中学毕业了，联系了家乡一所私塾，回来执教了。表面上是回老家教书，其实他还带有秘密使命在身。

在长沙读书期间，他接触了新思想，接受了新教育。这一回来，大家就不停地问半溪：听说长沙闹腾得厉害，都闹些什么？外面的世界到底有多精彩？

“那现在外面太热闹了，你们晓得不？现在要打土豪、分田地，农民要当家做主了。不光我们湖南闹，全国都在闹，广东海陆丰那边闹得最厉害了。”半溪说得很激动，他也正想将外面的情况介绍给大家，“你们知道不，现在广东办了农民运动讲习所，到处开展农运，我回来就是受命开展农民运动的，你们都要支持我啦。”

余半溪热情洋溢地与家人们谈到了今后的发展形势，以及这次他回来的打算，一家人都听得兴奋莫名。

他说：“余家打老爷爷手里从江西逃难来到湖南发展，距今也有 200 多年了，我们余家人口众多，可是我们过得幸福吗？我们有自己的田土吗？我们手里有余钱吗？没有，什么也没有。”

“现在的农民运动就是帮农民说话，要让农民成为土地的主人，我们要打土豪，分他们的田地，住他们的瓦屋。”

说到这，一桌子的人神情都变了，疑惑不解地看着半溪，似乎在说：“你没吃错药吧？”余大爷半信半疑地说：“别人的土地，别人的房子，别人的女人，是想要就能得到的吗？还想当家做主人，那真是太阳从西边出来了。”

“对，我们就是要做主人，泥腿杆子要当家做主，就是要让太阳从西边出来。”余半溪非常坚定地说。

“从明天起，你们都加入农民协会，积极参与协会活动，我暂时担任你们的协会主席，等以后人数多了，再进行选举，这都是我们自己的事，义不容辞，也决不能半途而废。”余半溪的话掷地有声，犹如一块大石头砸进水塘里，真是一石激起千层浪。

半溪的鼓动很有效果，余家老二老三的心思都活动了，把侄女裕春、也民说得也心动了。而一直在满叔身边转的余鹤林听得更是入了神，满叔和卜老师一样都是有思想、有见识的人，他暗暗下决心：自己一定要像他们一样，有思想，有见识，做一个对社会、对人民有用的人。

一家人都追随着满叔，紧跟在他的身后，踏上了革命的征程。

二

每次放假回来，余鹤林看到满叔成了本地的议论中心，不是听人说满叔的故事，就是看到满叔在给人们解决问题，和大家在一起谈天说地的情景。

慢慢地，半溪的名声越来越大，在家乡人心中成了一位可讲知心话、为人仗义正直的贤达人士。四邻八乡的人都来找他谈心交流，把他当成自己的主心骨。

健谈又为人友善的半溪，时常接济困难的同事乡邻，对学生情同手足、爱护有加，周边熟悉他的人都称赞他是一个大好人。

1924年，余璜被乡里一致推举为益阳县自治委员会委员。上任伊始，又为老百姓做了一件大好事。

事情源于接连而来的水灾与旱灾，这两场天灾给以土刨食、靠天吃饭的农民造成了极大的损失。

1924年，本属洞庭湖区的益阳遭遇了一场大水灾，造成了较大的损失，但当时的补救措施让人民的基本生活还是得到了保障，局部的小灾情没有引起大的恐慌和混乱。人民盼望来年风调雨顺，有个好收成可以弥补。

谁知在1925年夏天，整个湖南遇到了一场罕见的旱灾，天久不雨，饥荒已十分危险。

身为湖南省省长的赵恒惕及一批无为官员，不是想着运用科学方法去征服自然，或因势利导宣传科学，而是迷信鬼神，为求天降甘霖竟祈神禁屠、朝天轰炮，搞得满城神鬼，把希望寄托在超自然的力量上。

上梁不正下梁歪，省长上行，县长下效，愚民纷扰，神神怪怪，整个湖南境内一片乌烟瘴气。社会大环境不好，百姓的生存问题得不到解决，让一些开明新锐先进新潮的人士痛心不已。

针对这些愚昧的做法，一些讲科学、思想先进的人士在《大公报》上不时发表一些用科学的方法来抗旱救灾的新锐观点。他们手中举着“用科学反对迷信”“抗旱救灾要从科学的方法着手”的旗帜，极力地宣传科学的抗旱救灾方法。

可是，一些官员特别是主政官员头脑发昏，瞎指挥，除了天灾又遭人祸，湖南的天空蒙上了一层厚厚的雾霾。在胡乱指挥、灾情严重之际，身为省议员的凌炳直指禁屠求神无效，当务之急在于购谷填仓防灾。他提出：“今年秋收后，政府应设法向外省或本省产米之区，购谷把省仓填满，防止荒灾，否则临时禁屠求神，何有效果？”

身为一省之长的赵恒惕听不进其他意见，不但不接受凌炳直议员正确的建议，反而把精力主要集中在提倡迷信求雨上，坐失良机，以致后来救灾无策，扩大灾情。他对来自各方面有益有利的建议不听不睬，而其中最有影响力的建议当属当时的军方人物唐孟潇（唐生智）的建言了。

时任湖南督办的军方人物唐孟潇一直关心关注灾情，对于如何救灾也有自己的想法。特别是当他看到一省之长的赵恒惕的愚昧做法，让人大跌眼镜，于是撰文发在1925年8月1日的长沙《大公报》上。《大公报》大幅刊载《唐孟潇之救灾善策——敬告各县提倡植林》的消息称：

“湖南督办唐生智氏，前月巡行耒阳、永兴、郴州、桂阳等县，考察军纪民情。因见童山荒岭，遍地皆是，连年水旱为患，固可诿为天灾，然各县未及振兴种植森林，亦为水旱之主要原因。”

唐生智的布告，实际是一首极为顺口合乎百姓口味的诗：“我看乡间光景，几多荒山荒岭，把它开发起来，岂不要发大财。桐茶棉桑蜡橡，社会销路最广；樟楠梓柏松杉，种种样样都佳。橘红桃梅李果，生意都不寂寞，各种各色杂粮，也能救得饥荒。豆子红薯苞谷，蔗麦高粱萝卜，不论山岭园林，遍地皆是黄金。任其抛荒废弃，实在可为痛惜。仔细考究起来，实由民智不开，地方穷苦日久，总是一味固守。不把实业振兴，将来何日翻身……”并称栽种树木，投资发展农林实业，可以免除水旱灾害，“富的多植树木，贫的都来工作，努力开辟利源，大家幸福无边。”这些浅显易懂、直抒心意的建议，连老百姓都夸好，可是当时的湖南省省长赵恒惕不但不采用，还在1925年的旱灾中以装神弄鬼的迷信来愚弄人民。

当湖南军方实力派人物唐生智旗帜鲜明地以开明的态度、科学的精神，提倡以实业救灾，一方面说明湖南军阀内部已经分化，另一方面湖南民众在愚昧和科学的选择上，其民心向背也已经发生逆转。大家终于认清这场灾祸必须用科学的方法破解，迷信是骗人的东西、精神的鸦片，可以兴奋一时，最终是害人的。

就在第二年，即1926年6月2日，唐生智顺应历史潮流，加入国民革命，宣布正式就任国民革命军第8军军长、北伐军前敌总指挥，从衡阳挥师北上，直下长沙、岳阳，将代表封建保守落后势力的赵恒惕军政集团彻底赶出了湖南。

当然，这是1925年赵恒惕荒诞祈雨故事之外的一个题外话了。在这种大趋势之下，益阳的灾情也是如此，正可谓上行下效，上梁不正下梁歪，让身在益阳县的老百姓吃尽了苦头。

1925年，灾难四起的中国，百姓生活在水深火热之中，益阳的人民同样遭遇了这场天灾。整个益阳县发生了一场几十年不遇的罕见旱灾，几十天滴雨未下，农田干裂，农作物统统枯死，人畜吃水都成了问题，许多农民颗粒无收。

无收成便无吃的，干旱之后又遇上了饥荒。农民没饭吃，家家揭不开锅，许多人开始外出逃荒讨饭。

看到这些，半溪急在心里，痛在心里，他拿出自家的粮食救济乡邻，但一己之力毕竟是杯水车薪。

“怎么办？你是我们的主心骨，你帮我们想想办法哟。”一位自治委员对半溪说。

“你知书达理、见识宽广，你帮我们上书反映反映情况吧。”一位农民给半溪作揖。

“乡亲们，大家的意思我懂，我们先看本县县府的态度吧。”半溪力劝乡亲们积极自救，同时联名向县府请求救急。

县知事戴汉东不仅不积极赈灾，还扣押积谷，激起广大农民的反感。

“我们不能坐以待毙，半溪你发号子，我们一定响应，我们去县府请愿吧。”农民自发聚集，一致要求半溪率他们一起去请愿。

余璜抱拳应道：“乡亲们，我决不会袖手不管的，请大家听我一句，我马上与自治委员会的人联系，想办法解决大家的当务之急。”

余璜迅速积极地联系一些自治委员和农民群众，写下了一封请愿书，上书戴汉东，促其发放积谷赈灾，并大造舆论。益阳县区农民四下响应，一时人心浮动，呼声很大。戴汉东被迫发放积谷，总算解了一时之急。

余璜等人此举深得群众拥护。通过这次上书县府积谷赈灾，大家对余璜更加敬佩有加，团结在他的周围，有什么事都找他拿主意、下决断。

渡过了难关，转眼又是春天来了。

三

春天来了，希望也有了。

各家各户的门上贴上了红红的对联，写上祝福的美好心愿。因为大家期待在新的一年里，请老天保佑，风调雨顺，好让靠天吃饭的农民旱涝保收。

余璜也觉得日子又充满了希望与生气。看到学生们的脸上也红润多了，他的心情也好了起来。

上完课的余璜信步在校园散步，一个伟岸的身躯立在了余璜面前。

“大哥，是你？”余璜一把抱住了面前这个人。

“你好，兄弟，你过得还好吗？”被抱住的人轻轻拍着余璜的肩膀。

“大哥，长沙一别多日不见，甚是思念大哥呀。你怎么来这里了？”余璜知道，大哥是有影响力的人，在干着大事，怎么会回到这乡村旮旯里来呢？来人正是从兰溪镇完小走出去的袁铸仁。

“说来话长，我们回屋好好谈谈吧。”袁铸仁手扶着余璜的肩膀，两人开心地边走边聊。

原来来人是余璜的好友袁铸仁先生，此次回来就是要在益阳秘密从事建党活动。

袁铸仁，1897年生于湖南益阳县兰溪鄢家垸，自幼勤勉好学，1915年考入益阳县龙洲书院，1917年考入湖南第一师范，先后结识了毛泽东、夏曦等进步青年，积极投身爱国民主运动，1922年在长沙加入社会主义青年团。其间，他发动和组织益阳各界进步人士成立“雪耻分会”，揭开了益阳早期革命事业波澜壮阔的历史开篇。

余璜就是在长沙读书时结识了袁铸仁，在他的影响下积极参加进步活动，成为进步青年。

袁铸仁对余璜是比较了解的，他不仅是一位有文化的进步青年，而且是一位有担当、有头脑、敢作敢为的好青年。

回到余璜简单的宿舍里，他扯过一把椅子，把袁铸仁按到椅子上，然后又快速地倒了一杯水递给袁铸仁：“大哥一路风尘，辛苦了，先喝口水。”

“半溪老弟呀，你不是一直对我的工作好奇么？还说过想和我一起奋斗，也要和我一起闹革命么？我这次回来是有任务的，而且任务非常重大，你愿不愿意和我一起努力干呢？”袁铸仁推心置腹地对余璜谈到了自己的工作。

“大哥，非常荣幸您看得起我余某人，我当然愿意呀，我一直在追随着你，在心里把你视为我人生的榜样、努力的标杆。”余璜坚定地表明了自己的态度。

“但是，做我们的工作是有风险的，甚至是要掉脑袋的，你得有不怕牺牲、不怕流血的思想准备。”袁铸仁非常认真地解释，要和他一起奋斗就必须有奉献精神。

“大哥，你放心吧，我早就有思想准备，而且也一直在寻找机会，您就是我的引路人，我一定紧跟你的脚步，直到胜利。”余璜信心十足，让袁铸仁心里踏实，自己挑选的这位进步青年确实是一位好青年。他对余璜说：“那我就做你的入党介绍人吧，从今天起，你就是一名共产党员了。”

袁铸仁从包里小心翼翼地拿出一面手绣的鲜红的旗帜，挂在余璜书桌前的墙头上，对着余璜说，现在请举起你的右手，跟着我一起念：

“严守秘密，服从纪律，牺牲个人，阶级斗争，努力革命，永不叛党。

宣誓人：余璜”

宣誓完毕，袁铸仁郑重地再一次紧握余璜的手说：“余璜同志，欢迎你加入组织，从现在起，你就是一名光荣的共产党员了，你我就是同志了，在外我们还是兄弟相称，在内我们是同志。”

“不不不，您永远是我的老师、我的领导、我的兄长，我向您学习，听您的话，您叫我干什么，我就干什么。”余璜对袁铸仁的恭敬与崇拜，使袁铸仁在益阳的工作开展得非常顺利和富有成果。

余璜于1925年5月加入中国共产党后，经他协助联络，袁铸仁在兰溪镇、新茶场等地发展了陈灿明、陈交太、胡达元等人入党。同年秋，建立了中共鄢家垸支部和秘密农会，在益阳展开了轰轰烈烈的卓有成效的农民运动。

四

夏季是毕业季，也是考试季。在兰溪高小毕业的一些同学，相邀一起到长沙报考。报考时，十二岁的余鹤林自作主张改名为余繁。他觉得余鹤林这个名字太老气、土得掉渣，繁有多之意，复杂，兼通繁华。余鹤林想到以后要面对纷繁复杂的世界，要去闯荡江湖，要打造出自己的一片幸福，于是就改名为余繁，并用余繁之名考取了长沙城南妙高峰中学。他想以全新的姿态进入省城的中学学习，要抛弃那些陈旧的东西，免得同学笑他是乡巴佬，还有那些带有侮辱性质的“林妹妹、余姑娘”等。余繁心想，要让人知道：我是男孩子，我也有自己的梦想。

三年的初中学习，让余繁开了眼界，长了知识，更多的是长了胆子。从前那个胆小怕事、依偎在妈妈怀抱里的小男孩长大了。

懵懂少年，也有烦恼。他的心还在兰溪，更多的是怀念家庭的温暖与关爱。他哭了又哭，一连哭了四五天。因为孤独，因为舍不下慈爱的爹妈，也有可能还舍不得那任他骂来任他揪的小媳妇。同学们笑话他儿女情长，不像一个男子汉，婆婆妈妈的。一想到自己是来求学的，况且不想让人看不起，改掉那个柔弱的性子，特意来长沙读书，如果自己改不掉这个毛病，这书岂不白读了。余繁决定，先改掉爱哭的毛病。

经过一段短暂时间的艰难磨炼，凡事坚强一点，多坚持一会儿，原来不哭也是可以的，他才初步适应了中学的生活。生长发育时期，烦恼易生，快乐亦易生。当余繁融入长沙中学的校园生活以后，他觉得和同学们在一起，每天的日子都过得非常开心快乐。

一天到晚讨论将来要做什么？

余繁在想自己的将来要干什么呢？

很多很多，他认为要像父亲一样做个“小官儿”，要像卜老师一样做“孩子头”，像牛顿一样做科学家，或者学李白做诗人，想要做的太多太多了。人的一生是有限的，到底做什么好呢？此时的余繁确实还没有明确的目标，这些虚无缥缈的梦伴随了他三年。

他爬过岳麓山，登过天心阁。他身为湖湘子弟，却从不敢下湘江畅游，因为他牢记母亲的交代：不可私自下水。最重要的是，他还不会游泳，怎么敢下水呢。所以，在长沙三年的初中生活里，他没有尝过畅游湘江的味道，一直是他视为最遗憾的事情。

成天和同学们在一起，周末有时也去湘江河畔、岳麓山上写生，有时到爱晚亭与同学们吟诗作对，有时去岳麓书院看书。余繁的学习生活，充实而又欢乐，开心喜悦的日子，让他有点乐不思蜀了。

而最让余繁兴奋的是，真的与他最喜欢的卜老师相遇了，相遇在长沙举行的一次大型学生运动上。在协均中学的教师柳直旬、长郡中学学生曾三、岳云中学学生向钧、竞泽中学学生田波扬的带领下，长沙的大、中、小学生们与帝国主义及其在湖南的走狗赵恒惕进行了不屈不挠的斗争。

长沙街头，全是学生。他们高举旗帜，高呼口号，雄赳赳、气昂昂地为受灾人民呼喊。

余繁在游行队伍中看到了卜息园老师。他兴奋地走上前，一把抱住卜老师："老师，我来了。"

卜老师看着自己的学生，现在与自己一般高大了，笑了："好，好，来得好！"

"来，让我们一起战斗！"卜老师挽起余繁的胳膊，继续游行示威。

与卜老师的再一次相遇，丰富了余繁在长沙的学生生活。他不再只有单调枯燥的学生生活，还有了更深层次的社会生活、精神生活。他开始追随卜老师，跟着他参加了在长沙开展的多次学生运动。回家乡休假时，他把自己参加游行的事情告诉了满叔。

后来余繁才知道，满叔余璜在益阳发动的上书县府积谷赈灾的事件和他们游行示威的目标是一致的。

在斗争中成长，在风雨中磨炼，余繁越来越成熟，也越来越有男子汉气概了。

时间似水，哗啦流过。初中第一学期放寒假，余繁要回家过年了。姐姐来信说，父亲给他讨的那个童养媳在冬天因病去世了。他可不想回去，连个可以说心里话的人都没有了。长沙好热闹，同学又多，还有那些街上美丽的花蝴蝶，对这个从乡下来的少年也有很大的吸引力。

父亲来信了，嘱咐他一定要回家过年。余繁才不舍地离开了长沙，回到兰溪。

1925年春，乍暖还寒，兰溪河的水还冰凉冰凉的。但是，爱漂亮的小伙、姑娘们早已换下大棉袄，穿上了小夹袄。猫了一个冬季，他们早不耐烦了，蠢蠢欲动只待天晴便往外跑。

余达才的一个同僚，明天做五十大寿，要到城里喝寿酒，正好后天又是正月十五，街上热闹非凡，余达才便对余繁说："三毛佗，今天跟爷老子到街上玩去不？"

余达才看着可爱的儿子，心里充满了得意与开心，如今长得和自己一般高大的小子，越来越大方帅气，有模有样了。这到长沙读了几个月的书，硬是跟小地方的人不同了，大方得体，教人越看越爱。

带他出去见见世面，了解一下本地的风土人情也是必要的。再说嘛，余达才心里还有个小九九没明说，给儿子找的童养媳夭折了，那还得另找一个呀。

他不问，余繁其实也早就想到益阳城里看看了。这一问倒是问到他的心坎上了，“去去去，正想去益阳街上看热闹呢！”余繁满口答应。

于是，两爷崽换好衣裳，朝益阳街上出发。

从兰溪坐船出发到大渡口轮渡，再过河，又从东门口逛一路到三堡顶上，人潮涌动的青石板长街上，余繁的眼看花了，口水讲干了，腿走痛了，再复返回来，开启了狂吃模式。

看到月明楼的油碗糕他要吃，看见玉马巷子的糖油粑粑他也要试，学门口的白糖饺子他最爱吃，闻到东门口的臭干子味，也要了一份，在长沙火宫殿吃过，益阳的又是么子味呢？这真是不吃不知道，一吃忘不了。闻着臭，吃着香，外焦里嫩，香辣筋道，鲜得把小舌头都要吞下去了。他还想吃一份，余达才虽怕撑坏儿子，但爱儿心切，不管他要什么，余达才便站在一边付钱，嘴里还讲：“吃吃吃，吃多些长胖点、长高点。”

这些益阳街上的著名小吃，余达才恨不得让儿子全部吃个遍。

看到好不容易停下嘴的儿子，余达才还问：“三毛伦，还吃不？”

“不吃了，我的肚子装不下了。再吃，会胀破肚皮呢。走得太累了，我想睡了。”余繁拍着肚子，一边说，一边朝文昌阁走去。

文昌阁后面不远处，就是余达才同僚的住处兼办公室——西门巷子，益阳团防局的办公地点。

“那不行，刚吃了这么多东西，我们还是先进文昌阁看看，消消食，再休息吧。”余达才关心儿子，生怕吃多了糯米食的儿子不消化，要是害病了就交不得堂客的差，更交不得爷老子的差——余繁的爷爷特别喜欢这个宝贝孙子。

文运昌盛，历来为益阳人所重视。坐落在益阳古城学门口的文昌阁，正是取“文运昌盛”之意。对于文昌阁的始建年代有两种说法，一说是唐朝贞观年间，一说是宋朝。众多文史资料和传说表明，文昌阁应始建于宋朝，初称学宫，后改称圣庙。元朝末年，圣庙毁于战火。

明朝洪武十三年（1380），圣庙得到修复。隆庆五年（1571），圣庙更新其制，中为大成殿（遗址在五一东路北），分古贤祠、明伦堂、启圣祠、儒学门，门内东侧为文昌祠。

清朝顺治年间起，多次重修大成殿。光绪三十三年（1907）诏升为大祀，改祠为阁，文昌阁之名由此而得。文昌阁，成为当时益阳古城的最高建筑。

余达才是想让儿子文运昌盛，将来读好了书可以做大官。余繁想的是里面有什么稀罕物值得看，踏进门他便随性转了起来。此时的文昌阁，早已不是原来的样子了。

几间房门外挂了块大牌子，上面写着《资江》编辑部，还有一块写着“中共益阳县委执行委员会”。进进出出好多年轻人，余繁不由得跟着进去，看看他们在干什么。

走到挂有“中共益阳县委执行委员会”牌子的门前，他听到了一个似曾熟悉的声音，他赶紧进门一看：呀，这不是兰溪高小的袁老师吗？他和卜老师一起搞过读书会，还和自己握过手……余繁开心地喊着：“袁老师，袁老师，您还记得我吗？”

正伏案读文件的袁铸仁抬头看着眼前这毛头小伙，似曾相识却又一时想不起来。

余繁热情地自我介绍：“我是小林子呢，您在兰溪和卜老师一起办读书会时，我听过你和卜老师的讨论。”

“啊，想起来了，原来是小朋友，小林子呀，长这么高了，成大朋友了，啊哈哈哈。”袁铸仁一边拍着余繁的头，一边招呼他到办公桌边上坐下。

袁铸仁还对旁边的一个高高瘦瘦的人说：“老廖呀，别看他年纪小，这可是个老革命了，读小学时就为我们站过岗。”这老廖本名廖剑藩，后来化名高文华，积极参加革命工作。

“行呀，你袁老师可不是当年的袁老师了，是我们益阳县委执行委员会的书记了。你是来找袁老师加入革命队伍的吗？”这人一边说一边喝着水，看着余繁的眼神满是笑意。

“老廖，你别开玩笑了，他叔叔就是余璜。”袁铸仁认真地说。

“哦，家有好传统，难怪。好好好，我们的事业后继有人。”这个姓廖的人拍了拍余繁的肩膀，笑得更开心了。

“你怎么到这里来了？”袁老师很关心地询问。

“放寒假了，跟着父亲来益阳街上给人庆寿喝寿酒。”余繁简短地回复着。

说话间，好多人坐在办公桌周围。老廖止住笑容，一脸严肃地说：“袁书记，人都到齐了，开始吧。”

袁老师转身对余繁说：“小林子，我们要开会了，欢迎你以后常来。”袁老师又一次握着小林子的手，郑重其事地说：“希望你毕业以后，加入我们的队伍。”

“嗯，好！我一定会参加的。”余繁也很爽快地答应了。

“三毛佗，三毛佗，跑到哪里去了？”余达才一晃眼不见了儿子，到处找他。

“来了，来了，我在这儿。”余繁跑到余达才面前说，“逛了这么久了，实在太累了，打道回府吧。”

一到住处，余达才就打了一盆热水喊：“三毛佗，泡下脚，不然，明天脚会痛。”余繁脱了鞋，把脚伸进盆里：“哇，好爽呀，老爸，你也来泡一下吧。”

“不不不，我还要和那个叔叔聊会儿，你泡完脚，好好睡一觉吧。”

余达才这边话还没完，余繁已倒在椅子上打起了小呼噜。

余达才疼爱地帮儿子把脚擦干，一把抱起儿子放到床上，盖好被子，轻轻地掩上门，去找同僚了。

一觉睡到大天光了，还是余达才一催再催才把余繁催醒来。

“三毛佗起来，三毛佗吃早饭了，咯是我从白马巷子那边端来的干坨子呢，最好吃了，你试试。兰溪没的买，长沙买不到的，只有益阳这条巷子才有的吃呢。”

余达才不厌其烦地说着话，眼睛却一直瞄着儿子的动静，看他“嗯”了一下，翻个身又睡了，便揭开被子说：“三毛佗，日头都三丈高了，等下要吃寿酒了，你晓得的啦，做客莫落后，我们得抓紧点过去啦。”

好不容易，余繁伸了个懒腰，打了一个哈欠，还用手拍了几下嘴，打出一连串的哇哇哇哇哇音，才开始穿衣。

“你马上要去吃酒，何解（为什么）还要端一份干它子回来呢？”余繁有点迷惑不解。

“你咯又不晓得，越是出门吃宴席，越要打好底子，你不能空腹去吃酒席，一是场面大，家伙多，不晓得熟不熟；二是人多，有些人像几餐没吃过东西，一上菜就抢，不晓得你抢得几口；三嘛，街头巷尾都是熟人熟事，没得咯多斯文礼节，想怎么痛快就怎么来，咯又没得什么客气讲，所以讲，你吃点东西在肚里垫底，不管什么情况都不怕。”余达才开导着儿子。

这余繁真没想到，吃个宴席还有咯多讲究。

他吃了两粒干它子，就放下了勺子，因为这东西，不太合他的口味。

他要去倒掉，余达才忙按住余繁：“不要浪费，我来吃吧。拢共才八粒，咯好的东西倒了可惜了，暴殄天物要遭天谴的。”

他一把端过来，慢慢地吃着。余达才边吃边问：“三毛佗呀，你在学校里学些什么呀？长沙省城的学校与我们咯小地方的学校有什么不同呀？老师水平怎么样呀？讲来听听。”

“有什么好讲的，肯定水平要高些啵，学校威武些啵，还有好多同学屋里下不得地的钱多，上学都有汽车来接送呢。”余繁一边比画一边说，两爷崽喷得不亦乐乎。

“走不啦，还不出发会迟到啵？”余繁催促着。

余达才听着儿子说学校的事，很开心、快乐。

“好吧，我们走。”

余达才父子俩来到同僚办寿宴的宝庆会馆。他同僚是一位宝庆人，独自闯天下，放排来到益阳，看到这么富饶美丽的地方，便心生恋念，在这扎根扎营开枝散叶了。

五

放了寒假的余繁回家过年，在寿宴上遇见了汤咏兰。咏兰是余繁小学的同窗，儿时青梅竹马，两小无猜，倒也没有什么禁忌；但是自从余繁到长沙读初中后，两人间少了往来。咏兰也上过新式学堂，读过几年小学，知书达理，其养父是益阳兰溪街上开赌场的大老板，与余达才多有交往。

作为世交，他们的儿女自然多了一些交往，汤咏兰与余繁二姐也民还是同学呢。没想到这么巧，在这次寿宴上，两人竟能不期而遇。

十三四岁的汤咏兰面容姣好，唇红齿白，一件红格子旗袍把她窈窕的身材包裹起来，更显身姿妙曼。一条长长的大辫子，在身后摆来摆去像一条鱼尾巴，吸引着余繁的目光，让他时不时有一种想用手拉住的冲动。

当余繁盯着咏兰的长辫子时，咏兰感觉到了余繁异样的目光。她脸微微一红，轻启樱桃小嘴："怎么？你没看到过吗？这没见识的样子。"

她的话说得余繁脸红了。是啊，又不是没见过，可是，今天怎么与平时不一样了呢？

"小兰，怎么几年不见，长得这样漂亮了。"余繁甜蜜的话语，如歌儿一般动听。咏兰本来就对余繁有好感，此时按捺不住那激动的小心脏，回复道："小林子，你也变了，长高了。还这么会说话，到底是读书人。"

窈窕少女，君子好逑，这又有什么奇怪呢。

两人边走边聊，把自己的父亲都晾在一边了，他们坐到一块开心地聊着。

一对金童玉女的少年，让这宴席更加夺人眼目。

当两位老父亲看到这一幕，默然不语，不由得相视一笑。汤老先生忍不住双手作揖，对余达才说："你家满崽一表人才，才貌双全，培养得好啊。"

"哪里哪里，不如你老兄呀，你家闺女知书达理、模样俊俏，两人好般配，好登对……”

“俺闺女有眼光，这小子不错，俺喜欢，哈哈哈……”汤老板一点也不掩饰自己对余繁的喜爱。

“择个日子，把八字合一下，行就定下来。哈哈哈……”

真是岳老子看女婿，越看越欢喜。

余达才巴不得呀，汤家在益阳城里有铺面，家里殷实，咏兰这妹子确实与自家小子蛮搭呢，心里早已十分满意了，连说：“好呀好呀，我回头就找媒婆来办理。”

1925年夏，余繁又考上了湖南华中美术学校，学校位于长沙油铺街。

在湘雅路的北侧，有一条不起眼的小街，最起头油铺街上油铺林立，卖油的、打油的穿梭于此，熙熙攘攘，是以得名。后来油铺没落了，人们都到各处糊口发财，但油铺街这个地名却沿用至今。

短短的街道里，藏着数十家水果店、干货店、粉店、小餐馆、美发店……华中美术学校就藏匿其中。从外表看，这是一所非常不起眼的职业学校。

余繁同学考到这里，最初踌躇满志、信心百倍。可当一踏入油铺街，就被这似曾相识的景象所困扰，这与家乡的益阳街几多相似。

油铺街的楼房都是两三层，斑驳残败的墙壁无声地诉说着岁月的沧桑。临街的铺面不管大小，都在经营种种小生意。靠着这些生意，他们不咸不淡地安身立命，艰难度日。

余繁最喜欢的就是，每天早上来德哥小店嗦一碗牛肉米粉，然后跑着去上课。学习一天累了，晚上就到小嘴巴漫酒摊上吃一个外酥里嫩、里面裹着大颗葱花的葱花饼，再美美地睡一觉，一天就这么过去了。如此，一天复一天。一天何其多，美食也无数，一次尝一家，不到一期，就把街上的各种小吃尝了一个遍。

最为难得的是上次游行期间，又碰到了情同手足、亦师亦友的卜息园老师，卜老师也在长沙读书。

久别重逢，相谈甚欢。当了解到卜老师已经是共产党员时，余繁十分羡慕，早已心驰神往，期盼自己也能成为他们中的一员，和老师一起参加革命。

由卜老师推荐，在长沙举行的一些重大学生运动，余繁都积极参加。他非常活跃，深受卜老师的喜欢和信任。

一晃两年多过去了，不知不觉又到了寒假时分。

余繁其实很早就想回去了，自从和满叔分别后，就一直很想他，比想父亲都要多，余繁自己都不知道为什么。要论爱，父亲对自己的爱不用说，从小没打过没骂过，真是捧在手里怕掉了，含在嘴里怕化了。长这么大，没做过一点事，一家人都在全心全意地付出爱，余繁就是被爱填满的人。如今在学校里，他感觉到了自己的不足，从来都是得到爱，却从来没有主动付出过爱。

从现在起，他要学会付出自己的爱，爱爷爷奶奶，爱爸爸妈妈，爱姐姐，爱叔叔婶婶们，爱老师同学们，而且他心里深深地牵记着兰溪妹子咏兰。他学会了与同学相处，团结友爱同学，像卜老师说的，要热爱劳苦大众，要热爱自己的祖国。余繁对老师尊敬有加，老师、同学们也和余繁熟络起来。

他开始主动写信给父母，关心家人的情况，关注家乡变化，联系最多的却是满叔。他特别对满叔的所作所为感兴趣，他想早日回来向满叔当面请教。

寒假回家过年，余繁一落屋就问："满叔呢？满叔在哪里？"

母亲告诉他："满叔到益阳城里开会去了，说要建立农民自卫队。"

"那我到咏兰家去一趟吧。"话没说完，就准备朝咏兰家跑。母亲对他说："咏兰家生意做大了，发展得好，在益阳城里开了一间铺面，现在一家搬到益阳城里做生意去了。要过年了，你不能空手去的，现在不是往常的同学关系了，你得按礼数才进得屋。"

余繁才不管这么多，跑到益阳，与咏兰见面。聊了半天，吃了一餐饭，又跑回了兰溪，连咏兰都留他不住。他的心里还惦记着满叔，要他讲那些新鲜事，要看满叔给他准备的那些从外国来的好书呢。最难得的是，满叔和卜老师一样，他们组织的革命运动吸引着余繁的心。他多想早日投身到革命之中，帮着叔叔、老师一起干革命，为劳苦大众服务效力。

六

1925年的冬季，漫长潮湿而又寒冷。国际形势一片混乱，列强想瓜分世界，各国人民的反抗斗争运动风起云涌。国内形势动荡不安、人心狂躁、激情四溢、荆棘载途，充满了阴谋，也充满了机会。

1925年3月12日，孙中山先生逝世，广东革命政府突然陷入群龙无首的状态，于是各种势力互相倾轧，血雨腥风。湖南的形势也好不到哪里去，刚刚兴起的农民运动，遭到了顽固分子的抵制与反抗。一场国民大革命运动，险些埋葬于唾液之中。

毛泽东在《湖南农民运动考察报告》中指出："农民的主要攻击目标是土豪劣绅、不法地主，旁及各种宗法的思想和制度、城里的贪官污吏、乡村的恶劣习惯。这个攻击的形势，简直是急风暴雨，顺之者存，违之者灭。其结果，把几千年封建地主的特权，打得个落花流水。""孙中山先生致力国民革命凡四十年，所要做而没有做到的事，农民在几个月内做到了。这是四十年乃至几千年未曾成就过的奇勋。这是好得很，完全没有什么'糟'，完全不是什么'糟得很'。"反革命嘴中的"糟"，与文章中的好形成鲜明的对比。

毛泽东还在为《农民问题丛刊》写的序言《国民革命与农民运动》中指出："农民问题乃国民革命的中心问题，农民不起来参加并拥护国民革命，国民革命不会成功；农民运动不迅速地做起来，农民问题不会解决；农民问题不在现在的革命运动中得到相当的解决，农民不会拥护这个革命。"要发动农民起来革命，就必须了解农民，开展深入的农村调查。为此，他号召："我们的同志于组织工人组织学生组织中小商人许多工作以外，要有大批的同志，立刻下了决心，去做那组织农民的浩大的工作。要立刻下了决心，把农民问题开始研究起来。要立刻下了决心，向党里要到命令，跑到你那熟悉的或不熟悉的乡村中间去，夏天晒着酷热的太阳，冬天冒着严寒的风雪，搀着农民的手，问他们痛苦些什么，问他们要些什么。从他们的痛苦与需要中，引导他们组织起来，引导他们向土豪劣绅争斗，引导他们与城市的工人、学生、中小商人合作建立起联合战线，引导他们参与反帝国主义反军阀的国民革命运动。”

而余繁的满叔余璜正是在这样的革命形势下领命回益阳，回自己熟悉的乡村来开展国民革命工作的。

叔叔的雷厉风行、果敢英勇，让余繁敬佩有加。他常主动写信，了解叔叔的工作进展。当他得知叔叔刚入冬天，以打“疯狂”为名，带领一些青年农民，乘机夺取一处团防局的枪支，组成自治会武装，余繁的心就飞回到了兰溪，他要和叔叔一起革命。因为叔叔现在的革命很有成果，还建起了农民自卫队，他现在就是自卫队的队长。

他们叔侄之间的联系也非常频繁，而对余繁影响最大的，除了他心心念念的革命老师，就是这个革命的满叔了。

当余繁从学校回来后，满叔对他说：“你想参加革命，我得先考验一下，你要经受得起考验才行。”

“什么考验呢？”余繁充满好奇和新鲜感，“你讲啰。”

“你得和我们一起完成一个任务，任务完成好了，对你的考验也就过关了。任务没完成，说明你要革命的信心不够。”叔叔故意吊侄儿的胃口。

“我保证认真完成叔叔布置的任务，争取一次过关。”

“嗯，态度还是蛮坚决，不过这是一个秘密，你得守口如瓶，决不外泄哟，包括你最爱的人和最亲的人。”余璜这样讲是有他的目的的。余繁却不明就里，只想早点加入叔叔的队伍里，忙不迭地应承着。

“那好，你等我的通知。”余璜话未落，余繁便伸出他的小指钩住叔叔的小指头，“咱们一言为定，一百年不许变。”

通过前几次打近边的小团防局，余璜也胸有成竹，对打本地最大的团防局也心中有底了。

他和陈灿明、陈交太、胡达元等人秘密商量，要在过小年时突袭一个团防局，搞几支好枪，扩大农民自卫队。

要去哪里打呢？几个人都不知余璜心里的想法，以为是近边哪个乡镇的团防。

“不近，也不远，要两天时间，我们要速战速决，以夺枪为目的，抢了枪便走人，局子里的人能不伤就不要伤了。怎么样？”余璜暂时还不能明说去哪里，他不能透露半点风声，以免行动失败。

临近年关，各家各户都在准备过年，晒的晒，洗的洗，特别是一群群的小孩子，开始燃放炮仗。卖小玩意儿的、小吃食的也多了起来，无论是乡村还是街上，开始有了点年味儿。

在从益阳前往桃江的一条山路上，一干人马在疾速地行走，这一队人马三五十个人的样子，有的扛梭镖，有的扛大刀，还有几个扛着一杆枪。这是一支什么队伍？武器很杂，但步伐还是统一有力的。

夜色苍茫，只有点点狗吠声，使得这寂静的夜里有了点生气，但丝毫不影响这些人行走的速度。

“满叔，这是要到哪里去呢？”夹着一点男子变调的声音，轻轻地传了过来。

“不要讲话，到了自然会告诉你，留点劲走路，莫把劲费在嘴皮子上。”粗壮的男中音，回答简短、有力。

穿过了一座又一座山，从天黑走到天明，还是山。除了爬坡，就是下坡，这一路里走得腰酸腿痛。来到一个半山腰的茶亭里，有人喊：“差不多到了，大家停下来休息，吃点东西，补充点体力。”

“满叔，咯是哪里呀？尽是山，脚都走断了。”一边满嘴抱怨，一边满心好奇，余繁忍不住发问了。对于在湖垸区长大的余繁来讲，在水灵灵的水边长大，睁眼便是水，动脚就是河，哪里走过这么多山路。

“咯里属桃江，此处叫筑金坝，再过去十几里就是马迹塘了。”余璜回复侄儿。

“马迹塘？咯不是我爹爹的防务区么？”余繁很是惊诧。

“是呀，我们就是去看你爹呀。”余璜开心地逗侄儿。

“不过等会你见了爹，可要好好陪好你爹哟。”

“知道的，我不会忘记满叔交代我的事。”说完，叔侄相视会心一笑。

吃过一些包点，大家席地而坐或卧，打起盹来。

走累了的余繁一会儿也呼呼大睡了。

“兄弟们，起来，起来，活动一下筋骨，准备出发。陈灿明、陈交太、胡达元你们过来一下。”余璜喊醒众人，又把他们仨召集一起碰了个头，然后全部人马分成三小队出发了。

“三毛佗，你跟紧我。”余璜对余繁说道。

不到一小时，天将薄暮，余璜带着余繁来到了马迹塘团防局。

当余达才看见小老弟带着自己的爱子出现在面前，他非常惊诧：“怎么信都不来一个呢，就这么来了。吃饭了吗？”

“没有呢，老爸，走了一天了，肚皮贴背了，快给我们弄点吃的。”余繁一撒娇，老余心痛得跳，连忙答应着：“快快快，我叫伙计去搞几个菜，好好慰劳慰劳你们。”

老余一边搂一个，把他们拥进房间，又是上座，又是上茶，还东翻西翻，看有什么吃的给儿子应下急。找来找去，只有泡擂茶的一点饭米子和花生了，他端了上来给儿子，道：“你先抓两把放茶里，泡泡再喝，好香的呢。”

余繁开心地给叔叔抓了两把，又给自己抓了两把泡到茶里，一边听爸爸和叔叔聊天，一边喝得哗哗响。

喝茶之余，余达才问：“你们不会只是来耍下子吧？咯山旮旯里，过年过节赶集时热闹一点，平日里只有一些做生意的人在这里呢。”

余繁抢着回复父亲：“还不是听人讲马迹塘咯里的擂茶最好吃，还有‘马迹塘的故事’好闻名，要过年哒，有看的吗？你给我讲一讲‘马迹塘的故事’，好不好？”

看到爱儿在面前撒娇，老余一颗铁汉的心都化成了水：“好啰好啰，你们一边吃饭，我一边讲给你听。”

伙计端来了两个小炒，一个蛋炒辣椒粉子，一个腊肉炒阴萝卜，还打了一碗酸菜汤，两大碗蛋炒饭。伙计说，饭是晚上的剩饭子，用猪油炒热了，应该味道不会太差。

余繁端起碗就伸着鼻子做深吸状：“嗯，好——香——啊！”头还转了两下，然后拿筷子就扒饭，大口大口地吃了起来。

“慢点慢点，莫急，未必饿得咯滴？今天太晚了，随便吃点，明天我带你们去马迹塘最好的大饭店请你们吃狗肉。”

正在外查岗回来的团副，看到团长家里灯火通明，就顺道进来看了一下：“哟余团长，这么晚来客了？”

“是呀，是呀，是我老弟和我的满伢几来哒。”余团长高兴地把自己的老弟和儿子向团副做介绍。

“哦，幸会幸会，老弟仪表不凡，儿子一表人才，都是人尖尖呀。”团副讨好巴结的话，让余团长开心地大笑起来。

“嗯，你辛苦了，年关上了，你多费点心，莫要有么子闪失，丢了饭碗。”团长嘱咐着团副。

“好呢，好呢，我刚转了一个圈，还好，没么子异常。你们好好聊，我走了。”

团副走了，余达才开心地看着老弟和儿子吃着饭，开口道：“半溪呀，你现在还在那家私塾吧，听说兰溪农运闹得厉害，你晓得不？”

“我怎么不晓得呢！好多我都参加了，现在到处闹革命，打土豪分田地。我看你这团防局长也没得什么搞手哒，不如同我一起干革命去。”

“那搞不得呢，你侄儿要读书，你嫂子还靠我赚几块钱生活。我五十多岁的人哒，还革得别人么子命呢，阎王老子要革我的命哒。”余达才不假思索地回复老弟。

“革命又不分年纪大小，更不分迟早，只要你参加，我们就欢迎。”余璜就想着如何把大哥拉到自己的阵营里。

“听说你们那边有几家团防局的枪被抢了？”余达才关切地问。

“嗯，是的，没得枪杆子闹么子革命呢，没枪就没得发言权，鸟都没人鸟你呢。”余璜满不在乎地回道。

“总之，桥归桥，路归路。哥是哥，弟是弟，你搞革命我不反对，我呢，你呀莫劝哒，吃完饭早点休息吧，你们也累了。”余达才想着把话说在明里，两兄弟井水不犯河水，大路朝天，各走一边吧。

“嗯，好的。”余璜顺口喝了一口酸菜汤，只说，“绝了，这汤做得绝了。”

余繁也马上拿起勺子，连喝了三大勺才放下：“饱了，饱了，太好吃了。”

吃饭，洗完，聊完，已是深夜。余达才也累了，安排好老弟，又和儿子挤到一张床上，可儿子十分兴奋，问这问那，一点睡意也没有。

余繁说：“老爸，你先讲讲‘马迹塘的故事’给我听，后来吃饭时你又只跟叔叔讲话去了，我的问题还没讲呢。”

“好嘞，三毛佗呀，你躺下来，听我慢慢讲得你听。”

余达才不急不慢地说：

“这马迹塘镇呀，地处资江中游，东通洞庭，西连湘黔，北达巴蜀，南扼衡岳，自古是湘中去湘西北的交通枢纽。马迹塘镇是桃江县第四大镇，仅次于桃花江镇、灰山港镇与武潭镇，位于桃江西部，与安化接界，距县城 45 千米，有一条简易的土路与益阳连通，资水三面环绕，水陆交通便利。马迹塘北靠资江，西临沂溪，傍水靠山，地处交通要冲，历来是兵家必争之地……”

房里的炉火还在闪烁着微光，可床上的两人都已进入梦乡。

呼噜呼噜，余达才的男高音“独唱”，在马迹塘团防局的夜空回荡。

而那边厢房里的余璜并没有睡，他在等待时机，等待老兄那惊天动地的呼噜声，那就是他行动的信号。他交代侄儿，要把他爸缠得筋疲力尽。

吱呀一声轻响，团防局的大门开了，嗖嗖嗖的几声，有身影从门外闪进。不到十分钟，缴械马迹塘团防局。

兰溪农民自卫队，成功袭击了马迹塘团防局，它是当时益阳最有实力的团防局之一。

当余达才醒来，看着面前的一切，痛心疾首，连声大呼：“上当了，上当了，我太大意了，我太大意了！本来我就心存疑虑，明明要过年了，他们怎么突然跑得咯里来哒。”

他呵斥余璜：“都是你造的孽，都是你造的孽啊！”

余璜却耐心地解释：“大哥，你要看清形势，回头是岸，你转身参加我的队伍就是革命者了。”

还有什么办法呢？枪全部到了自卫队人手里，一个光杆团长还有什么好当的？而且丢失枪支，报上去还要挨处分。那头去不得了，迫不得已的余达才，只得转身跟随老弟余璜开始闹革命了。

当叔叔悄悄地对他竖起大拇指的时候，看到叔叔的神机妙算，看到转身参加革命的父亲，余繁觉得自己经受了一次最大的考验。他觉得闹革命真的很刺激，虽然冒险，但要革命，就要有冒险精神和牺牲精神。

第一次的成功，让余繁尝到了革命的滋味。余繁暗想，要把自己的“丰功伟绩”告诉心上人咏兰。初中毕业时，双方家里就给他们订了婚，现在咏兰是自己可以倾诉心声和最亲近的人了。

七

听说咏兰一家回兰溪老屋里了，准备在老屋里过年，余繁心里乐开了花。吃过晚饭，他便撒开腿，跑到咏兰家来了。

咏兰与余繁同年，本为兰溪镇开油漆店的彭柳春（又名光照）的女儿，从小被兰溪镇开赌场、棺材店的汤汉卿收养。她的生母为曹氏，养母为魏氏。当余达才家的童养媳病夭后，余达才一心想给儿子物色一个相配的人，那次寿宴上的偶遇，使得咏兰成为不二人选。

不久，余繁就与汤咏兰正式订婚。汤咏兰用余繁给她取的学名汤清，进益阳县立妇女职业学校缝纫科学习，与余也民、姚凌华同班。

汤家府里，咏兰正在帮母亲料理家务，看到未婚夫来了，连忙放下手中事务，轻声问道：“吃了没有？”

“吃过了。”余繁一边回答，一边问候过咏兰妈妈，然后朝咏兰说，“快点儿出来，有事。”

咏兰和余繁肩并肩，沿着屋边小路，朝枫林桥方向边走边聊了起来。

“又有么子事咯样急呢？还跑得满头是汗？”咏兰心痛地嗔怪着未婚夫，从胸前扯下一条手帕帮余繁擦汗。那份怜爱与珍惜，溢于言表。

“是个好消息呢，前两天我跟满叔干了一件大事，你不晓得吧？”余繁带有炫耀的语气，让咏兰很是好奇。

“叔叔干了大事差不多，你做得么子大事啰？”咏兰不相信，一个嘴上刚有点毛的学生伢子，能做出么子大事。

余繁有点急了：“是真的，是真的，我还经受了考验呢，叔叔讲我立了头功。”

“那你讲讲看，你立的什么功？”咏兰还真不相信。

于是，余繁把跟着满叔到马迹塘团防局搞枪的事，添油加醋地叙说了一遍，让咏兰不由得刮目相看，由衷赞道：“真看不出你也参加了这么重大的行动。”

“下次再有革命行动，也喊我一起参加，好不？”咏兰也想出去和大家一样闹革命，可是父亲却不允许她出去，并说：“女孩子有女孩子的事做，好好学缝纫技术，一技在手，吃穿不愁。等你过了门，成了别人的媳妇，我就不管你了，在家必须听我的。”

自从和余繁定亲后，父亲就不准她到处玩了，只能待在家里帮娘做做家务，读点闲书，偶尔陪娘老子打两圈麻将。咏兰觉得日子过得很无聊很无奈，还真想早点嫁出去，跟余繁在一起，日子也许会好过一点。

谁知余繁却说：“你女孩子还是守在家里啰，革命是我们男人的事。”余繁小小年纪，思想却还是有点传统。

“就只兴你们男人革命呀，就只兴你们家的女人革命呀？你当我不知道么，你家大姐裕春都当兰溪妇女界联合会的会长了，听说也民姐姐都当县里的妇女界联合会会长了，表现蛮积极的，你以为你不讲我就不知道了吗？”咏兰不由得反驳起来，又道，“大姐肩扛孩子在街上讲演，轰动了益阳街上的女子们。好多女人羡慕大姐的胆子大，夸她讲得有水平呢。”咏兰喋喋不休地说着两位姐姐的革命行动。

说到两位姐姐的事，余繁还真不太了解，只听说跟着满叔也在干革命，影响力很大。原来两位姐姐也是了不得的革命者呀，连咏兰都听说了，余繁不由得从心底里对两位姐姐敬佩有加。

“那好吧，你要革命，我也应该支持，那让我们做革命的情侣吧。”余繁牵着咏兰的手，两人倚坐到了枫林桥的石栏杆上。

望着兰溪小河里的点点渔火，两人聊得开心不已。咏兰从心里盼着：快过年吧。因为两家定了，新年初八就是他们办喜酒的日子。

两人聊到未来，聊到结婚以后的生活。余繁说：“我父母只有我一个儿子，以后你多生几个儿子，让他们跟着我们一起干革命，我们要成为一个革命的大家庭。”

咏兰说：“等革命成功了，我们老了，革不动命了，就回兰溪来养老，有两三间瓦屋、几畦菜土，闲时能打两圈麻将，或者驾一小渔船，荡漾在兰溪河上，过上神仙一般的日子。”余繁听了觉得不对，学着满叔的样子，两手叉在腰上说：“革命尚未成功，同志仍须努力。革命才开始起步，你却只想享福了，这样的思想要不得的，是不行的。你这是地主家少爷小姐的作风。”

“去去去，就你会耍嘴皮子，我不过说说而已，想过好日子又没错，你革命不也是要让人民过上好日子么。”咏兰可不高兴了。

“逗逗你玩罢，不要生气啵。”余繁看咏兰变脸，自己马上转换了态度。

咏兰扭过身子不理他，把后脑对着他。他就去拉，咏兰故意不动，余繁使劲地一把拉过咏兰，抱住咏兰，把嘴儿寻着咏兰的嘴，一顿狂吻，吻得兰儿吐不过气来，吻得兰儿花枝乱颤，由开始的捶打拒绝到欲拒还迎，快要融化的咏兰紧紧地抱住了余繁，生怕一不小心，就弄丢了他。

月亮看着这对花儿少年害羞地躲进了云层里，河里的渔火一闪一闪的，似乎在乐和，又一对坠入爱河的情侣产生了。

好久好久才分开的两个影子，继续喃喃细语。

“开学时间过了好久了，你怎么不回去上学了？”咏兰不解地问。

余繁说：“我不想上那个没用的学了，现在我们家就只有我没加入革命队伍了，上学为了什么？读书为了什么？现在革命需要我，兰溪需要我，再说你也需要我吧。”

“就你能干，哪都少不了你了，可是我呢？父亲不许我外出，你又不能天天陪着我，我怎么办？”咏兰的心情又陷入了悲观之中。是啊，外面闹革命轰轰烈烈，可自己不能参与其中，好失望啊。

“你别急嘛，等年后办了酒，我就带你一起出去闹革命，行不？”余繁也期待和心上人在一起并肩战斗。

“谁知那时候还要不要人呢？那么久，也许革命已经成功了，用不着我了。”咏兰这么想也就这么说了。

“哪有这么快，反动统治阶级不会坐以待毙，革命的路还很长很长呢。也许我们这一代都革不完，还需要我们的儿子、孙子甚至于子子孙孙革下去呢。所以呀，你的任务还很重呢，以后，多帮我生几个儿子……”

“去你的，自己胡子都没长齐，就想儿子孙子的路哒，先干好自己的事吧。我劝你还是去读书，等毕业了，寻份好工作，好好养家才是正道。”咏兰说了这些，又道，“很晚了，我们回去吧。”

通过和余繁的交流，咏兰的心情也开阔了不少，现在情况就是这样，只能从心里祝愿他们的革命早点闹成功，那样就可以和他一起安安稳稳地过日子了。

可余繁哪里能安心下去读书呢，父亲的团防局长都没干了，两个姐姐、小姐夫还有三叔都跟着满叔闹革命。

在叔叔余璜的影响和引导下，余繁一家人全都投入到了革命斗争中。父亲余达才担任益阳县农民协会秘书长，二叔余寅宾任月塘湖乡农民协会会长、天成垸的清丈委员，大姐余裕春任兰溪妇女界联合会书记，二姐余也民任兰溪妇女界联合会会长，余也民的未婚夫孙剑仁任兰溪共青团区委书记、少年先锋队队长。

余繁真心着急，只有自己还在革命队伍外，不行，自己不能去读书了，要革命，要加入革命队伍。在大时代的感召和全家革命家风的影响下，他接受叔叔余璜的意见，停学回益阳，投入到了如火如荼的农民运动中。

他没日没夜地做宣传鼓动工作，写标语、编歌谣、喊口号、演节目，成了当时农民运动中出色的宣传员，同时也是叔叔最得力的助手。

1926年年底，在余璜的鼓动与支持下，他投笔从戎，进入黄埔军校武汉三分校学习。

余繁真舍不得离开家乡，舍不得这位革命的叔叔，他真想留下来和他们一起战斗，可是叔叔却对他说："你还年轻，还要多历练，还要多读书，特别是将来我们有了自己的队伍，需要更多的军事人才，你去考军校吧。"于是。余繁按照叔叔的推荐与安排，离开湖南华中美术学校，考入黄埔军校武汉分校学习。

第五章 Di Wu Zhang 投笔从戎

一

1926 年 7 月，余繁带着叔叔的信任，带着父老乡亲的重托，带着爱人的关心，前往武汉，就读于武汉军事学校第三分校。

1926 年 7 月，黄埔军校教育长方鼎英电请蒋介石在武汉设立分校。1926 年 10 月，北伐军光复武汉，国民革命的浪潮从珠江流域席卷到长江流域。为迎接革命大发展，满足政治、军事人才的需要，蒋介石委派邓演达为主任委员负责筹备黄埔军校武汉分校，同时电请国民党中央党部将主校政治科移至武昌。校址选定在武昌文昌门、平湖门之间的两湖书院旧址，决定将黄埔军校第五期政治科学员移往武昌就读，同时面向全国招收新生。1936 年出版的《中央陆军军官学校史稿》称："武汉分校规模之宏大不亚于黄埔主校，有男女学生及入伍生 6000 余人，实为中国腹部武装革命势力之大本营。"

1927 年 2 月 12 日，武汉军事学校举行了开学典礼，宋庆龄、孙科、吴玉章、董必武等出席。宋庆龄的祝词，由中共湖北省委妇委书记袁溥之（后为吴晗夫人）“大声转述”，言简意赅，师生为之动容。

来到武汉读军校的余繁，正式学习军事知识，准备为将来投身革命，学习最新的军事知识，掌握本领。

武汉军事学校成立于1926年，北伐军进抵武汉，陆续将广州黄埔本校第5期政治科、炮兵、工兵科调来，于1927年1月成立武汉分校，并自行招生，很多中共军界人士都是出自该校，汪精卫清党之后撤校。

1929年，钱大钧第二次开办了武汉分校，办了两期后撤销并入南京本校。

1936年第三次开设武汉分校，抗战爆发后改称第2分校，该校后迁至湖南武冈。

在武汉军事学校学习期间，余繁被眼前的庞大队伍所震撼。6000多青年男女汇聚在一个学校，每天鸣军号起床操练，闻军号吃饭，听军号上下课，按军号睡觉。虽然新鲜、刺激，但这样的军营生活对散漫惯了的余繁来讲，是一种深深的捆绑和约束。他很不适应，又很抵触，可限于军队的规定，余繁又不得违反，而且还必须老老实实地遵守。因为这里没有人会来庇护他，也没有人会来照顾他，一切都得靠自己。

由不适应到适应，由不习惯到习惯，余繁从一个瘦弱白净的少年长成了一个独立坚强的青年。

他不但喜欢上了这所学校，还喜欢上了这些军事课程，特别是热爱这些生龙活虎的同学。他牢记着满叔讲的，革命不仅需要有力气的人，还要有文化的人，更需要军事人才。因为革命不是蛮干，要与敌人斗勇，更要与敌人斗智。

经过一段时间的磨合，余繁彻底适应了军校生活，安心地在军校学习。

一天，正当余繁和几位同学讨论老师在课上讲的现代战争类型的时候，一位老师走了过来，扶着余繁的肩膀，搂着他走到教室的另一边，轻轻地说：“你家里来信有要事，要你回家处理。你速速回益阳吧。”

“什么事？必须现在？”

“是的，必须现在，你马上去码头，看还有船没有？”

“没说什么事吗？”

“没有，只是说必须回去。你快去快回吧。”老师用很沉重的眼神看着余繁。

家里会有什么事呢？父亲、姐姐、叔叔都是农会的干部，家乡的农民运动闹得红红火火，叔叔还等着我从军校毕业回去帮他呢。

一头雾水的余繁，实在想不清家里会有什么重要的事，非得要他现在回去不可。既然来信了，就非得回去才好，余繁清点了几件衣物，就匆匆地离开了军校，往汉口船码头赶去。

而在兰溪，通过余璜的带动，农民协会运动开展得轰轰烈烈、如火如荼。根据兰溪的自然环境和社会环境进行了平崃阻运、剪发放足、禁烟戒赌、清算反霸、清仓济贫等运动。而当时的团防局长曹明阵、刘梦龙却反其道而行之，组织“保产党”“十人团”破坏农民运动，与农协唱反调，对着干。如何消灭这支可恶的反动武装力量，余璜开始了新的筹划。

1927年3月的一天，春暖花开，春光明媚。当人们沉浸在这春风惹得游人醉的时候，余璜悄悄地带着自卫队员们打了一个漂亮的埋伏，把曹明阵、夏步云、张雪枚、刘梦龙的四支团防武装打得落花流水，全部成了他手下的败将。

趁热打铁，余璜又率领自卫队员们，把兰溪河上的水霸水匪清了一个精光。

一时之间，洞庭湖畔、益阳街头，无人不知、无人不晓，兰溪出了个狠角色，叫余璜。

大获全胜的余璜多了枪，又有大哥的支持，队伍越来越壮大，活动范围也越来越大。

趁此时机，余璜迅速成立了自治会武装，推动了益阳农民运动在全县的发展，各区、各乡农民协会，如雨后春笋般建立起来。余璜与袁铸仁、高文华遥相呼应，联手打造了益阳农民运动的大好形势。

新年的兰溪氤氲着喜庆与热闹，沉浸在年味里的人们，正在筹备元宵节。一些库房里的龙灯、狮子、蚌壳、虾子等道具，又被拿出来清洗晾晒。大家知道，正月十五元宵节有大热闹看。

余璜看到这些，猛然有了一个好主意，他马不停蹄地赶到益阳街上的文昌庙，来到了中共益阳县县委执行委员会办公室，找到了袁铸仁和高文华。

两人一见余璜，开心地拥抱，因为握手不足以表达他们的同志之情、革命之谊。

袁铸仁问："无事不登三宝殿，说吧，你又有么子好主意了？"袁铸仁特别喜欢余璜的灵泛与勇敢，做什么事都放得心，谋划有方，且是常胜将军，出手必胜，真是一名难得的福将。

高文华一边递来一碗开水，一边拉着他们说："坐下说，坐下说，老袁你让他先喝口水，跑这么远了。"

袁铸仁牵着余璜的手，拉他一同坐下，说："知道近来你又出手干掉了几个团防局，还搞了好多支枪，手里有了家伙，胆子更大了吧？"

余璜一边喝水，一边开心地说："团防局算什么东西，都是草包！经不得几下搞，近边的统统收拾干净了。"

高文华问他："兰溪的水匪也被你收拾干净了？"

余璜点点头："嗯呢，费达一点力，但不算什么。魔高一尺，道高一丈嘛，要消灭他们，我总是有办法的。哈哈哈……"

高文华竖起大拇指夸赞余璜："你是兰溪镇上的咯个！"

"呵呵，不敢当呢！讲良心话，没得你们撑腰，我一个人是搞不出什么名堂的。今日来，就是想和你们再商量一下。"余璜的话没落音，袁铸仁连忙问："商量么子事呢？"

余璜突然把声音压低了说道："明天就是元宵节了，要不要来一次更猛烈、更浩大的行动，以要'诉苦灯'为名，在城堡举行一次声势浩大的示威游行。"

余璜的话音刚落，袁铸仁、高文华同时一拍大腿：“好啊，真是一个好主意！”

1926年元宵节这天，从益阳各地涌现出的耍灯队伍涌向街头。他们沿途散发传单，高呼“打倒帝国主义”“打倒军阀”“打倒豪绅地主”等口号，涌进县城，涌进县府，有人喊：“砸了这狗日的不为民做主的县府！”几个人一拥而上，摘下那块牌匾，狠狠地砸在地上，许多人上去用脚踩。他们想把这个旧世界踩到脚下，他们想从此能过上幸福的新生活。大家行动格外卖力，下手特别猛烈。

益阳的农民真厉害，将县府的牌子也砸了。这个消息一下子传到了长沙，甚至全国，扩大了益阳农民协会的影响。

与此同时，在距兰溪不远的金家堤村也有一位革命者，将农民协会办得风生水起，此人就是欧阳笛渔。

欧阳笛渔名德舆，字惕予，是原益阳县兰溪金家堤人。幼年时期的笛渔随父课读，后考入南县九都中学，毕业后在家乡从教，1919年考入上海中华职业学校。欧阳笛渔深受《新青年》等革命刊物的影响，受到革命的召唤，尚未完成学业就进入上海第一机器制造厂工作，投身工人运动，并赢得工人群众的信赖。

1922年1月21日至2月2日，共产国际在莫斯科召开远东各国共产党及民族革命团体第一次代表大会。欧阳笛渔受上海共产党组织的指派，作为上海机器工会的代表参加了此次盛会，受到列宁的亲切接见。从莫斯科回到上海不久，欧阳笛渔就加入了中国共产党，成为当时上海的53名党员之一。1923年，欧阳笛渔担任上海市西区党小组组长，组员有林伯渠、邵力子、赵醒侬、顾作之、雷晋笙、茅延桢、刘宜之、游星五、张铭世9人。

1923年，党的第三次全国代表大会后，受党组织委派，欧阳笛渔根据大会宣言提出的“引导工人农民参加国民革命”这一中心任务，从上海回到湖南，与中共湘区执委取得联系，回到益阳兰溪金家堤从事农村党建工作和农民运动。

回到家乡，欧阳笛渔就从百姓们的口中了解到兰溪还有个大名鼎鼎的革命先锋余璜。

如果与他联手呢？欧阳笛渔想象着前景一定会很妙。于是，他想找个机会，专程去拜访余璜。

余璜也得到消息，金家堤回来了个搞革命的领袖，名叫欧阳笛渔，办了个读书会，好多农民参加，影响力蛮大，而且宣传的那些新思想与余璜蛮合拍，而且听说此人在上海读书，还到过苏联，一定是个见过大世面的人。余璜亦有心向欧阳笛渔求教，只是一直苦于没有合适的契机。

回家乡后的欧阳笛渔组织了一个读书社，招收了许多农家子弟、青年农民学员，组织他们一面识字学文化，一面学习宣传马列主义。

他亲自担任起了读书社时事政治课的教学工作，向农村青年们介绍俄国十月社会主义革命的状况，学习一些进步书刊上的文章，并因此结识了许多有志青年。在这些积极要求进步的青年中发现好苗子，将其发展为青年团员，组建了社会主义青年团益阳县兰溪金家堤特别支部，直属湘区执行委员会领导。不久之后，他又在读书社发展党员，建立了益阳县第一个党小组，拉开了大革命时期益阳的序幕。

欧阳笛渔加入革命队伍的引路人，是他的侄子欧阳泽。

因此说到欧阳笛渔就不得不提欧阳泽。

欧阳泽是益阳籍的第一个共产党员。1920 年 5 月 9 日，23 岁的欧阳泽沿着信仰的足迹，把理想融入自强不息的精神中，登上了前往法国的轮船。由于长期异常紧张地工作和学习，加上生活非常艰苦，欧阳泽积劳成疾，患了严重的肺病，“恐不胜留法万里之行”，不得已东归。

1924 年春，欧阳泽因病从法国回到家乡兰溪金家堤休养，同时帮助欧阳笛渔开展党团组织的组建工作。

回到家乡的欧阳笛渔，以兰溪金家堤自己的家为基地，和留法归乡休养的侄儿欧阳泽一道以举办农民读书社的形式，向农民灌输革命思想，启发农民的政治觉悟。

万事开头难，更何况是要在一片没有任何基础的土地上建立起一个党组织。尽管欧阳泽的病情已经十分严重，但他依旧尽心尽力地帮助欧阳笛渔。因为他希望看到在自己的家乡，飘扬起共产主义的旗帜，更希望家乡的农民，能过上幸福快乐的日子。

1924年6月15日晚，在金家堤欧阳泽的卧室里，摆了十来张竹椅木凳，两盏煤油灯拨得特别亮，照得满室通明。欧阳笛渔把前来的新党员招呼进去坐定，首先向全体党员介绍了夏曦、欧阳泽，然后又一一将党员做了介绍。大家互相祝贺与问候之后，欧阳笛渔宣布会议开始。

第一项议程是新党员宣誓。

新入党的几名成员跟着欧阳笛渔庄严地诵读誓词："严守机密，服从纪律；牺牲个人，阶级斗争；努力革命，永不叛党。"

宣誓完后，欧阳泽强调党员对党组织要忠诚，要绝对服从，要为党的纲领奋斗终身。他还讲了当时的紧迫任务是发动群众，大搞农民运动，继续发展党员，扩大党组织的队伍。最后，夏曦代表湘区执委宣布金家堤党支部成立，直属湘区执委领导，任命欧阳笛渔为支部书记。至此，益阳县建立了第一个中共支部，这也是湖南农村成立最早的党支部。随后，欧阳笛渔受中共湘区执委的派遣，前往南县、华容等地从事党团组织的创建工作和工农运动。

当时的益阳，以兰溪为中心，农民运动开展得活跃有序，全得益于这些外出读书归来的爱家乡、爱故土的青年的努力。在革命年代，湖南益阳兰溪这片红色热土，曾涌现过许多为真理抛头颅、洒热血的革命青年。他们是义薄云天的男儿，亦有巾帼英雄，在面对敌人的刀枪时，义无反顾地奉献了年轻的生命。

当毛泽东了解到益阳的农运情况后，他决定来益阳调查了解，掌握第一手资料。

二

兰溪的六月，太阳很大，空气里到处都是湿热的水汽，忙碌了大半天的人们，正在家里搞中饭了。

一幢幢黛瓦白墙的江南民居在阳光下黑白分明，沿路有人家的空坪到处晒着淡水鱼干、被褥衣裳，花花绿绿，满是人间烟火味。

一个单瘦高个的男人肩背一个布包，手拿一把油纸伞，站在枫林桥上，一会儿他细细打量眼前桥上的石狮子，一会儿眺望前方，水中帆影绰绰，河边人流涌动，一艘艘满载煤油、食盐、糖等生活必需品的货船靠岸，一艘艘满载大米、鱼干、茶叶、棉麻货物的轮船离岸，往来不息，一派繁荣景象。

他似拿不定主意往哪个方向走，便朝一路人走近，操着湘潭口音问他："老兄哥呀，到金家堤何解走啦？"

路人一见他气宇轩昂、神采不凡，以为是个北方人，谁知一听他开口便听出了湖南方言，于是问："你是打宁乡那边来的吧？"

他笑了笑说："差不多吧，反正隔得不远，巴得近呢。"

"你到金家堤找哪个啰？走亲戚啵？"路人很是热情。

"是的呢，是同学加同志，比亲戚还亲。"哈哈哈，他爽朗的笑声很有感染力，路人告诉他："你顺着枫林桥往东边走吧，再有几里地就到了。"顺着路人手指的方向，他潇洒地迈开脚步，朝金家堤前进。

金家堤欧阳家地坪里，欧阳笛渔按侄儿欧阳泽的要求一直在路边打望，今天都出来好几里路了，还是不见侄儿所说模样的那人，天气又热，心里想不会来了吧。

原来，欧阳泽接到毛润之的来信，说这两天会到益阳来考察一下农民运动情况。昨天笛渔守了一天，没接到人，今天都过了一大半了，还不见踪影，只怕会到明天了。

欧阳笛渔正在犹豫要不要打转身，远远地看见一个人大步流星一般地朝他这边走来。

此人浓眉方脸，相貌堂堂，而且个子还很高。是他，一定是他，于是欧阳笛渔迎了上去："你就是毛润之先生吧？"

"是的，是的，这位兄弟你是？"毛润之先生询问道。

“我呀，我是欧阳泽的叔叔呢，他要我来接您的。湖区乡下阡陌纵横，一走错，就要拐一个大弯。”

“哦，那辛苦哒您，还有多远呀？”

“不远，不远，里把路，过了那边水塘就是的了。先生您请跟我来。”欧阳笛渔忙不迭地在前头带路。

不久之后，欧阳家前地坪里，一张方桌摆着四五个菜，还有三个酒杯，三个男人围在桌旁，边吃边聊着。

只听得一口湘潭方言：“欧阳兄呀，你了不得呀，在益阳农村开辟了一方世界，你讲一讲，你是怎么做的？”

“润之兄呀，不瞒你说，老弟我呀身体不好，只能动动嘴，不能动腿，许多事还是我叔叔帮助搞的。再加上兰溪的氛围不错，这里的人们觉悟比较高，容易接受新事物，所以发动起来快。”欧阳泽一边说一边举起酒杯站了起来，“来来来，先敬润之兄，为你洗尘，一路上辛苦了，这么远来到我们这乡村旮旯里，一定累坏了。”

“不敢不敢，我敬你们叔侄两位，特别是你回乡时间不长，却发展得如此迅速，功臣呀。”毛润之的手按下欧阳泽，一边说，“你身体不好，一定要好好休养，身体是革命的本钱嘛，没得本钱怎么开展工作呢？”

从晚上谈到黎明，从黎明谈到晚上，太阳出来，月亮躲了；月亮出来，太阳收了。几个年轻的革命党人，畅谈农民运动的未来发展方向，湖南农民运动到底是好是孬，通过与欧阳泽、欧阳笛渔以及金家堤的农民多方交流，毛润之先生心里有底了，也更加认识到了农民运动的深刻性与必要性。

1925 年 6 月，毛泽东徒步从韶山出发，经宁乡、安化后到益阳考察农民运动和党组织的建立情况。欧阳笛渔向毛泽东详细地汇报了益阳的建党工作情况，并把南县、华容的工作进展也做了介绍。毛泽东听完汇报以后，对欧阳叔侄连连称赞：“你们开了一个好头啊，要继续壮大下去。”

在毛泽东的亲自鼓舞下，欧阳笛渔通过上级组织联系上了余璜。于是，便有了 1926 年元宵节益阳农民大闹县府这一出好戏，震惊省内外。

三

男人要革命，堂客们不甘落后。余家的女子一个个都读了书，接受了先进的文明教育，向往自由民主的生活，于是余家两姐妹，投身到了兰溪的妇女运动之中。

当时，各级妇女组织的相继建立和奋斗目标的明确，有力地推动了全县妇女运动迅速而健康地发展。兰溪区妇女界联合会的主要负责人余裕春、余也民、刘群，经常深入天成垸、千家洲、千把垸、十八垸等地进行宣传鼓动工作，号召广大妇女走出家庭，参加革命；开展剪粑粑头、放裹脚布；站岗放哨，游行示威，批斗豪绅地主等活动。

余家坪里经常热闹非凡，余家姐妹成了大家的老师。

“慈满（也民小名），你教我们唱吧，这个我们还不会呢。”一女子手抱一个婴儿，一边哺乳一边对着也民说着，原来她是来学唱也民编的《妇女翻身歌》。

旁边几个妇女也说：“是的，满妹子，你一起教我们吧。”

“好，我唱一句，你们学一句，跟我一起唱。”也民带着大家唱着她自编的《妇女翻身歌》。

《妇女翻身歌》的歌词，这样写着：

“猛醒猛醒我贫民，无业不能生。

妇女起来求解放，男女要平等。

我们妇女团结紧，翻身闹革命。

努力创造新中华，人人有责任。”

歌声飘扬在兰溪河畔，也传播到了益阳城，好多乡村的妇女干部来学唱。

她们有文化、有能力，又勇敢，有理有节地开展宣传鼓动工作，除口头宣传外，还办有墙报。通过走家串户宣讲，通过墙报宣传，组织街头教歌，通过大会鼓动，妇运工作开展得红红火火。

余也民还根据自己缠足的切身痛苦体会，写了控诉的诗句刊登在墙报上：“缠足如同受苦刑，女儿夜夜泪沾巾。从今一扫千年习，怒放‘金莲’踏不平。”

这一些宣教活动很好地激发了妇女的革命积极性，吸引着无数的女同胞参与其中。

在兰溪妇女界联合会的宣传鼓动下，在余也民等人身体力行的影响下，兰溪镇及其附近的中、青年妇女有90%放了脚，有800多名妇女加入了农协和妇女界联合会，并积极投身于农运各项活动中。其声势浩大、涉及面广，影响很大。余家姐妹成了兰溪妇女界的姐妹花，两颗明珠在益阳女界中闪烁光芒。

姐姐因为已成家，要做家务，要带孩子，为家庭所累，必定不能投入太多的精力与时间。所以，十六七岁的小姐姐也民，知书达理，人又长得漂亮，才华卓越的她，通过这一系列的活动，更加展现了她的领导能力和组织水平。袁铸仁对她非常赏识，亲自栽培辅导。聪明秀丽的也民，迅速成长为一名优秀的妇女干部，不仅在兰溪名气很大，连益阳的各界人士也知道兰溪有个了不得的漂亮才女余也民。此时，泉交河团防局长曹明阵也对余也民有所耳闻，听说还是堂老弟的姨妹子，更动了一番心思，有心收纳为己用，于是给也民写信表明心迹。

也民此时正与自己的同学、同村的孙家小伙热恋，哪里会瞧中曹明阵这一个中年男人呢。也民只觉好笑，信看都不看，一把撕了。

当曹明阵得知余家二小姐如此态度对待自己的一片仰慕之情，不由得心中升起一股怒火：不识抬举的东西，以后会让你晓得老子的厉害。

四

与此同时，与兰溪相距不远的泉交河区妇女界联合会在会长邱桂香的领导下，其妇运工作开展得也十分出色。

邱桂香，人称“香三娘”，自小被逼着缠出一双小脚，深受其害。

她经常以自己缠脚的经历，向妇女们诉说缠脚的痛苦。她说：“小脚一双，泪水一缸！”“好好的一双脚，包裹起来干什么？”“真是自找苦吃哟！”“脚被包裹起来，该长不能长，骨头变了形，夜夜痛得人发昏。想走走不动，想挑站不稳，想做冇得劲……”

她说得声泪俱下，感人肺腑。凡听者皆戚戚悲愤，感同身受，不约而同地高呼：“我们要解放，我们要翻身，我们要平等！”泉交河农协的活动都有妇女参与，其积极性和彻底性非同一般。

开展批斗土豪劣绅，有大胆的妇女上台发言；站岗放哨，亦有妇女主动参加；收缴团防枪支，仍有妇女一起积极战斗。

泉交河建立了自卫队，由邱桂香本人兼任泉交河区自卫队队长，这是益阳全县唯一的一位女队长。

1926年11月初，泉交河团防分局局长曹明阵，从长沙购买一批枪支，准备运回扩充反动势力，以对付农民运动，特别是自卫军。区农协负责人徐岳樵得到县工农自卫军司令余璜传递的这一情报后，便委派邱桂香协同组织战斗。

聪明善战的邱桂香，首先查明了曹明阵运枪的路线，是经来仪湖芦花江船运到泉交河镇。然后，邱桂香将情况汇报给余璜，和余璜商议截枪的办法。

当时的来仪湖芦花江一带，芦苇丛生，野鸭群飞，只有水深之处才有些船道和空白处。邱桂香决定好好地利用这一地形，打一场伏击战。她率领20多名机智勇敢又识水性的青年自卫队员，驾着10余条小船，有的扮作捕鱼的模样，在芦花江船道两旁捕鱼作业，有的埋伏在芦苇丛里，一动不动，只等曹明阵前来开战。

来仪湖芦花江上，白浪翻滚，船来船往，一派繁忙。从长沙搞到了枪的曹明阵，正得意地躺在船舱里优哉游哉，心想着，有了这批枪，就不怕什么自卫队，也不怕什么湖霸河匪了，建立好自己的团防武装，保一方平安。

曹明阵哪知自己运枪的船，早进入了由余璜和邱桂香给他设好的包围圈。

湖面风平浪静，偶有几只水凫在水面上浮游、嬉戏、找食。阳光下微风掠过，看着眼前的美景，曹明阵心里好不惬意，躺在摇摇晃晃的船上，做着自己的美梦。

突然，船身一个猛烈撞击后停顿，曹明阵感到不妙，出了状况。他抬头一看，原来河里的几艘渔船，竟然拦截在运枪船的去路上。正要发作的曹明阵突然发现，这伙人不是打鱼的，而是来抢他的枪的。发现情况不妙的曹明阵，丢下他人，自己一个飞跃潜入水中。

立时，埋伏在芦苇丛里的小船，像离弦的箭一样包抄上去，紧紧围住了运枪船。邱桂香大吼一声，命令运枪船的团丁："不准动，举起手来，站到一头去！"团丁见曹明阵跳水跑了，又见上来的人超过自己好几倍，便不敢轻举妄动，只得乖乖地举手投降。自卫军战士一部分监视着团丁，一部分上船搬走了枪支。就这样，一弹未发，缴获了曹明阵的20多杆新枪，俘虏了全部押运的团丁。从此，"香三娘"威名遐迩，名震益阳，反动分子闻之变色。"香三娘"巧夺敌方枪弹，在泉交河一带一直传为佳话。而曹明阵自觉脸丢大了，一个堂客都搞不赢，有何脸面见家乡父老，何谈保一方平安，是夜悄悄地逃遁异乡。

五

同一片热土，流着同样的热血。他们干着同样的事业，不但农民中的男人站起来了，连堂客们都翻了天，辫子剪了，脚也不裹了，屋里待不住了，还跑到外面造反，比男人家都厉害，完全不顾世俗的眼光，不管满脑子封建思想的那些人看不习惯。益阳因为有了他们，成为国民大革命中的先锋，成为农运中的翘楚。反动分子害怕了，反动官僚们害怕了，土豪地主们害怕了。他们哭丧着：太阳从西边出来了，泥腿杆子要翻天了。

参加农民协会的农民越来越多，不能没有组织领导，余璜向上级汇报了益阳的情况。1926年9月，益阳县第一次农民代表大会召开，余璜和袁铸仁、高文华、熊巨才、余达才等11人当选为委员，熊巨才为委员长。

不久，熊巨才调离，由余璜继任。紧接着，县总工会、商会、妇女界联合会、学生联合会相继成立，他还担任总工会会长。这时，他又将自治会武装整编为农民自卫军，并兼任自卫军大队长。

越战越勇的余璜率领农民自卫军，四处作战，打击敌人，取得了很大的战果，使反动团防武装心惊胆寒。

都说兰溪出了个常胜将军，是关云长附身，能文能武，指挥作战神出鬼没，只要他一出马，从没有失过手。喊灭哪个就灭掉哪个，如是各县镇团防对余璜恨之入骨，防了又防，每天提心吊胆，生怕哪天成为余璜的下饭菜。

可不管怎么防，余璜自有办法，那些不仁不义的反革命力量，都成为他打击的对象。他历数了一下周边的团防武装，人民反映最强烈的、欺压百姓最厉害的就数泉交河镇曹明阵团防武装了。

干掉他成了当务之急。

曹明阵何许人也？

曹明阵，湖南省益阳县沧水铺四方山人，生于1892年，在益阳龙洲第一高等小学毕业后，又到长沙学了法政，1918年到湘西护国军周则范辖部辰蹊县司法处当推事、承审员。周则范被部下谋害后，曹明阵复回乡里隐居三年。

1923年，曹明阵趁益阳地方豪绅剿杀雪峰山土匪之机，揭竿而起，招兵买枪，挂维持治安之名，建立了自己的护户团，后改名为益阳六区团防局。

1925年益阳遭受了大水，1926年年初即发生春荒，似乎注定了这年不同寻常。

余璜带着兰溪的农民上街砸县府牌子，离城区较远的泉交河、沧水铺的农民无以为食，习惯性地采取按往年的做法——吃大户。

吃大户往年也有，但这年有点不同，可能是受外地“流民”和“强叫花”

的影响，加上实在是没有别的办法可想，大户人家还有口吃的，于是吃大户便吃得理直气壮，吃一顿后还住下来不走，还把不是灾民的人也喊来同享，直到把大户家能吃的东西全部吃空才罢休。

到后来，吃大户还不过瘾，发展到绑架大户人家的人，把大户人家的人绑架作为人质，给钱放人，不给钱不放人，谓之“捉肥猪”。有一天，有几个胆肥的农民将曹明阵的小儿子也捉了去。其妻陈氏见儿子才一岁多，自然不放心，就抱着儿子一同被农民捉了。其中有几个不良分子见陈氏貌美，灌了几杯“猫尿”下肚壮了下胆便上前调戏。谁知陈氏性情刚烈，一头撞在铁锁扣上，血流如注，昏倒在地。这几个人以为弄出了人命，便逃之夭夭。

曹明阵赶回家来，见妻子受了重伤，便召集村里三十余户体面人家，制订了一个联防自保的方案，即大家共同出钱，购枪六条，每五户一连，配一支枪，谁家的孩子若再被“捉肥猪”，五户连的人都须出面，全力营救。因为是户挨户的联保组织，他们为之取了个名，叫“护户团”。护户团的成立，使曹明阵声名大振，那些个“捉肥猪”的再也不敢到他们村来了。

因为许多仁人志士的呼吁，还有省里的一些救济，益阳乡下的农民发动自救，终于度过了春荒。就在禾苗泛青吐穗时，益阳兰溪那边轰轰烈烈地兴起了农民协会，农协的领头人就是曹明阵拜访过的袁铸仁。曹明阵和袁交流后，发现他们是以发动贫苦的穷人为主，所冲击的对象主要是富户豪户的所谓大户，而自己的护户团只是一些衣食无忧较为富裕一些的中等农民，便认为再怎么革命吃大户也轮不到自家的头上。于是，便采取和平共处的态度，井水不犯河水：你搞你的农协会，我种我的水稻田。

可是，人活在世上，有时真是不能独善其身的。1921 年至 1925 年，这五年，曹明阵在家中静心耕读，没参与各种帮派和组织，他只是想做一个孝顺的儿子、称职的父亲、妻子的靠山。

秋天来了，谷子黄了，好不容易熬到秋收时节，终于可以有饱饭吃了。

望着一地坪的谷，正在晒谷的曹明阵满头大汗。他把谷耙来耙去，一遍又一遍地耙着，想让每一粒谷子都得到阳光的照射，晒得焦干的，然后能收藏好久都不会坏。仓里有粮心里不慌，即使遇上今年这样的荒年也不怕。

突然一阵锣声传来，他看到他远房叔爷曹云被农会会员押着，游到他家门口来了。曹云七十多岁了，小气吝啬，对租户和长工也很刻薄，在农协会的促进下，他的田土包括一口养鱼塘都分给了农民，为什么还要游乡呢？曹明阵看到叔爷的脖子上还挂了一个尿桶，里面装了屎尿，押他的人还不时往尿桶里扔石头和土块，将屎尿溅了他一脸，弄得一身都臭烘烘的。

见此情形，曹明阵出面干预了，请他们不要这么做，毕竟老人家七十多岁了，放他一马。

一个叫刘少秋的纠察队长不但不听，还说要把曹明阵也抓起来游乡。于是，争吵起来，越吵越激烈，你不信狠，我不讲输，争吵升级，曹明阵家附近的几家人听到吵闹声也围拢过来。

见几个纠察队员上前来要抓曹明阵，而曹明阵五户连的人也围了过来阻止。就在五户连的人要鸣锣示警时，曹明阵制止了，因为一鸣锣，护户团的三十户就会全部介入，这样势必便将自己的护户团组织摆在了农民运动的对立面。情急之下，怒火之中，他操起了步枪，对着为头的刘少秋就是一枪！见纠察队长倒下，血流满地，其他农协会员迅速撤离，跑到农会喊人去了。

曹明阵见识不妙，自知闯下了大祸，于是对护户团的人说："你们赶紧散去，此事与你们毫无干系，一人做事一人当，人是我打死的，由我负责好了。我的家人就拜托你们了。"于是，曹明阵赶回家收拾了几件衣物，提着一个布包急匆匆地出门了。

按照护户团的约定，一旦谁家有困难，大家相互之间必定照顾协助。

待中共益阳地方执委书记袁铸仁带人赶到时，曹明阵已不知去向。桌上放着那杆杀人的枪，枪下压着一张纸条：杀人者，曹明阵也！

农会见抓不到曹明阵，只好没收其家产。曹明阵护户团的其他人，因未介入杀人，又不是土豪劣绅，就没有株连，只是让他们负责刘少秋的丧葬费和抚恤费。而曹明阵那个祸起之因的族叔曹云，则以杀人偿命为由被农会就地正法了。

益阳的农民运动，也就因这次“土豪劣绅”曹云的被枪毙，震动全县。到1926年年底，全县各乡都成立了农民协会，1927年春，益阳农民运动达到顶峰。

六

自此，青年曹明阵因枪杀纠察队长刘少秋，与本不应该与之为敌的农民协会及农民运动的领导者们结下了不共戴天的“梁子”，从而走向了革命的反面。

那天赶紧逃往武汉躲避农协追捕的曹明阵，并没有在武汉待好久。

1927年，长沙发生了“马日事变”，农会运动严重受挫。得知消息的曹明阵，急忙从武汉赶回来，在土豪劣绅的支持下，召回原有旧部，恢复益阳县护户团防总局，自任总局长，然后开始了他的疯狂报复，残酷镇压农民运动，杀害了农会干部和群众50多人，故被人称为“曹屠夫”。

其实“曹屠夫”的外号早就有了。身为益阳岳家桥本地人的曹明阵，家里比较富裕，在家里排行老三，自小聪明灵秀，两个哥哥务农。父亲说，老三聪明就让他多读点书，虽读书多年，有聪明之名，但无所建树，此番为树威立身，大开杀伐，残害无辜。

一次，曹明阵抓一铁匠，诬其通匪，罚其锻造一把杀人马刀。铁匠以为锻打好刀就可脱身，于是使出浑身本领，打好了一把快刀交上来，谁知曹明阵阴沉着脸道：“谁知你的刀快不快？”

铁匠说：“肯定快，我尽全力打的。曹局长要的刀，我岂敢把不快的交来。”

曹明阵看了看刀，奸笑道：“咯割禾稗子还差不多，你要说快，那就让我试试刀。”说完，把刀递给手下，嘴一努，手下把铁匠拖出门外，一刀就把铁匠给砍了，自此有了“曹屠户”外号。

其为人心狠手辣、有股狠劲，令本地人害怕。曹明阵为虎作伥，为害乡里，成了当地闻名的一个恶棍。后来，混到了益阳县泉交河镇的团防局负责人。身为团防局负责人，仗着手里的几支枪，不思保民护民，经常扰民欺民，与农民协会作对，镇压革命运动，残害革命党人。

务必除掉这根恶棍，保护革命群众，余璜决心从曹明阵下手。

1927 年 1 月，一个伸手不见五指的夜晚，余璜率领自卫军秘密奔袭泉交河镇，直捣曹明阵团防武装驻地，将曹明阵打得措手不及，共缴获枪支 20 余支，逼得曹明阵远遁武汉。曹明阵对余璜和他率领的农民自卫军恨之入骨，但又无可奈何。

接着，余璜又率部奔袭兰溪镇，夺取了夏步云团防分局的枪支。为了粉碎县团防局长张介凡吞并农民自卫军的阴谋，他先以中共县地方执委的名义，邀请张介凡到五马坊开会，设法将张介凡擒住，立即处决，然后迅即率部包围团防局，一举缴获全部枪支近两百杆。此后，他还用一个多月时间，相继剿灭散布在雪峰山、浮丘山、碧云峰的山匪和摇头湖、芦花江、陈波洲的水贼，保护了人民生命财产的安全。其他七个镇 1200 余人的团防武装也被他陆续全部缴械，共缴枪 400 余支，扩大了农民自卫军的实力。整个益阳成为农民自卫军的天下。

1926 年，益阳农民运动蓬勃发展。余璜的大名响彻三湘大地，益阳兰溪革命的烈火之猛、火势之大令人刮目相看。共产党领导的农民自卫军，北伐期间在湖南实行土地革命，斗争地主。其中，被斗的地主当中有不少来自北伐中的国民革命军军官家庭，这引起军内极大不满。

许多军官致信老蒋：后院暴乱，殃及家人，如不制止，岂能安心？

第六章 Di Liu Zhang

黑色『马日』

天有不测风云，人有旦夕祸福。1927 年国情突变，大革命失败，国共第一次合作也宣布破裂。

余繁在军校学习的这段时间里，家乡的阶级斗争发生了巨大的变化。农民运动的先锋、积极分子们，从风风火火的主角变成了追杀、围猎的对象。余繁的父亲、姐姐、叔叔，因为都是农民运动的领头人，当然都成了反动派追捕、疯狂屠杀的对象。

从 1924 年开始，在共产国际的帮助和撮合下，国共两党以“党内合作”的形式实现了第一次合作。

第一次国共合作的形成，极大地推动了中国民主革命的进程；但是，革命统一战线仅维持了三年半时间。在革命形势一片大好，即将取得国民革命胜利之时，国民党右派却突然叛变革命。1927 年，蒋介石发动“四一二”政变，汪精卫发动“七一五”政变，疯狂屠杀共产党人、革命群众和国民党左派，国共合作宣告破裂，轰轰烈烈的第一次国内革命战争以失败而告终。

但这次革命基本上推翻了北洋军阀的反动统治，沉重地打击了帝国主义的侵略势力；宣传了共产党的纲领，扩大了共产党在群众中的影响；

共产党开始掌握部分革命武装；广大人民群众受到一次革命洗礼，为中国革命继续前进奠定了基础。

1927 年 5 月 21 日，即星期六的晚上，一场骇人听闻的反革命武装政变在长沙发生了。是日晚 11 时许，1000 多名荷枪实弹的叛军，在许克祥的指挥下，分头向长沙城内各革命机关进行突然袭击，湖南省总工会、省农民协会和国民党省党部是他们攻击的主要目标。其他革命机关，如中央军事政治学校第三分校、湖南省特别法庭、国民党省市党部及工运训练班、党员训练班等，均遭叛军疯狂袭击。至 22 日上午，被捣毁和袭击的革命机构达 70 余个。叛军在长沙整整捕杀一夜，被杀害的共产党员、国民党左派人士和革命群众达 100 余人，被捕的有 40 余人，被临时拘押的则无法计算。与此同时，在押的土豪劣绅则全部开狱释放。工人纠察队和农民自卫总队奋起抵抗，同敌人展开激烈的战斗。但是，由于敌我力量悬殊，没有能够击退敌人的进攻。因 21 日的电报代日韵目为“马”字，所以这次长沙反革命事变称为“马日事变”。

益阳的农民运动，毫无例外也遭受到了惨烈的反攻与剿杀。

那是 1927 年，“马日事变”前两天，陈光中部的一个营，从常德出发偷袭益阳县城。

“报告队长，常德方向有大部队开往益阳。”当余璜接到情报时，根本来不及转移部队。

“大家不要慌，听我指挥，稳住人马，分头行动。”余璜迅速思考对策，沉着冷静地面对突如其来的袭击，沉着应战。他指挥农民自卫军撤离县城，然后当晚又杀个回马枪，冲进城去，把敌人打得晕头转向，狼狈退去，极大地鼓舞了自卫队员们的士气。

“马日事变”后，局势十分紧张。5 月 23 日，蔡海秋部一个营又从常德进犯益阳县城。余璜亲率农民自卫军先掩护地方执委、县农协、县总工会等机关团体撤到桃花仑，然后部署全县各区农民自卫军乘夜渡过资江，四面围住县城。

霎时，号声四起，杀声震天，整个益阳城内火光冲天，又一次把敌人从县城赶了出去。

尽管八十千米外的长沙城笼罩着一片血腥恐怖，但在余璜的领导下，益阳这边的农民自卫军机智巧妙地取得了两次战斗的胜利。这大大地鼓舞了全县农民自卫军的斗志，他们决心要把武装斗争进行下去。

6月5日，中共汉寿县委书记詹乐贫率汉寿工农自卫军转移到益阳，成立了益阳工农自卫军联防司令部，并由余璜任司令，袁铸仁、詹乐贫任政治部长。为了应付当时的严峻形势，他认为在益阳是背水之城，难以据守，提出以地势险要的水满冲作为根据地，进可以战，退可以守，再以资江南岸的桃花仑、江家坪、大海棠为大本营，作为县级机关的驻地，领导全县的武装斗争。

省委为执行中央指令，向摩拳擦掌的工农武装下达了撤退令。根据毛泽东在武汉给湖南一些同志的指示“大家回到原来的岗位，恢复工作，拿起武器，山区的上山，滨湖的上船，坚决与敌人斗争，武装保卫革命”，县自卫军退回县境，但没有回到寨子仑，而是驻扎在水满冲。

水满冲距离县城约25千米，周围有高山环抱，有7个自然村，面积约10平方千米，俗称“世外桃源”。

水满冲通往外面只有四条小道：一是往西去泥江口的龙潭口；二是往东去沧水铺的寒坡仑；三是往北去码头冲石笋的窝坡仑；四是往南去徐家冲、樊家庙的肖家坳。四条通道中以龙潭口为大，其次是寒坡仑。龙潭口是整个水满冲地势最低的地方。多年前，龙潭口是一座石山，截断了水的出路，积水淹没了大半个冲子，所以人称水满冲。龙潭口的水最深，传说是蟒龙洗游之地，所以名曰龙潭。

后来，人们为了开发这块土地，将龙潭口的石山炸开，搬走石头放干水，造就了良田千亩。龙潭口不过四五十米宽，两边是陡峭的石头山。靠西北山脚下有一条小溪，冲里的水都是从这里流过，汇入志溪河。通往外面的道路就在溪的东南边。当时路宽不过两米，仅供行人、挑夫通过。路面就是一块块自然形态的石头。路的东南面也是陡峭的石山，确实是一个易守难攻的隘口。从龙潭口向里走，小冲子一条接一条，冲口都向着水满冲。

余璜就把司令部设在石磴子。部队分别驻扎在寒坡仑、熊家老屋、大坝塘、龙潭口、平山咀等地，除扼住了向外的通道外，还有机动部队可随时支援几条路口的战斗。石磴子的南面有座庙峰山，是冲内最高的山。晴日登山，放眼可见县城和浩渺的洞庭湖。

在水满冲，余璜根据自卫军目前实际情况实行了精简裁员举措，疏散家属，精简人员。有亲的投亲，无亲的靠友；自卫队员们愿意留下的留下，不愿意留下的各自东西。离别时，余璜反复向他们嘱咐说："在任何情况下都不要叛党叛军，也不要去参加异党异军。"通过精简，队伍由原来的3000余人，缩编到1000余人。自卫军纪律严明，买卖公平，深受当地群众拥戴。

一

可是，反动派灭我之心不死，亡我之心犹在。

7月下旬，反扑回来的曹明阵率部向山门坎、泥江口侵犯，企图攻打水满冲自卫军据点。前锋张正初部到达龙潭口，被自卫军击溃逃跑。其他团丁再也不敢向前移动了，慌忙龟缩到县城。

自卫军为打击反动的县保卫团，在一个晚上急行军来到资江边，分几路渡河，向县城进攻。

狡猾的曹明阵自知打不过自卫队，但他上有军阀何键、许克祥的支持，下靠土豪劣绅做垫石，反革命气焰甚嚣尘上。在改组后的国民党省党部的支持下，他重组了国民党县党部和县国民政府，并想法子找何键、许克祥借来正规军助阵。

得知曹明阵借来了正规军，余璜更加小心谨慎，召集各大队长开会商量对策，并制定作战方针。四大队由田玉堂带领打冲锋，六大队由谢甲凡带领抄后路夹击，三大队由方新田带领打接应。

曹明阵借来的正规军训练素质较强，武器又好，加上得知自卫军袭击刘梦龙的消息，思想上早做了准备。因此，自卫军四大队一冲锋，就遇上了强大火力的阻击。

“报告队长，田玉堂、刘礼冲牺牲了。”自卫队员传来不幸消息。田玉堂、刘礼冲在前面，相继牺牲。四大队的冲锋没成功，被迫退下来，其他两个大队也随之后撤。半夜时分，自卫军在黄溪桥集中渡河回到水满冲。

自卫军在水满冲驻扎一段时间后，余璜率队伍移到宁乡的刘家巷子，休整了半个月。听说曹明阵借来的军队开走了，便立即回到了水满冲，准备再向曹明阵部开始进行反攻。

8 月底的一个晚上，自卫军在余璜的率领下，急行军到了黄溪桥。因船只少，只能分批渡河。谢甲凡领着第一批自卫军刚从南岸过到北岸，曹明阵带兵却从另一地点由北岸过到南岸，并包围了余璜等未过河的自卫军。

形势严峻，对自卫军非常不利。经过反复激烈的拉锯战，最终因自卫军武器装备差，队员素质参差不齐，战斗力不强，反攻屡次失败，如果坚持留在益阳不走，就有被彻底剿光的危险。余璜不得不及时调整斗争策略。

“大队长，我们怎么办？”众多自卫队员望着大队长，等他拿主意。

余璜郑重而又严肃地说：“兄弟们，我们的斗争必须坚持下去。现在的形势紧迫，但我们不要失去信心。我听说洪湖那边的革命形势不错，我准备借道华容，到那边去继续斗争，愿意跟随我的兄弟欢迎。暂时离开队伍的兄弟们请你们牢记，在任何情况下都不要叛党叛军，也不要去参加异党异军。大家有亲的投亲，无亲的靠友；愿意留下的留下，不愿意留下的各奔东西，今天起我们暂时解散，大家后会有期。”

“后会有期！”那些决定离开的自卫队员心情复杂，跟着低语。

这些过了河的自卫军队员藏好武器，一部分化整为零，解甲归田；一部分随余璜率部杀出包围圈，辗转到华容东山地区坚持武装斗争。

二

乌云笼罩着益阳城的上空，狂风暴雨袭击益阳的大地。轰轰烈烈的农民运动遭遇着各种严厉的打击。

自卫队武装被彻底地剿杀，农民协会被彻底瓦解。身为农协干部的余达才和妇女界联合会干部的余也民成了曹明阵打击的目标。

为收买人心，假装仁慈的曹明阵在1927年6月底，写信给兰溪区妇女界联合会会长余也民，企图劝降收买她，要她识时务，声明辞职脱党、脱团，如此便放她一马，甚至还试图收买她，说只要余也民发个声明退出共产党，就可以给她发赏金。

余也民，余繁的二姐，这位大他一岁的二姐此时已经是益阳妇女界响当当的人物了。

她于1909年6月16日生于益阳县兰溪新茶坊，3岁时，见小姐姐们裹脚，痛得号哭，她就问大人："为什么男孩子不包脚，只要女孩子包脚呢？"大人无法回答，只得说："你现在不懂，以后就知道了。"

到了7岁，妈妈也要给她包脚，她坚决不肯，妈妈左说右说才勉强被迫包上。待妈妈走开，她便灵机一动，寻来剪刀，解开裹布，将其剪成碎片。如此反复多次，打骂都不听，妈妈没办法，便听之任之了。

也民的性子野，脑子灵泛。上学读书后，她带着弟弟吟诗作对，擅长诗词，还能歌善舞。她因没受包脚之苦，一双天足行动便捷，活动能力很强，深受老师和同学喜爱。

1925年冬，16岁的余也民参加了农协妇女工作，表现出惊人的才华和魄力。袁铸仁很赏识她，当年介绍她加入共产主义青年团，第二年10月，又介绍她加入中国共产党。反动的曹明阵对余也民的才识和美貌垂涎三尺，私下传书表明自己的爱慕之心。

余也民扫了一眼曹明阵的信，怒不可遏，当即将信撕得粉碎，捏成一个团，随手丢弃在旁边的臭水沟里。

她大步走进屋里，挥笔写下《明志歌》回答曹明阵："壮志凌云不可摧，女儿未必逊须眉。他年仗剑平天下，一样英姿一样威。"曹明阵看了余也明的诗之后，恼羞成怒。

7月6日，曹明阵派兵紧紧围住县城北门口徐家祠堂。余达才和也民当时正在徐家祠堂召集农会的骨干们在开会，一时间无法逃生，大家纷纷各自找地方躲藏起来。门已经被封，房子里何处可藏身呢？慌不择路中，余达才爬上了房梁，躲在一个隐秘处，也民虽为女孩子，一边安慰其他人员，一边大声鼓劲："不要怕，不要怕，砍头不要紧，只要主义真。"

咣的一声，大门被撞开了，曹明阵带着一大队人马进来，大声狞笑着："哟嗬，你也在啊？有狠你继续威武呀！"曹明阵还记恨着也民回复他的明志歌："壮志凌云不可摧，女儿未必逊须眉。他年仗剑平天下，一样英姿一样威。"

"一个姑娘家的，好样不学，学哒搞运动，一天到晚在外面疯，有舒服不晓得享，要学男人仗剑平天下，你去呀……"曹明阵阴阳怪气道，"最后给你一个机会，愿意做我的女人，我就饶了你的小命，放你爷老子一条生路……"

"呸，痴心妄想！做你的美梦去吧！"也民大声地呵斥曹明阵，一点也不屈服的样子，这让曹明阵怒火中烧，他对手下说："给我绑起来，拉出去毙了！"

曹明阵两个手下过来，一把扭住也民的双臂，压着她，也民一下子失去重心，啪的一声倒在地上。倒在地上的也民，一眼望到了躲藏在房梁上的父亲余达才。她嘴巴张开，差点呼喊出来，当她发现自己失态马上收回眼神时，却被曹明阵发现了异样。他顺着也民的眼光朝房梁上扫去，一下子发现了余达才。余达才正心痛女儿遭遇危险自己不能出手相救，而女儿的眼神无形中出卖了父亲。她知道父亲此时无法救自己，可她多想再看父亲一眼，毕竟此时的也民才十七岁，她哪知这一眼却要了老父亲的命呢！

曹明阵用枪指着余达才，威胁他说要不自己下来，就一枪崩了他。

开会的所有农协会员，全部被曹明阵的手下用枪逼着，一个个被押着离开祠堂，这其中还有也民的未婚夫孙剑仁。

曹明阵搜捕到了余也民和她的父亲、县农协秘书余达才这两个农会的头头，扬言还要捉拿大姐余裕春。正在夫家的大姐闻讯后，在夫家的帮助下化装成男子逃了出来。

曹明阵看到这个才学双全、貌美如花的少女，得不到其欢心，劝化不转，便心生杀意。

他要杀了这个顽固的共产党，要报她叔叔剿他团防局的大仇，更要杀了这一窝共产党，看谁还敢抢他的枪、分他的田地。他得不到的女人，也就只有一杀了之。

三

七月的益阳，晴朗的天空突然乌云滚滚，炽热的空气由于强对流作用，瞬间凝固成冰雹。狂风夹杂着雨水，呜咽着流向资江，从黄土地上渗出的雨水犹如流动的血液，汩汩地流向资江河。

益阳街上的大码头，鹅羊池边刑台上被绑的一男一女，就是余达才和他的二女儿余也民。还有一位白发婆娑的妇人，站在边上。

刑台下是黑压压的人头，有的是来看热闹的，有的是来准备抢人的，更多的是曹明阵叫来受训的。他得意洋洋地叫："看谁以后还搞什么农会运动，这就是下场。"

刑台上刽子手手持大刀、双脚叉开，刀光寒气逼人，令人望而生畏。

铁丝吊着牌子挂在余达才、也民和农会骨干们的脖子上，双手被绑在背后。

曹明阵不忘最后施威："余达才、余也民，我给你们最后一次机会，你们只要声明自己错了，就留你们一条活路。"

余达才沉稳应道："打土豪、分田地，哪里错了？我没错！"

曹明阵冷哼一声，又对余也明道："你一个姑娘家，造什么反？你只要声明与共产党划清界限，我保你无事。"

余也明说："我还是那句话，'壮志凌云不可摧，女儿未必逊须眉。他年仗剑平天下，一样英姿一样威'。宁可头点地，就是不投降！"

"杀！杀！杀！"恼羞成怒的曹明阵一挥手，刽子手手起刀落。余达才的头被砍下，眼睛鼓起好大，血冲出几丈远。余也明只喊了声“爸爸”，头旋即也被刽子手砍下，血洒满地。

站在刑台一旁的妇人，突然发出一种撕心裂肺般的狂叫：“老天呀，你瞎了眼呀，我好好的老倌被杀了，我乖乖的女儿没有了……”

她狂抓着自己的胸脯，她狂呼着老倌与女儿的名字。

天为之阴沉，地为之颤抖，人为之震栗。

她猛朝刽子手扑上去：“你把我杀了吧，你杀了我吧，她还只有17岁呀，她还只有17岁呀……”

“还我老倌，还我女儿……”一个疯了的妇人的哀恸，在益阳街头久久回荡。

黑压压的人群围在刑台边上。

在场群众敢怒不敢言，现场惨不忍睹。这只是曹明阵及其反动派大肆屠杀共产党员和革命人士的开始。

四

得势的曹明阵不甘心只除了余家一门，整个益阳境内在农民运动中那些活跃的农协委员、共产党人、革命分子都是他打击的目标。

曹明阵怎么会忘记那个带头设计抢他枪的邱桂香呢？

不久，泉交河镇妇女界联合会会长兼区自卫军大队长邱桂香被捕了。

为泄夺枪之恨，曹明阵命人用竹签刺入邱桂香的乳房，痛得她死去活来；用火烤她的背，背上流油。但邱桂香始终坚贞不屈，视死如归。当曹明阵命手下拉她去刑场杀害时，邱桂香仍泰然自若，昂首挺胸，不断向群众点头告别。曹明阵最后将她杀害在柞树山。

又一位革命志士牺牲在曹明阵手里。

血债累累的曹明阵不但不收手，还变本加厉。

杀害邱桂香后，曹明阵四处张贴布告，悬赏两千银圆缉拿共产党人袁铸仁。这时，袁铸仁已转移到安乡县坚持地下斗争。由于可恶的叛徒告密，袁铸仁在安乡被捕，押送回了益阳。

曹明阵开始对他假惺惺地以酒肉相待，叙旧情，妄图收买。袁铸仁火冒三丈，一脚踢翻了酒席桌子，严厉地告诫曹明阵："你看错人啦！共产党员是用酒肉金钱收买不了的。谁吃你这沾满了人民鲜血的东西！"

曹明阵气急败坏，用尽了各种酷刑，但袁铸仁始终严守党的机密，使敌人一无所获。虽然遍体鳞伤，连移动一下都会痛彻骨髓，但他一想到党，想到革命事业就有了无穷力量。在临刑前一晚，他靠着墙慢慢地站了起来，咬破手指，用鲜血在墙壁上写下了感人肺腑的遗诗《狱中绝笔》："失败成功母，联共又联俄。寄语后来者，英勇莫蹉跎。我今虽已矣，死后流碧波。"

8月1日，敌人将袁铸仁带到白马寺前坪杀害时，他在沿途高呼口号："杀了一个袁铸仁，还有千万个袁铸仁！""打倒国民党反动派！""共产党万岁！"当袁铸仁的遗体被运往兰溪鄢家垸落葬时，沿途群众肃立路旁，向英雄志哀。

许多工农群众和知名人士，冒着生命的危险，三五成群前往灵堂悼念，敬献挽联达120余副。其中两副写道："一双徒手，独去冲锋，可怜白马寺前，赤日青天飞弹雨；百万同胞，齐来作悼，但听资江城内，紫燕黄莺带哭声。""仁不苟死，义不苟生，如此足千秋，尽有仁义光宇宙；成则为王，败则为寇，寄声何一哭，休将成败论英雄。"挽联充分表达了人民群众对英雄的尊敬和怀念。

杀人杀红了眼的曹明阵，只要闻到一点点信息，谁要说某人有一点点共产党革命党的气味，便抓起来格杀勿论，一大批革命生力军就死在他的手下。

兰溪守望队队长李良汉，就是曹明阵屠杀共产党员和革命人士的得力干将之一。兰溪码头工会会长陈灿明被李良汉抓去后，由于全体码头工人的抗议，和李良汉亲戚的出面反对，迫使李良汉不得不将陈灿明交保释放。但陈灿明出狱还不到两小时，李良汉就派兵将其逮捕，并当即马不停蹄地押送至县保卫团设在三里桥铁铺岭的监狱里。敌人对陈灿明施用了各种毒刑：用夹着辣椒的香火熏，用木杠压断了他的脊梁骨，用燃着炭火的铁桶捆在他赤裸的背上烙。但敌人得到的只有痛骂，丝毫没有动摇他对革命的坚定信念，直至被活活烙死。敌人唯恐他复活，又在胸口上捅了一刺刀。

新桥河乡的劣绅刘介清、刘春和从外地赶回老巢。在曹明阵的支持下组织起地主武装，扬言要把农会的人杀绝。6月2日，刘介清、刘春和抓住了躲在杨林坳岳父家的乡农会秘书刘陶阶，将其关在谷仓里，还担心他跑掉，就把两手摊开，用长铁钉钉在仓柱上，不给吃，也不给喝。6月5日，又将气息奄奄的刘陶阶捆在木楼梯上，摊开两手钉在楼梯横木上，绑上石头，沉入车前巷天君王庙前的蒿草坝里，活活淹死。

大桥镇区农民协会执委、大桥镇农民运动主要负责人之一的王云苏，“马日事变”后，到县城找党组织，被县保卫团密探发现，不幸被捕。

曹明阵审讯他时问：“你是什么人？跑到哪里去？谁是你的上级？”王云苏笑而不答，只说了一句：“要杀就杀，何必多言！”次日上午，其兄王云伏赶到监狱看他。王云苏说：“我为革命而死，总会有人报仇的。大家都不必伤心，买个凉床把尸体抬回去就是。”在押赴刑场途中，王云苏不断高呼：“打倒蒋介石！”“共产党万岁！”“农民协会万岁！”遂被杀害于县城白马山。

曹明阵屠杀共产党员和革命人士在省内臭名昭著，人称“曹屠夫”。何键、许克祥等反动派对他很赏识，因他杀共产党员、杀农协会员有功，将其封为五县（即益阳、安化、宁乡、新化、湘乡）联防司令。

但人民群众对他恨之入骨，当时流传着这样一首歌谣：“曹明阵，发癫疯，血债要用血还清。有朝一日我做主，剥你皮来抽你筋。”

五

除了杀余达才父女俩，曹明阵还要余达才妻子刘氏“陪斩”，导致刘氏因悲伤过度而精神失常。

曹明阵还发出通缉令，见余家人就杀。当时余裕春是妇女会长、农会的骨干分子，曹明阵四处派人搜捕，逼得余裕春女扮男装，东躲西藏。后来多亏其曹姓夫家与曹明阵有亲戚关系和乡亲们保护，才幸免于难。二叔余寅宾带领全家老幼十余口，黑夜驾渔船出逃，改名换姓，匿居他乡。四叔余璜率农民自卫军数次打退团防武装的进攻，后因敌我力量过于悬殊，只好与妻子郭雄带领余部撤退到洪湖一带继续战斗。

父亲、姐姐被杀，母亲因“陪斩”精神失常，身在武汉军校读书的余繁日夜兼程赶回益阳，又遭到团防队员盯梢。

老师所说家有要事必须回来处理，竟然是这样一场灭顶之灾！可怜的余繁一回来又遭到曹明阵的威胁，团防队员盯梢。

当曹明阵得知余家老幺回来了，第一念头就是要赶尽杀绝，斩草除根，但忌惮他黄埔军校学员的身份，没敢明目张胆地轻举妄动，只是派人远远盯着。

疯狂的世界疯狂的人，余繁已看不懂眼前的世界。好好的，一下子家破人亡，父亲、姐姐被杀，叔叔、婶婶四处逃离，轰轰烈烈的农民运动一下子灰飞烟灭。曹屠夫又回来了，还大开杀戒，余繁失去了家，失去了至亲的人，而今自己又被曹明阵追杀，他一下子陷入了绝境中。

第七章 Di Qi Zhang 流浪流亡

1927年4月12日，蒋介石在上海发动“四一二”反革命政变，标志着第一次国共合作开始破裂；1927年7月15日，汪精卫在武汉发动“七一五”反革命政变，标志着第一次国共合作最终破裂。

随着家乡革命的失败，余繁失去了父亲、二姐，还有家，几个叔叔的家庭也被逼得逃的逃、躲的躲。1927年5月，当余繁从军校赶回家时，晚了，晚了，太晚了，父亲和二姐已经被曹明阵杀害了，迎接他的是空空荡荡凌乱不堪的家，家里仅有一个精神失常的母亲。

他抱着疯了的妈妈哭喊：“怎么办呢？怎么办呢？”

这时妈妈的神志突然清醒过来，她坚定地说道：“去！孩子！你是一个有志气的人，不要忘了你的爸，不要忘了你的姐，不要忘了你的苦命的妈，去到那些不吃人的地方去！”她将仅有的六十四个铜板交给他，把他往外推，说：“快跑，快跑，曹屠户要赶尽杀绝，跑到他找不到你的地方去！”

“是的，妈，你放心，我有志气，我要报仇，我要雪恨！”少年余繁满怀仇恨，逃离了益阳，逃离了曹明阵这个阎王管辖的地方。

是夜，趁着些许月光，余繁提着一个竹篮子，里面装着几本旧小说、诗文和两套黑布裤褂，独自跑出了家门。

兰溪无立足之地，兰溪再也无法容身。余繁跑到咏兰家告别，得到岳父痛怜，给他改名为汤宠，得以暂时留在汤家。

一个十七岁的少年，一个父母宠爱、家人关爱的少年，一个妻家爱惜的英俊少年，突然遭此打击，其心情之沉重、沉痛无法形容，此时哪里还有心思回学校。

不知曹明阵从哪里得知，余达才的满崽躲在岳父汤家，要派人来抓捕，幸亏岳父友人通风报信才得以逃出。

当余繁坐在乌篷船上，离开兰溪时，不禁泪如雨下。曾几何时，这片充满温馨与慈祥的土地，这片令他无限眷恋的土地，却再也不能容下他少年的躯体和雄心。

余繁后来在自己的作品《我怎样与文学发生关系》中写道：

一个想做官比他爸大，想做体育家、发明家、诗人的小小少年，不料在1926年的春天，突遇上时代的洪流，把他封建的、古旧的故乡，激荡得洗涤得成了一个畸形的簇新的世界。我的一个顶小的叔叔，便在这一个簇新世界的洪流激荡时，做了个主要的人。爸爸也便没有再做小官了。我就在叔叔的不住恫吓和引导之下，跟着卷入了这一个新的时代的潮流，痛苦地、茫然地跟着一个年轻人干着和他自己本来志愿完全相反的事。

余繁捏着六十四个铜板，躲在一个小轮船的煤屑堆里，跟随着这艘不知开往何方的煤轮四处漂泊。

他不知道家在哪里，不知道要在哪里安家，不知道逃出来的叔叔们又在何方。

二叔在哪里，江湖上传闻他带领一家老小逃到了洞庭湖中心沅江的一个小岛上，余繁便寻到沅江。

但到沅江，眼前一片水茫茫，四处都是小湖泊、汊滩、小岛屿和渔家人。余繁小心翼翼地找人打听，谁也不知道，一老爷爷还说：洞庭湖咯么大，船又不只待在一个老地方，咯是大海里捞针呀，根本找不到。

余繁哪里知道，二叔驾船带着奶奶、婶婶和几个堂兄妹跑到洞庭湖里找生活。兰溪虽是水乡，但余家人平日里毕竟以岸上生活为主，作田好多年，一下子要靠打鱼为生，大大小小十来口人，二叔一个人真是心有余力不足。吃不饱的日子占多，风吹雨打，日晒夜露，水性也不是很好，小孩子们不小心掉进水里淹死几个，奶奶病死了，婶婶也病了，到最后，隐姓埋名的二叔，似乎谁也不知他到哪里去了，似乎谁也不知他是生是死。

寻着觅着，觅着寻着，寻寻觅觅间，余繁听人说南县出了个狠人段德昌，会打仗，手下有许多猛将，其中一个就是益阳来的余半溪。还有人说："洪湖那边共党闹得厉害，益阳咯边好多共产党跑到那里去了。"

余半溪不就是满叔吗？满叔到底是在南县还是在洪湖呢？反正到洪湖可以从南县这边去，那就先到南县去吧。顺着田间泥路，余繁水一脚泥一脚，一步一步走到了南县。

南县地处洞庭湖中心，一马平川，到处是一眼望不尽头的水田和湖泊。

段德昌是土生土长的南县南洲镇火箭村人，是一位优秀的中国工农红军指挥员、军事家。参加过北伐战争，领导游击战，一手创建了南县游击根据地。国民革命时期，1928年春节前夜，段德昌成功地组织和领导了公安县的年关暴动，点燃了荆江两岸的革命火炬，其英名远扬三湘四水。所以，在遭到反革命疯狂镇压之时，余半溪率领益阳的农民自卫队转战南县，与段德昌会合，形成了革命的合力，洞庭湖畔都知道段德昌的大名，也知道他的队伍越来越壮大。现在益阳又来了个厉害人，凑起了六合钱，南县的革命火种也形成燎原之势。

要不是蒋介石在上海发动"四一二"反革命政变，第一次国共合作开始破裂，南县早就是农民的天下了。

余繁想着自己也是水乡长大的，但那不过是一些小河小溪，进入沅江后，看到的都是成片的水泊，看不见边的湖面，来到南县，才知什么叫地广人稀。八百里洞庭，他还不过是在湖边上转圈。

余繁走得脚酸手软，还没寻到一户人家。当余繁好不容易来到南洲镇时，已是半夜时分。

镇小人少，一条小街，都早早地关门闭户了，没有几处亮灯的地方。余繁向着一间闪出一丝光亮的屋子走去，原来是一间湖区常见的小酒店。

老板五十岁上下，身子瘦但肚子挺大的，说话和蔼可亲，一看就是一个老好人。一见余繁落魄的样子，便开口问道："小哥呀，打尖还是住店？"

余繁不知如何回答，站在那里处于两难境地。走，一出门便不知道何方；不走，临行时妈妈给的那几个铜板早已花光，何来钱吃饭，何来钱住店？

面对默不作声的余繁，老板递上一碗水说道："先喝口水，坐下来说说。"余繁还是默默不语。

这憔悴、落魄、瘦弱的少年，那双大大充满灵气会说话的眼睛，此刻看着老板就是不说话，不知从何说起。老板倒有点急了："我的爷，你讲啊，也许我能帮你一下啵。"

少年的嘴唇微微启开："我是来咯里找人的。"

"找谁？"

"段德昌。"

"段德昌？你是他什么人？"

"我不是他什么人，我只是想找到他才能找到我要找的人。"

"你要找的人叫什么？"

"叫余半溪。"

"余半溪？你是他的什么人？"

经过这段时间的历练，余繁此时也多了一个心眼，他故意说：

"我是他的老乡，帮他家里送信的。"

老板上下重新打量着余繁，以判别他说的话是真是假。

看着那似曾相识的浓眉、宽阔的额头、灵慧的大眼睛，老板点了点头道："孩子，说实话吧，你是半溪的兄弟吧？"

余繁连忙摆手："不是的，真的不是的，只是他的老乡。他家里人捎了个口信来，要当面传给他。"

“他呀？你找不到的，么子口信？我能帮你传吗？”老板故意套余繁的话。

“那不行，不见他本人就不能说。”

看着余繁着急的样子，老板笑了：“我晓得哒，你是他的亲戚，不是兄弟就是崽。”

“真的不是的，算亲戚吧。”余繁看老板似乎认得叔叔，想得到叔叔的消息，还是照实说的好。

说话间，余繁的肚子咕咕地叫着，让他十分不好意思。

“嗯，咯才是真话。不然，何故要你当面传信呢。”老板又问：“饿了吧？你先坐一会儿，我给你炒点饭来。”

余繁坐着喝水。一会儿，老板端来一碗油炒饭、一碗淡干鱼。

吃着饭，老板又问了余繁一些益阳的情况。余繁只说自己一直在武汉军校读书，不熟悉益阳的情况，只是接了家里的信要他帮忙转达给余半溪。

老板十分沉重地一声叹息，让余繁本来以为有希望找到叔叔的心情，一下子紧张起来，于是问道：“老叔，你叹什么气呢？”

“孩子呀，你不晓得呢，半溪他们不在南县了。去年他带了好几百人来南县和段德昌会合在一起，是中国工农红军第六军第四十六团的团长，干了好几个漂亮仗，南县的地主、土豪劣绅们都晓得他的厉害，吃过他的亏。但是，外头形势紧张，常德、长沙的反动军队都来这边清剿工农红军，他们无处安生，这么大个洞庭湖都容不下他们，到处有人要他们的命，他们早转战到洪湖去了。”原来，江湖上传闻满叔到了洪湖的消息是真的。

老叔接着说：“我老家是益阳桃花仑那边的，来这边开荒好多年了。因为得了血吸虫病，浑身没得劲，种不得田，下不得水，捕不到鱼，只好开了间小店维持生计。先前也得到过段司令和余团长的照顾，所以记着他们的好呢。”好心的老板给了余繁一些资助。

余繁告别了老叔，开始向洪湖进发。

江湖上传闻满叔到了洪湖，便寻到洪湖。偌大的湖面，又哪里寻得到叔叔他们的踪迹呢？洞庭湖这么大，洪湖那么远，他到哪里才能找到叔叔呢？

可是，不管是天涯海角，只要有一线希望找到的地方，余繁便到处闯。

一天，余繁随一艘小火轮漂到了长沙，转弯抹角地来到了天心阁。

轮船停靠在长沙的渡口，随着人流，余繁走进了长沙城。心境悲伤而又愤慨的余繁，走进了长沙天心阁侧面的一家小客栈里搭住。因为身上钱不多，便住在一间阴暗潮湿不见天日的屋子。

又饿又怕、又累又慌的余繁躺在屋子里，思考了八天，不知自己怎样才去到洪湖，也不知道到了洪湖能否找到叔叔，更不知道自己的明天在哪里。

在父亲和姐姐遇难的第一百天里，也是他天天四外逃难的日子。每一天他不能成梦，眼前老是出现听人说起的父亲和姐姐临难时的悲惨情景。他痛苦、挣扎，屋里黑暗，外面也黑暗，这不是人待的地方。

他牢记着母亲的话：要报仇，要做有志气的人。于是，他鼓起勇气敦促自己：明天我就要离开，离开这黑暗阴森的长夜！并且要鼓起更大的勇气来搏战，去踏上父亲和姐姐们曾经走过的艰难的棘途，去追寻和开拓那新的光明的道路……

“卖报，卖报，卖《申报》，卖《申报》。上海租界又发生惨案，又有青年不明原因自杀。”这清脆的声音传进黑暗的小屋。卖报声中，似乎眼前出现了光亮，这光亮使得余繁决定辗转去上海。

上海租界当时的报馆多，报刊业发达，公共租界中区集中了全上海绝大部分的报馆。在英文报纸中，位于外滩17号的老资格的《字林西报》拥有无可比拟的影响力，其竞争对手包括《大美晚报》《上海泰晤士报》《大陆报》等。中文报纸中，影响最大的无疑是《申报》。

1928年10月8日晚上九点多，从长沙辗转出来的余繁，又坐上了去南京的轮船。从轮船上下来的余繁，走进了南京城。

他抱着什么苦都愿意吃、什么祸都不怕的精神，开始了人生的跋涉。

面对困境，心情撕裂；面对前途，渺茫纠结。1930年年初，余繁终于流浪到了上海，总结几年的流浪教训，决定留下来干一番事业。于是，余繁便埋头读起书来，其间不仅丰富了自己的文学知识，还接触到了党和党所领导的革命文学。当年4月，经同样在上海的共产党员卜息园介绍，余繁加入了中国共产党。

第八章 Di Ba Zhang 加入组织

一

“夜上海，夜上海，你是个不夜城，

华灯起，乐声响，歌舞升平，

只见她笑脸迎，谁知她内心苦闷……”

上海滩处处回荡着这首歌，余繁总算来到心目中的理想王国——大上海。这是1930年的早春，余繁历尽艰辛、辗转奔波两年多，终于抵达自己的梦想之地。

上海的夜正闪烁着五彩霓虹，街道中的小巷子，被昏黄的灯光画上了一层陈旧的泥巴黄；海报上电影明星的眼睛，在昏黄的灯光照射下散发一种神秘与诱惑。停靠在船坞码头的远洋船，时不时呜呜呜地鸣笛，像遥远的天空传来的啸叫，有几分凄厉，有几分苍凉，也带来几分希望。夜色深了，却还有洋汽车和黄包车在街道上奔跑……

民国时期的上海，是一座建造在地狱之上的天堂，一边是艰难时世，另一边是醉生梦死。它埋葬了许多人的发财美梦，也成就了许多人的传奇人生。

两年多的流浪生活，使余繁完全明白了，世界上没有不吃人的地方，没有可以容许痛苦的人们生存的一个角落，剑仙、侠客、发财、升官、侠义的报仇……这是永远走不通的死路。尝尽人间苦楚，从流浪、流亡与死亡的边缘上走回来的余繁，从此改名余自强，要自立自强，在上海闯开一条生路。他打定主意，开始在上海打拼了。

余繁就在这里，再次遇上了自己的老师兼同窗卜息园。他流浪的生活就止打住，在新地方以新方式，开启他新的人生。

余繁初来乍到上海，被眼前的灯红酒绿迷蒙了眼睛。他流浪了两年多，几乎破碎的心，在这里受到了强烈的冲击。原来还有人以这种醉生梦死的方式生活，相比家乡“小南京”之称的兰溪，或者千年文化熏陶的省府长沙，也比不上大上海的一条洋街热闹，真是小巫见大巫了，有天壤之别。

初春的时节，乍暖还寒，下了一场夜雨，到清晨的时候，又雨过天晴了。

沐浴着朝阳，那些上海滩的颇具异国风情的建筑，以及刚刚醒来的街道、树木与行人都面露微红，充满了生气。

初春的上海滩，黎明如此美丽，让余繁的心情也跟着明朗起来。他相信将来的日子，一定会好起来的。

漂泊到上海滩的异乡人很多，余繁认为自己运气真好，他居然在大大的上海滩又遇上了自己小学的老师、初中的同学卜息园。

卜老师此时早已是共产党员了，正在上海开展地下工作。对余繁的到来，他非常高兴与欢迎，这是一棵知根知底的好苗子，经受了无数磨难与锻炼的革命家庭出来的革命积极分子，应该将他吸收到组织中来。于是，卜老师马上介绍余繁加入了中国共产党。按党的指示，他将带余繁一起回湖南，继续进行革命活动。

对前途，有了努力的目标；对生活，充满了信心。初步安定下来的余繁，写信给未婚妻告知了自己在上海的情况，并说不久将回湖南。

回到长沙，余繁感到无比的亲切与兴奋。他曾经做了那么多的革命工作，写标语、喊口号、上街游行，都是跟在叔叔和大人们的屁股后头跑。现在，身份已经改变，完全不是原来的自己了。现在，自己是党的人了，要独立开展工作。一个人干革命，得有叔叔那样的本领，更要有革命党人的勇敢和顽强。不能动不动就哭，得改掉自己爱哭的毛病，以前确实太柔弱了。余繁对自己新改的名字“余自强”非常满意，从现在起，要自强自立，做一个顶天立地的男子汉，要做满叔、袁老师、卜老师那样的有文化、有胆识的英雄男儿。鼓足了干劲的余自强果然腰板都直了许多，虽然才20岁的人，却有了中年男子的坚定与刚强。

余繁回到长沙安顿下来，着手布置工作。

汤咏兰得到余繁的信，马上赶来长沙，与心上人相见。

三年的流浪与逃亡，三年的思念与牵挂，多少次害怕，多少次担心，多少次梦里惊醒，一朝相见，两人抱头痛哭。咏兰一颗担惊受怕的心，终于得以稍安片刻。

“你还好吗？”咏兰抚摸着爱人的头发、脸庞，止不住泪如雨下。她觉得自己的心上人实在是太瘦了，简直是瘦骨嶙峋。

“我不好好的吗？你还好吧？我娘的情况怎么样？”余繁此时除了咏兰，最牵挂的便是时好时疯的老娘了。

“平时我照顾她老人家的生活起居，有时到大姐那里待两天，现在常吃点中药，时间长，慢慢也好多了，基本恢复了神志，日常能自理了。”这几年余繁逃亡在外，咏兰一直照看着婆婆的日常生活。如果没有她的照顾，妈妈可能早已不在人世了。所以，余繁对咏兰不仅仅是爱，还有更多的感激之情、感恩之心。咏兰不仅仅是他余繁的爱人，还是他余家的亲人加恩人。余繁在心里暗暗发誓，此生只爱她一人，余生一定要好好待咏兰，一定要让咏兰过上好日子。

“辛苦了你，我的好女人。”余繁紧紧地把咏兰抱住，一行热泪无声地从他瘦弱的脸上流下。说好了不再哭了的余自强，此情此景却又无法控制地流下了泪水。

余繁这三年里受尽了恐吓，受尽了折磨。庆幸的是他找到了引路人卜息园老师，让他从一个懵懂的少年成长为一名共产党员，终于有了依靠，有了主心骨，让他那颗漂泊的心，安定了下来。

卜息园老师来了，喊了一声“余自强”，便停了下来。见到这一幕时，静立无声等了一会儿，见两人还沉浸在久别重逢的感慨之中，不想打扰他们，正准备转身离开。余繁看见了他，马上说：“卜老师别走，有事找我吗？”

“是的。”卜息园与咏兰打过招呼，转而面对余繁说，“接上级命令，我要去湘阴开展工作，这里的事就主要由你负责了，我来这里通知你一下。”

“哦，这样了，那你要注意安全，自己保重。我送咏兰到车站，她准备回益阳。”

咏兰问道：“我刚听卜老师喊你余自强，又改名了？”

“是的，到了上海之后，我就改名余自强了，从今以后你也喊我余自强吧。”余繁很开心地解释着。

“好吧，自强这个名字喊着有劲，比那个繁好。”咏兰说罢，不停地念叨了几遍，“自强，自强，自强。”

余自强不停地回应：“哎，哎，哎。”

最后，两人不约而同相视一笑。

二

车站，人来人往，余自强送咏兰上车，并嘱咐咏兰：“我方便时再回去看娘，我和卜老师在继续做父亲、叔叔们以前未完成的工作，你一路多加注意，自己保重。”

咏兰很不舍地离开了未婚夫，车启动了。余自强看到了咏兰眼角的泪花，自己也不由得鼻子一酸，迅速转身快步走开。他生怕自己又哭起来，说好了从此不再哭的，再哭那就真不是一个男子汉了。

兰溪乡下咏兰家里，咏兰正在洗衣服。

突然有邮差唤："汤咏兰，汤咏兰有信。"

咏兰接过信一看，不是未婚夫余自强写的，还会有谁给自己写信呢？上面写的地址是湘阴，落款人是王世昌。咏兰寻思：不认识这个姓王的呀？

打开一看，信上的内容是，哥在湘阴病了，病情严重，转告弟千万不要来探望，以防传染，落款是卜兄于狱中。

这信写的内容唐突，让汤咏兰莫名其妙，她在湘阴没有亲朋好友，是谁呢？转念一想，她记起来了，余自强的朋友卜息园老师到湘阴去执行任务了。这莫不是他出事了？要她迅速通知余自强转移。

咏兰想清了，这一定是卜老师出事了，托人转出来的消息。

汤咏兰赶到长沙通知余自强迅速转移。

1930 年 5 月 10 日，卜息园老师被反动派杀害于长沙浏阳门外。

五月的鲜花，开遍了原野，鲜花染着志士的鲜血。为了挽救这垂危的民族，他们曾顽强地浴血奋战，惨遭无情地屠杀。

得知自己的老师、战友被杀害，余自强的心情十分悲痛。他痛哭，他悲伤，他不知这吃人的旧世界还要存在多久。他一定要推翻这吃人的旧世界，为父亲、为姐姐、为老师、为好友报仇。

因为得到了卜老师转来的信件，余自强得以安全转移，告别了咏兰，他返回上海，重新联系上了党组织。

上海的夜，依然华灯起，车声响，歌舞升平。余自强却内心苦闷，无处诉说。

革命工作陷入了低潮，为了革命牺牲的人也很多，父亲、二姐、二姐夫都被反革命分子杀害了。

三叔带着一家大小和奶奶，不知逃往了何方，一直没有他们的音信，刚来上海见到了自己的老师，老师却又不幸牺牲。一想起家乡的事和目前的状况，余自强的心就十分地沉重与郁闷。

刚回到上海的他，又接到组织安排，要他迅速前往浙江温州玉环岛与一位曾支援过革命的大和尚对接，搞一批枪支回来建立自己的红军师。

坐在车上的余自强，看到车窗外熟悉的江南风景，思绪万千，再次想起家乡的亲人们，妈妈幸得有咏兰照顾。

咏兰来信告知，他二叔和几位堂兄弟，还有奶奶，逃到洞庭湖中心的华容县罗家洲躲起来了，但最疼爱自己的祖母和满婶，还有几个堂兄妹饿的饿死，淹的淹死，还有一个病死。小姐夫躲到沅江继续革命，因不慎走漏风声，1928 年 4 月，在沅江公鸡咀遇害牺牲。

想起几年前一大家族人，一下子跑的跑、死的死，只有满叔至今联系不上，也是生死未卜，不知人在何方。

一想到这一切的一切，余自强就有强烈的报仇雪恨之欲。他也深知，只有拿起枪才能干革命，才能报仇雪恨。

对于这次来浙江温州玉环岛搞枪，他是满怀信心的，想着有枪了，建立起了红军师，报仇的时机就到了。他在腹中酝酿着复仇计划。

车停了，玉环岛到了。海天一色，蓝天白云，景色优美，但余自强没有心情赏景览胜，他心里只有一个愿望，快点找到大和尚。

余自强按照组织交代的途径，悄然寻至玉环岛，找到庙里，与大和尚接上了头。

谁知大和尚告诉他："我只有一支没用的破枪，怕是帮不上你们的忙。"

余自强心凉半截，没有枪，红军师怎么组建？这玩笑开得有点大，一支无用的枪，怎么传说成了有一批枪？他还幻想着搞到这批枪建立一支红军师，这情报不知何人传出来的，太不靠谱了。

没有收获的余自强掉头就往回走，心想着赶回上海向组织汇报。

回到上海后，生活较为平稳了一点，余自强便接母亲来身边一起生活，因为受过陪斩惊吓的母亲时常发病，余自强想减轻一点咏兰的负担，同时也想尽孝照顾老母亲。

上海的法租界曹仁五路明星池 15 号的一个亭子间里，一栋小旧木房里住着余自强母子。

看着白发苍苍、神志时而清醒时而昏乱的母亲，余自强热泪盈眶。

他抚着母亲的手，轻轻地说：“妈，你要好好养病，以后有儿子保护您，让您过上好日子，不再担惊受怕了。”

“谢谢你，我的三毛佗，妈妈知道，有三毛佗在，妈妈什么都不怕了。”

“过去的事情您不要再想了，现在外面的风声还是蛮紧，现在是国民党反动派当道，我做的工作和爸爸、叔叔、姐姐们以前做的工作是一样的，您老人家不要对外面人说哟。”余自强小心地解释着自己工作的隐秘与危险性，生怕母亲一不小心说漏了嘴，又招来横祸。

“我晓得的，我晓得的，你爸、你叔、你姐他们当时要不是太招摇，就不会被杀害。不过，你可要小心啦，我只有你这么一个儿子，我们余家还指望你传宗接代、报仇雪恨，你可不能再有什么闪失了。”清醒的时候，母亲思路很清晰。

谁知偏偏祸不单行，母子俩聊得正欢，门外传来嗵嗵嗵的拍门声和呵斥声：“开门，快开门，有人吗？例行检查。”

一听有警察敲门，母亲吓得脸色都变了，“曹屠户来了，曹屠户来了，快跑呀，儿子你快跑。”母亲一边哭喊，一边推余自强。

余自强只得安抚母亲：“别怕别怕，是例行检查，您坐着，我去开门。”

余自强跑过去开了门，闯进来一行荷枪实弹的警察，其中一个队长模样的人问：“谁是余自强？”

余自强回：“我。”

“你？”警官瞟了他一眼，然后说，“跟我们走一趟。”

余自强刚要反抗，几个警察就把他摁住铐了起来。

母亲一见唯一的儿子又被警察抓起来了，一下子疯了，冲上去抓住儿子：“不准走，不准走，你们抓我吧，我是共党分子，我是共产党，呜呜呜……”

一个警察一把拉开老太太，老太太站立不稳瘫在地上。

“妈，您别担心，我没有做任何违法的事，你在家等我回来。”余自强声嘶力竭地朝母亲呼喊。

眼见警察把儿子押走了，瘫坐在地上的母亲突然起来，朝大街上跑去：

“三毛佗，你快回来，三毛佗，你快回来。”

老太太苍老凄凉的声音，在上海滩 ×× 街的小巷子上空久久地徘徊。

此时的上海，风声鹤唳，四处抓捕共产党员。刚回上海不久的余自强，却被查巡的警官以“共党嫌疑犯”的罪名被捕，关在上海龙华警备司令部监狱。母亲再次被惊吓导致旧病复发，满街乱跑。

接到组织来信的汤咏兰，在养母魏氏的陪同下，来到了上海。

看到可怜的婆婆，咏兰心痛不已。按照组织的指示，由养母魏氏陪同婆婆回益阳，汤咏兰留下协助组织营救余自强。

咏兰就寄居在湖南同乡肖敬文家（时任上海一弄堂学校校长，是婆婆父亲的学生），以帮人锁扣眼为生，两次探监后，再也不准探了。

慌张无措的咏兰向组织汇报了情况，在组织的周密安排下，余自强终于获救了。

因为刚来上海不久的余自强，确也查不出什么嫌疑，八个月后，警备队以查无实据，放他出来了。

八个月的牢狱生活，让身体原本瘦弱的余自强更为单薄，时不时的轻咳让咏兰很是担心。为了便于照顾他，为了更好地开展工作，在党组织的关心下，他们组织了家庭，在这繁华的大上海贝勒路的一栋简陋的旧木房子里，举行了他们简单的婚礼。

成家后的余自强，首先想到的便是母亲，于是回去再次接母亲来上海与他们共同生活，以便照顾她老人家，尽一份孝心。

三

而此时上海的另一战斗团体，正轰轰烈烈地蓬勃成长，大批的文艺志士们拿起笔，做投枪，与国民党反动派做斗争，其理论纲领和行动纲领都倾向于劳苦大众。

余自强因此认识和结交了许多著名作家、文学青年、革命志士，为以后走上文学创作道路，做了充分的铺垫。

特别是中国左翼作家联盟（简称“左联”）的成立，让余自强找到了自己下一步努力的方向。他由此转而拿起笔，开始了他的创作之路，为农民说话，为百姓发声，为底层的人民呼吁，最终成为现代文坛上的一朵奇葩——中国现代文学史上，以革命作家命名的小说家。

鲁迅在左联成立大会上，发表了《对于左翼作家联盟的意见》的演说，强调革命作家一定要接触实际的社会斗争。他对左联工作提出四点意见：“对于旧社会和旧势力的斗争，必须坚决，持久不断，而且注重实力”“战线应该扩大”“应当造出大群的新的战士”“联合战线是以有共同目的为必要条件的。……如果目的都在工农大众，那当然战线也就统一了”。

中国左翼作家联盟成立大会于1930年3月2日在上海的中华艺术大学举行，到会的有冯乃超、华汉（阳翰笙）、龚冰庐、孟超、莞尔、邱韵铎、沈端先（夏衍）、潘汉年、王尧山、周全平、洪灵菲、戴平万、钱杏邨（阿英）、鲁迅、画室（冯雪峰）、黄素、郑伯奇、田汉、蒋光慈、郁达夫、陶晶孙、李初梨、彭康、徐殷夫、朱镜我、柔石、林伯修（杜国庠）、王一榴、沈叶沉、冯宪章、许幸之等40余人。最初的成员共50余人。

大会通过了左联的理论纲领和行动纲领，选举沈端先、冯乃超、钱杏邨、鲁迅、田汉、郑伯奇、洪灵菲7人为常务委员，周全平、蒋光慈两人为候补委员。

作为一名热血青年，改名为余自强的余繁非常积极地参与左联的各种文学讨论会，编辑出版各种革命书籍，开始用笔写下自己的作品。他认为，找到了自己努力的方向，找到了人生的导师，从此以后要自强不息，要独立自主，要坚定不移地革命到底。

左联一成立，立即遭到国民党政府的破坏和镇压：取缔左联组织，通缉左联成员，颁布各种法令条例，封闭书店，查禁刊物和书籍，检查稿件，拘捕刑讯，秘密杀戮革命文艺工作者等。此时的上海笼罩在一片白色恐怖之中，不幸的消息不时传来。

“左联五烈士”中的李伟森、柔石、胡也频、殷夫、冯铿，在1931年2月7日被秘密杀害于上海龙华国民党警备司令部。

白色恐怖横行，革命同志惨遭杀害，此时的上海成了革命志士的地狱。哪里有压迫，哪里就有反抗，反革命越打压，革命者的意志越坚定。

左联仍在顽强战斗，左联的成员仍在积极宣传，吸收要求进步的所有革命者参加左联，保定小组、广州小组、南京小组、武汉小组等地区组织影响很大。参加左联的成员，也不限于文化工作者，还扩大到了教师、学生、职员、工人，成员总数达数百人。

左联还与国际无产阶级文艺运动建立了联系。1930 年 11 月，左联派萧三作为代表，参加在苏联哈尔科夫召开的第二次国际革命作家代表会议。中国左翼作家联盟加入国际革命作家联盟，成为它的一个支部——中国支部。

但是，由于受到当时中国共产党内“左”倾路线的影响，左联在工作中存在教条主义、宗派主义的错误倾向。这些主要反映在作者的创作中，不少作品内容上染有较浓厚的小资产阶级意识。有些作品还有公式化、概念化的弱点。对此，鲁迅进行过中肯而切实的批评，提出了改进的意见。

左联在国民党政府残酷的压迫下顽强战斗了六个年头，粉碎了国民党当局的文化“围剿”，有力地配合了中央苏区军事上的反“围剿”斗争。左联培养了一支坚强的革命文艺大军，为抗日战争时期、解放战争时期，甚至新中国成立以后的人民文艺事业准备了一批骨干人才。左联为建设人民大众的革命文艺做出了卓越的贡献。

1936 年初，为了适应抗日救亡运动的新形势，为了建立文艺界抗日民族统一战线，左联自行解散。

余自强就是在这个时期，经过磨炼成长为一名文学新战士。在此期间，他不仅结交了许多当时文艺界的知名人士，还阅读了许多进步书籍，翻阅了大量国内外文学大师们的巨著鸿篇，恶补文学知识的空白，对以后创作小说提供了大量的营养和源泉。

而正是在这六个年头里，余自强学到了许多学校里学不到的知识，经受了许多的考验，得到了成长，称得上是余自强文学水平发展最快的六年。六年里，他从一个文艺小青年成为一名有影响的文学青年代表人物，结识了周扬、鲁迅等文学大师，埋头创作，勤于笔耕，从1930年来到上海到1937年离开上海，六七年的时间里，他写下了近百万字的作品，大多以大革命时期为背景，书写当时轰轰烈烈的农民运动，书写的对象也是农民、士兵、工人等底层百姓，非常接地气，成为轰动上海滩最有成就的文学青年之一。

1932年初的上海，“一二八”事变后，到处都在捉拿汉奸，警局欠缺人手，大肆招募警员，为生计奔忙的余自强此时也到警察局当警察了。

可是，当警察一天到晚要在外捉人捕人，完不成任务就抓嫌疑人，抓到后推到街上游行示威，有的还被枪毙，枪毙之后还不解恨。民间有人自发地进行一种新式剐刑，就是那些看热闹的百姓，有许多人带着小刀子，把汉奸你一刀我一刀地割肉，真个是现代版的千刀万剐。

余自强很反感这样的工作，从血雨腥风中逃亡过来的他，看不惯这种愚蠢的、无人性的原始酷刑，便辞了警察工作进了章衣萍所创办的函授学校，集教务、杂务于一身，月薪二十元，开始了他的教书生涯。

才学高、人聪明的余自强，做教务工作得心应手，能力也是绰绰有余，协同章衣萍把函授学校经营得风生水起。

在教学之余，余自强常与参与函授学习的学生通信交流，其中一直与函授学生陈企霞来信交往密切。陈企霞当时在宁波任小学教师，无论是对时世的看法，还是对将来的命运，特别是对文学的作用方面，两人都观点相近，真可谓英雄所见略同，大有惺惺相惜之感，于是两人称兄道弟，最后结为知己。

母亲和妻子都在身边，稍微安稳的日子让余自强对未来充满了希望与信心。妻子又怀孕了，生活的担子虽不轻，但余自强有信心让一家老小过上好日子。

做好学校工作的同时，他又找了一份兼职，1932年底，他到姚名达、黄心勉夫妇创办的女子书店兼了一份工：协编刊物。

通过编办刊物，余自强看到了更适合自己发展的未来。

于是，他迅速给陈企霞写信，约他来上海一同创办自己的文艺刊物。

信心满满的陈企霞毫不犹豫地辞掉在家乡的小学教师工作，赶到上海，与余自强一起创办他们的“无名文艺社”。

之所以要成立自己的文艺社，余自强是有想法的，也是被逼的。想想偌大个上海滩，这么多文人扎堆，不乏大师文豪，更有无数当时的各路文学领军人物，哪有一个乡村小青年的一席之地呢？

正如余自强自己在日记中写道：“但是一群无名的青年，突然要闯进这壁垒森严的文坛里来，是这么容易的事吗？这座象牙塔里的那些大腕名家，各成宗派，刚进来的青年有的拜了门，有的在彷徨。他不知自己的归属在哪里，很苦闷，很烦恼。”

投稿到杂志或报纸上的副刊上去吧，多石沉大海，连个水泡都没有，稿子就被编辑先生摔进了纸篓。书店的老板，看见你是无名人士要头痛三日，更不会审你的作品内容。央求人引入门墙吧，请你先三跪九叩地叫几声“老头子”，称几声“门生”，才许你当个小喽啰。有的名作家戴着假面具，猫儿哭老鼠的慈悲，处处都刺痛了这些无名青年的心坎。

无名的青年们不甘寂寞，都需要一个为自己、为大众奋斗的阵地。

余自强想，与其依靠别人，不如自己创建一个文学刊物，于是在1932年12月，无名文艺社在上海成立。

为了给自己的文学生命以新的含义，余繁根据文学社的状况，给自己起了一个笔名：叶子。他说：我是一片无名的普通叶子，从今天起，我要用新的名字开始新的生活，你们就喊我叶子吧。

余自强从这天起就叫叶子了。

作为一个无名的文学青年，就像一片普通的叶子，反映着岁月的一年四季，反映着光明与黑暗，正如他在发刊词上这么写：“我们这几个百分之百的无名小卒，为着思想上性情上都没有什么大不了的分歧，又同是一样没有出路，便偶然地组成了这么一个‘社’。”“这不是一个大大的集团，没有门墙，也没有派别。就是因为大家都是‘无名’，所以叫它个‘无名社’。我们十万分诚挚地同情于像我们这样的无名朋友，欢迎加入我们这社里来。大家团结着，用自己的力量来开拓一条新的文艺之路。”

1933 年 1 月 7 日（农历壬申年十二月十二日），中共临时中央由上海迁至瑞金，中共临时中央政治局所在地在瑞金叶坪。

1 月 17 日，中共驻共产国际代表团，以中华苏维埃临时中央政府和工农红军革命军事委员会名义发表宣言，向一切进攻革命根据地和红军的国民党军队提议，在停止进攻苏区、保证民众的民主权利和武装民众的条件下，停战议和，一致抗日。共产党的提议遭到了国民党政府拒绝。

革命工作受挫，革命陷入低潮。党的工作转入地下，许多党员因此隐姓埋名转入民间开展地下工作。

此时的叶子，转而全身心投入到文学刊物创办之中，拿起手中的笔，创作各种体裁的文学作品。

他在《无名文艺创刊号》发出号召：“来吧，亲爱的朋友们！我们团结起来，冲到时代的核心中去，开拓一条光明灿烂的出路！”

然而，事实是没有名气，没有经费，也没有人气，靠自己和陈企霞两人怎样撑起文学的一片天空？

四

新春到了，家家户户张灯结彩，准备迎接新年。新刊物的创办，紧锣密鼓、有条不紊地进行着，妻子也马上要生了，叶子紧张而又兴奋地工作、工作、工作。

母亲告诉他：咏兰生了，你做爸爸了。搂着新生娃娃，叶子哭了，余家的根系上又结了新果，他的生命延续了，他的担子更重了。看着女儿小小的脸，他贴了上去，亲了又亲，女儿哭了，几声啼哭让余繁灵机一动：好吧，好吧，你哭得好，你的一声啼唱，将带来我们的新生活，让我们来个华丽的转身。从此，我们过上美好的生活，你就叫蒂丽吧。

叶子一家，还沉浸在女儿出生的欢喜之中，但大姐的一封来信，让叶子和母亲又悲痛哀伤。母亲号啕大哭，拍打着胸脯，呼天抢地。姐姐在来信中说：满叔死了，死得很惨很惨；满婶娘也死了，跟着满叔一块惨死的。满叔余璜后来的情况，以前大姐在信中也陆续告诉过他。叶子对满叔的感情最为深厚，也是最为敬佩的人，满叔天不怕地不怕、敢于革命的思想和行为对他产生了很大的影响。

满叔在国民党反动派向共产党人疯狂举起屠刀的危难之际，出任益阳工农自卫军联防司令，领导全县的工农武装与国民党反动武装展开英勇的斗争。最后，终因寡不敌众，队伍被打散，只得领少数几名自卫军战士冲出重围。但满叔从不畏惧困难，于1928年春又组织一支300多人的游击队，活跃于洞庭湖一带，决心要把武装斗争进行下去。1930年，满叔所带队伍编入段德昌领导的工农红军第六军，被任命为第四十六团负责人，并被选为中共湘鄂西临时省委秘书长。1930年6月，红六军进攻南县。满叔余璜奉段德昌的派遣，先到南县做侦察工作。他化名李怀春，以打莲花落为生，往来于县城等处，搜集敌人的情报，几次遇到险情，都急中生智、化险为夷，顺利地完成了任务。11月，他又奉命去华容侦察。他以草药子治好了县团防局长张菊勋太太的病，得到了张菊勋的信任，并给了他一张通行证，再一次顺利完成了任务。

满叔英勇善战、足智多谋，成为党的一名优秀战斗员、优秀指挥员。

1931年6月，中共湘鄂西特委改为湘鄂西临时省委时，满叔余璜任省委秘书长。1932年初，王明“左”倾路线开始泛滥。5月，湘鄂西根据地湖北洪湖地区开始第一次“肃反”。

1932年，夏曦任湘鄂西中央分局书记，兼任肃反委员会书记。在此任上，他以抓所谓改组派、托派、AB团、第三党、取消派为名，杀害了大批红军将士，造成了湘鄂西苏区的极大危机。贺龙曾说，夏曦的肃反杀人，到了发疯的地步。

夏曦的肃反理论是“宁可错杀，不使漏网”，这个理论完全背离了实事求是的原则和起码的法制原则，是极端错误的，说好听一点，是宁“左”毋右，实质上就是法西斯杀人理论。谁都知道，蒋介石法西斯的“清共”

名言是“宁可错杀一千，不可放走一个”，夏曦的杀人理论与之何其相似。法西斯杀人，是完全不讲法制原则的，为了达到目的，可以采取任何邪恶手段，不惜胡乱杀人。也许有人会说，夏曦杀人与蒋介石杀人的出发点不同。这当然不假，但在胡乱杀人这一点上，却绝无二致，而且，在杀戮红军的结果上，二者更无不同。要说不同，就是夏曦杀了段德昌、柳直荀等大批红军将士，这是蒋介石想做也做不到的。正因为如此，当时就有红军干部把夏曦称作“国民党刽子手”。

同为益阳家乡人的夏曦，没有念其老乡之情，也没有思其革命功劳，余璜和妻子郭雄双双都被作为“改组派”给错杀了。“左”倾错误路线使党失去了一位英勇的指战员、一位党的好干部。这位英雄好汉没有死在枪林弹雨中，没有死在敌人的屠刀下，却成了错误路线的牺牲品。

1932 年 9 月，与余璜同时期被杀害的还有柳直荀等一百多位同志，柳直荀在湖北洪湖地区同样被执行“左”倾路线的代表夏曦以“改组派”罪名杀害。

得到消息的叶子怎能不心痛，怎能不伤心，怎能不大哭。

叶子心里苦啊，但他只能抑制着自己的情感，劝着母亲：“一定是搞错了，一定是搞错了。满叔是我家最革命的，百分之二百的、最最彻底的革命者，怎么会？怎么会被自己人杀害呢？”

死亡并不可怕，可怕的是自己人杀自己人，满叔死得多么冤屈啊！叶子不停地安慰母亲：“妈，您别哭了，等我想法子找人了解清楚再说吧。”

叶子嘴上这么说，可自己心里也没有底。

这时，小娃娃突然大哭起来，这哭声惊醒了老太太。她擦着眼睛，抱起小孙女，呵护着小生命，慢慢地安静了下来。

蒂丽还没满月，创刊号《无名文艺旬刊》最后校稿完毕，1933 年 2 月 5 日正式出版，叶子宣称：“我们不需要颓废的无病呻吟，更不需要才子佳人的风花雪月，不需要守在象牙塔里的艺术家，也不想做一个文坛上的英雄豪杰……”确信，新的世界，完全是大众的。大众的内容，大众的情绪，一直到大众的福祉。

叶子确定了方向，前进的动力更足；女儿的出生，带来了天伦之乐。《无名文艺旬刊》似乎又是叶子的另一个儿子，带着使命，带着希冀，出生在这轰轰烈烈的革命时期。

叶子甚至为自己高兴，余自强这个名字看来还是起得蛮恰如其分，现在自己强大了，家庭也强大了，想着未来更好的日子，叶子继续为自己加油：自立，自强，自立自强。

五

踌躇满志的叶子和陈企霞着手扩大刊物，第一期《无名文艺旬刊》出版后产生了很不错的反响，让两位血气方刚的年轻人感受到成功的快乐。在大上海的文艺界，一棵文艺幼苗破土而出……

旬刊小了，又办了月刊，很快第二期《无名文艺旬刊》又要出笼了，他们的计划里还要出版《无名文艺丛书》。

理想很丰满，现实却骨感。万事无钱，寸步难行，两位年轻人遭遇到经费的困境，《无名文艺》办了二期后就捉襟见肘了。

编辑部办公室，局促的空间压抑而又令人窒息。叶子很不想说，但又没有别的办法，当企霞坐下来后，叶子不得不告诉他："企霞，经过这一段时期的打拼，离咱们的梦想近了一步。但是，目前出现了点问题，下期刊物只怕出不来了，原因是……"

企霞："我知道，别说了。"

叶子："可是，以后怎么办呢？"

企霞："让我回去想点办法吧，也许能筹到一些经费的。"

叶子很难再开口了，因为开办无名文艺社的主要经费就是企霞资助的。相比叶子的家庭情况，温州工商户出身的企霞经济较为宽裕。现在，刚开始就办不下去了，这对两个热爱文学的青年是一个不小的打击。

最后两人商量决定，由陈企霞回宁波筹款。

陈企霞回家筹款期间，无名文艺社因资金欠缺不得不二迁社址，3

月3日、3月9日进行了两次搬迁，房子越来越小，办刊环境越来越差。创业很艰辛，办社须慎重，叶子很苦恼，他不得不寻求新的合作者和助力人加盟无名社。

3月中旬，海燕文学社的钟望阳（笔名白兮、苏苏）来信，其草拟的“无名文艺社”组织计划和出版计划令叶子大喜。叶子迅速回信，同意合作，经过商谈，二社合力筹备《无名文艺月刊》。

原来，海燕文学社的钟望阳组织了一班文学青年，也在着手创建一个文学社团，起的名字正好和叶子的社名相同——无名文艺社，真是英雄所见略同。双方一交流，原来大家都是志同道合的同志，于是，马上宣布合作。

全体成员为：叶子、陈企霞、钟望阳、周钢鸣、韩起（寒琪）。

1933年的世界局势极为严峻。20世纪20年代美国经济繁荣的背后，隐藏着严重的危机，1923—1933年爆发的资本主义世界经济危机影响到了上海。在此期间，社会经济虽然有一定发展，但是，资本主义制度的基本矛盾依然存在。资本家攫取了高额利润，广大劳动人民却日益贫困，限制了社会实际消费能力的增长。分期付款和银行信贷刺激了市场的虚假繁荣，资本家为眼前的利润驱使，盲目扩大生产，使得生产和销售之间的矛盾日益尖锐。同时，人们醉心于利润丰厚的股票等投机活动，股价被大幅度哄抬，大大增加了金融市场的不稳定性。

经济危机加深了各国的社会危机，国内政坛丑闻层出不穷，政府信誉扫地；广大人民群众强烈要求改善现有生活状况，示威游行和罢工斗争不断；国民党反动派利用人们对现状的不满，兴风作浪，促使社会更加动荡不安。他们趁机实行剿共政策，中共临时中央被迫由上海迁至瑞金。

此时的上海汇集了许许多多的有志青年和文学青年，但此时的上海工业并不很发达，失业人员多，涌进大批的青年让原本拥挤的城市更加不堪重负，大有人满为患之势，一时半会很难找到合适的工作。叶子一想，不如加入左联，学鲁迅，用笔杆子做武器。于是，暂时留在上海的叶子决定以笔为枪，多写自己熟悉的农民运动和国民大革命时期的作品，控诉国民党政府的罪恶行径。

叶子深知，光凭几个无名小卒是搞不出名堂的，他和他的伙伴们此时急于解决的问题就是寻找导师、领路人。他们听说过鲁迅，也知道上海有一个“中国左翼作家联盟”，他们的旗手就是鲁迅。向旗手靠拢，向大师们请教、学习，不失为一条好的途径。

叶子也知道，自己一介普通青年，如何向大师靠拢、求教？大师们又凭什么认可自己？只有努力提升自己，赶快写出好的有深度的作品，才是正道。

第九章 Di Jiu Zhang 笔名叶紫

一

20世纪30年代初，国际局势很不稳定，社会更加动荡不安。此时马列主义迅速传播，人们思想也非常活跃。当百业受阻之时，文学大军却异军突起。在左联的影响下，一批批从全国各地来的文学青年，加入上海的文学队伍之中，找左联，见鲁迅，开始自己的文学之路。

此时，叶子他们的月刊《无名文艺》进入了组稿阶段。

向大师约稿，向文学青年们组稿的同时，叶子自己也开始了他的第一篇小说的创作工作。

一场夜雨突袭，海风吹得呜呜地叫，小木楼的窗户被打得啪啪作响。叶子坐在桌前，思绪万千：这夜暴雨如注，上海滩狂风怒号、波涛滚滚，似万马奔腾，似怨女痛哭。

这样的夜，这样的雨，叶子想了许多许多，家乡的革命运动，家里惨死的亲人，自己逃亡流浪的日子，即便奋笔，诉诸笔端，也不足以消此生之恨。

叶子伏案疾书，《丰收》初稿已成。

这些日子，为了生活，叶子七天没有跨进编辑室的门，一切皆由企霞在那里唱独角戏。为了接洽印刷所，找发行处，找新社址，筹钱，等等，叶子又和企霞整天跑着，没有丝毫的闲暇。

因经济原因，旬刊《无名文艺》停印，只编月刊《无名文艺》。其内容丰富，刊物创建起来了，为此而奔波的一应事务就成了两个来上海创业的青年的重头戏，写稿、收稿，审稿、校稿，终于在1933年5月4日将全部稿子交印刷所付印。

叶子的短篇小说、处女作《丰收》也编进了这期《无名文艺》。

叶子在自己的日记里写道，“《丰收》里的人物云普叔是我自己的亲表叔，当家乡那里来一个年老的公公告诉我关于他们的状况时，我为他流了一个夜晚的眼泪。自己做了流浪人，家乡的消息茫然了许久，不料有这样大的变故。立秋已经被团防局抓去枪毙了，是在去年九月初三的早晨。为了纪念这可怜的老叔和年轻英勇的表弟，这篇东西终于被我流着眼泪地写了出来。”

在署名时，余繁突然不想再用“叶子”这个笔名，他觉得叶子的分量太轻太轻，经不起风吹雨打，随风翻转，无法主宰自己的命运。这部《丰收》是自己的处女作，是血与泪凝成的，现在正式面世了，从今以后，自己也打算以笔代枪，从事文字工作，一定要起一个稳妥、庄重、响亮的名字。思来想去，最后他郑重地给自己重起了一个笔名：叶紫。其寓意为，“叶”是祖母的姓，是最疼爱自己的奶奶的姓，为纪念双目流血惨死于华容县罗家洲的老祖母，用了她的姓；“紫”是血的象征，自己是从血泊里爬过来的人。故取此名。

连叶紫自己也不知道，从此叶紫之名闻名大上海，流芳百世，名震千古。

编完月刊，叶紫和企霞才得以松了一口气，但又像怀孕九月的妇女一样，期待新生儿的出生，却不知新生儿出生后是个什么样子，健不健全，漂不漂亮，一颗心吊在半空中，忐忑不安。

谁知《丰收》的问世，犹如一石激起千重浪，在上海文坛引起注目。从此，上海文学青年叶紫的名字为世人所知。因《丰收》写得扣人心弦，叶紫也令人刮目相看。有人赞道："这个从湖南益阳兰溪乡下来到大上海的小青年，出手不凡呀。"他们哪里明白，这篇文章的字字句句，果真是用血泪凝聚出来的。

为了扩大文艺社的影响力，是年6月5日，钟望阳通过内山书店一名熟识的店员，送给鲁迅一本《无名文艺》月刊，并附信约鲁迅为本刊写稿。

因为他们了解，鲁迅是左联的领导人，中国的文坛里谁不认识呢？如果能求得鲁迅的文章，发表在他们的无名小刊上，那会给自己的小刊带来多大的影响。

可鲁迅会给一本无名小刊写稿吗？

鲁迅是中国左翼作家联盟的旗帜。1930年，在中国共产党促进下，中国左翼作家联盟在上海成立。中国共产党成立此文学组织的目的是与中国国民党争夺宣传阵地，吸引广大民众支持其思想。中国左翼作家联盟创办的刊物有《萌芽》月刊、《拓荒者》等。

左联成立之时，正值第一次国内革命战争失败，国民党反动派一方面对革命根据地进行军事围剿，另一方面对国统区实行文化"围剿"。当时的形势迫切要求上海的左翼作家们团结起来，共同与国民党反动派做斗争。在中国共产党组织的努力下，左联于1930年3月2日在上海中华艺术大学举行了成立大会。在成立大会上，鲁迅先生做了题为《对于左翼作家联盟的意见》的讲话，第一次提出了文艺要为工农大众服务的方向，并且指出左翼文艺家一定要和实际的社会斗争接触。

虽然名义上是一个文学组织，但其目的是与中国国民党争夺宣传阵地，吸引广大民众支持其思想。左联的旗帜人物是鲁迅，但实际在背后控制大局的是两度留苏、曾任中共中央政治局常委的瞿秋白。左联势力主要包括1926年急转成激烈革命派的"创造社"成员郭沫若、1928年"太阳社”钱杏邨、“语丝”鲁迅、文学研究会《小说月报》茅盾等人，他们矛头一致，对“新月派”胡适、徐志摩、梁实秋为首的“资产阶级代言人”进行笔战。

直到1936年解散，左联已为共产革命思想争取了极大支持，此一胜利促使了大部分中国作家走上为政治革命服务的道路。左联的解散，一是表示中国共产党与中国国民党达成政治妥协，二是“中国文学家的集体抗日救国”到了最后阶段，亡国灭种的危机使国民党终于在1937年“七七事变”中发出全国全面对日抗战的信号。

在这样的时代背景下，他们抱着忐忑不安的心情，向鲁迅发出了第一封信。他们好生期待着大师的支持与鼓励。

鲁迅真的给他们回信了，其信隐约透露出一种信息，刊物要想办下去，政治色彩不宜太浓，留得青山在，不怕没柴烧。叶紫和钟望阳从中受到教益，也明确了办刊的要义，知道要生存下去，就必须按鲁迅先生所言行事。

二

鲁迅的来信给了他们极大的鼓舞。通过创办刊物，叶紫还结识了许多志同道合的朋友。1933年6月初，由谭林通、关露（女诗人胡楣）介绍，叶紫与陈企霞一道加入了中国左翼作家联盟，从此开始了真正的革命文学创作生涯。

为寻求安慰、排遣积郁，为积累资料，也为提升自己，叶紫开始大量阅读古今中外的文学作品。由传统的旧诗、旧文、旧小说，鸳鸯蝴蝶派的东西，一直到文学研究会、创造社、太阳社，以及新近从世界各国翻译过来的文学作品，统统拿过来阅读。一顿恶补，用囫囵吞枣形容，最贴切不过了。

为很好地消化这些知识，汲取营养，叶紫不但用心用意地读，用心用意地想、理解，还做了许多笔记。经过这段时期的大量阅读，叶紫对文学创作有了全新的认识。

叶紫一边读，一边写，把自己曾经受过的创痛和所见到的人类的不平，一一描画出来。他把积郁内心多年的伤痛，通过作品中的人物淋漓尽致地表达出来。叶紫每完成一件作品，随着苦痛的缓解乃至消失，便觉得心里舒坦很多很多。叶紫好喜欢这样的日子。

轰动上海文坛的《丰收》余热未消，6月1日，叶紫的短篇小说《火》作为《丰收》续篇脱稿了，在9月1 7日进行再次修改后，发表于10月15日的《文艺》创刊号上。

创作激情的喷发，才思泉涌，让叶紫笔耕不辍。9月1日，他创作短篇小说《电网外》后易题为《王伯伯》，发于9月25日《文学新地》创刊号，署名为杨镜清。

因其作品突出，可读性强，由国际革命作家联盟的机关刊物《国际文学》以俄、德、英、法四国文字出版，翻译发表，从而收获了世界的读者，其影响力由上海走向世界，后来再收入《丰收》小说集子恢复原名。

之所以又起杨镜清这个新的笔名，一是为了吸引读者目光，新的有才的作家更容易引起轰动；二是为了生活，换个名字发了作品，可多挣得一份稿费。此时，叶紫一家人的生活，全靠他一支笔换来生活费。

仅9月，叶紫创作了小说《刀手费》《朦胧中》《乡导》，都发表于《现代》第四卷第二期，后收入小说集《丰收》。

10月发表随笔《幽默的对》。

10月最大的收获不是发表若干作品，而是叶紫见到了自己的老乡周扬。

在长沙读书时，叶紫有个要好的老同学名叫魏猛克，他在上海开了一家书店。一天，叶紫到他书店买书，魏猛克神神秘秘地对叶紫讲：“想不想见一个人？”

“谁？”叶紫很不解，老同学了还这么作呢。

“一个大人物了，还是你们益阳人呢。”魏猛克又故弄玄虚地逗叶紫。

“益阳的？是哪个呢？”叶紫追问。

“想不想见嘛，不想见就算了，我还懒得管闲事呢。要不是看哒你爱看书，还会写书，我才不管呢。”魏猛克平时可不会用这个态度讲话的。叶紫一想，见见也无妨呀，何况是老乡，那就见吧。

“见就见，谁怕谁！说，那个在上海的益阳人是谁？”叶紫催促他快说。

魏猛克开心地拍叶紫的肩膀：“这就对了嘛，我告诉你，这个人叫周扬。”

“啊？周扬？真的是他吗？”叶紫张大的嘴巴露出一种惊奇与欣喜。

“见见见，快快帮我约个时间。”叶紫催促起来。

“莫急啰，总得先和周先生说说啵，人家愿意不愿意见你呢。”魏猛克又逗叶紫。

“好啰好啰，费你的心，劳烦你啰。你放心上就是，一有消息就通知我啰。”叶紫兴奋地离开了书店。

通过魏猛克的引见，叶紫得以拜见了周扬。

老乡见老乡，两眼泪汪汪。作为家乡人，又同为革命工作，特别是叶紫一家的惨状，益阳街上谁人不知、哪个不晓呢？周扬不但约见了叶紫，还把他介绍给左联的大师们，带着他参加左联的创作座谈会，使他获益匪浅。因为在创作座谈会上，有时有鲁迅、茅盾等大名鼎鼎的大作家参与，和大家一起探讨作品得失，指出努力的方向。

正是得益于周扬的引见，叶紫初到上海，不久以余自强的大名加入了左联的队伍当中，成为其中的一名战斗队员，并出席了开幕式，正式加入左联。

一次叶紫参加讨论会，向鲁迅、茅盾两位大师请教：“当遭遇到关键人物和典型的描写问题怎么办？”叶紫的益阳腔加上普通话，显得语速太快，别人根本听不清他说的是什么。

“什么？这个同学说的什么？”没有听懂叶紫的提问，两位大师都是一脸茫然，周扬赶紧用普通话复述了一遍。

两位大师分别在会上给予了他满意的答复。

叶紫年轻好学、才思敏捷，其作品在大师们手中流传，得到了大师们的认可，找他约稿的越来越多。此时的叶紫，意气风发，激扬文字，不几日又出手一篇小说，不几日又脱稿一批随笔。1933年的叶紫，成了上海文坛里一颗灿烂夺目的文学新星，受到众人的追捧。

虽然叶紫仅这一次与鲁迅有过直接的交流，但叶紫的名字，已进入了鲁迅的视野。

这个湖南益阳来的小青年，文学才华初露，不同于上海滩迂腐、陈旧、洋味很浓的所谓正统文学味，他的文字充满了乡土气息，散发出浓郁的地方风味，能给读者带来不一样的感受。

现在陈腐的旧上海文坛，就是要这种新鲜的血液加入，冲淡一点旧的陈腐之气，才能有活力，才能进步。

三

1934年春，叶紫不知不觉到上海近四年时间，感受到了大都市的机遇，也感受了大都市里的孤独，自己犹如一片孤单的叶子，任凭风吹到东，又吹到西，无法主宰自己的命运，常有“我本将心向明月，奈何明月照沟渠”的感觉。

叶紫有时又有心有余而力不足之感，想写的、要写的东西太多太多，随笔时评可就事论事，可想写大部头的长篇，每每刚动笔又搁浅，深知自己底蕴不够，无法驾驭，写了撕、撕了写，只好不停地贪婪地抓紧时间，广泛阅读经典名著，阅读鲁迅先生的作品，参看世界著名作家畅销小说的创作模式，开始自己的创作与探索。

更多的时间，叶紫沉浸在自己的创作之中。他只知道写呀写呀写，有写不完的故事、写不完的思念、写不完的痛苦、写不完的诉求……

他经历了那么多痛苦，受了那么多磨难，他的父亲、姐姐、叔叔还有奶奶，那么多人死的死、逃的逃，而且死得那么惨、那么冤、那么悲……他怎能不难受！他怎能不替他们报仇！他怎能不替他们申冤呢！

母亲曾经说过："去，孩子！你是一个有志气的人，不要忘了你的爸，不要忘了你的苦命的妈！去到那些不吃人的地方去！"要报仇，要雪恨！此时唯有拿起笔，把那些吃人的万恶的旧社会揭露出来，推翻它，打倒它，人民才有好日子过。

慢慢地，叶紫越写越顺、越写越多、越写越好：

1934 年 1 月 24 日，发表短篇小说《毕业论文》；

1934 年 2 月 18 日，发表评论《爱仑凯与柯仑泰》；

1934 年 4 月 6 日，发表短篇小说《懒捐》。

由于叶紫作品以高质高产闻名于上海滩，4 月份叶紫被《中华日报》副刊《动向》录用为助理编辑，月薪六十元。副刊主编是左联成员聂绀弩，叶紫的才华得到他的认可。叶紫生活的窘迫令他同情，因此他选用了叶紫，使叶紫的生活条件大为改善。

生活水平提高了，叶紫工作更加努力了，写作范围更加广泛了，一到《中华日报》工作，便于 4 月 12 日发表短评《文坛登龙新月术》、杂感《忆家煌》，19 日发表评论《新作家草明女士》。

叶紫在担任《动向》副刊助理编辑期间，写下了大量的评论文章并发表。

而在此月，令叶紫终生难忘的一件事情发生了，也是叶紫人生里一次美好的遇见。

四月的上海，是人间最美的地方。海风轻轻吹拂，太阳暖暖照耀，走在街上的人川流不息。尽管世界风云突变，国内形势紧张，但偏于一隅的安静与美好，让世人得以安养生息。此时的叶紫因为有《中华日报》每月六十元的工资，一家人生活虽不宽裕，但很安稳地过上了自己的小日子。他还盼着通过努力，以后加了工资，可以有自己的房子、车子，过上富裕安逸的生活。

叶紫走在上班的途中，一边想着充满希望的未来，迎面走来的一个人，怎么看上去那么熟悉、那么亲切？曾经听过他的讲座，提过问，虽然距离远，但大师的形象早已铭刻于自己心中。曾经阅读过他大量的书籍和文章，这是自己在世上最敬佩仰慕的人。叶紫停住了自己的脚步，他看到一个人身着长衫，长着斯大林一样的八字胡须，横眉冷对一切，这不是鲁迅吗？叶紫便迅速往前作揖，说：“鲁迅先生，您好！”

“对不起，你认错人了，我不是鲁迅。”这人笑着回复这位莽撞的年轻人。对于他来说，这已经是习以为常的事了，因为经常有人认错他，见怪不怪了。他心里好笑，一定又是找他老兄请教的文学青年。

“您不是鲁迅先生？”叶紫不相信他说的话，世上哪有这么像的人呢？还是鲁迅先生怕麻烦，装作不是的呢？

“真的不是，我是周建人，你们要找的是周树人。”站在他面前的人从容不迫地解释着，然后又说，“你要找的鲁迅，住在哪里，我告诉你吧。”于是，他写下鲁迅的地址。

真是踏破铁鞋无觅处，得来全不费功夫。虽然找错了人，但得到了正确的地址，太有收获了，叶紫高兴不已。

第十章 Di Shi Zhang 拜见鲁迅

一

1934 年 4 月 28 日，鲁迅收到了叶紫请求拜见的信件，于是回信给叶紫，约见于内山书店。

从此，一位文学大师与一位乡村青年在文学上发生友谊碰撞的故事展开了序幕。他们信件往来频繁，言辞充满爱国情怀，关注民生，特别是鲁迅先生，对文学青年的提携与关爱表达得淋漓尽致。

叶紫在上海漂泊四年之久，终于得以与鲁迅建立直接联系。

其实，叶紫在左联多次听过鲁迅等大师们的演讲、报告、座谈，而且还向鲁迅先生提过问题，但都不是单独交流，加上叶紫的方言很重，鲁迅先生根本没有听清楚他提的问题。鲁迅当时的名气如日中天，身边簇拥的人很多。叶紫一介无名小辈，又是异乡人，一口上海人听不懂的方言，有谁会记得他呢？

一个无名的文学青年，在多次碰鼻后，无缘拜见大师，怎么还会有奢望之想？

所以，叶紫在四月与周建人在上海街头的美好相遇，成就了此次与鲁迅先生的面对面交流。得到鲁迅先生同意约见的回信，叶紫像孩子一样开心。

听说鲁迅同意约见叶紫，《中华日报》副刊主编聂绀弩也很高兴，因为他正想拜见鲁迅，也一直苦于没有机缘。谁知叶紫的一封信，先生竟然同意约见。聂绀弩要叶紫再复信先生，他要一同拜见。

叶紫马上致信先生，在信中提到《中华日报》副刊《动向》主编聂绀弩想一道拜访先生。

叶紫原以为可能会遭到拒绝，意外地得到了鲁迅先生的盛情邀请，地点也改了，不再是内山书店，而是邀请他们到他家里去谈谈。

得到鲁迅首肯的叶紫兴奋莫名，带着聂绀弩一起坐了电车，在大上海转了半天，来到了上海市虹口区山阴路132弄9号。

这是一幢红砖红瓦的3层楼房，楼房坐北朝南，跨进黑铁皮大门，映入眼帘的是一个小天井，天井内辟了一小块花园，种植了桃树、紫荆花、夹竹桃等植物，进入底层前面的一大间是会客室，中间搁一张棕黑色的长方形西式餐桌，周围有五把椅子，西墙放着书橱、手摇留声机等物品。

这个在当时称得上豪华的会客室，把叶紫和聂绀弩看得眼花缭乱，竟一时忘记了通报，他们是来拜访鲁迅先生的。

当鲁迅家人看到两位拘束的小青年，就知道是来找先生的，便主动领他们直接见鲁迅了。

来到二楼南面一间房里，这里是鲁迅先生的卧室兼工作室。靠东边是一张普通的黑铣床，床南是书橱和藤椅，床对面依次放着梳妆台、茶几、藤椅和大衣橱。糊着半透明彩花纸的南窗下，是先生的书桌，上面放着纸、墨、笔、砚和台灯，陶制的龟形笔插中，插着那支廉价但却是鲁迅先生用来写了数百篇杂文的“金不换”毛笔。书桌旁有一张藤椅，是鲁迅先生坐着思考、休息的地方。

“先生好，有两位小青年找您。”家仆嘴里说着引进两位年轻人后，把门轻轻地半掩着离开了。

面对一脸严肃的鲁迅先生，叶紫和聂绀弩羞涩得像两位大姑娘，见了婆婆一样，半天说不出话来，只知傻笑。

还是鲁迅先生开口道："站着干吗，坐下坐下，来的都是客，欢迎二位光临寒舍。"

"这还是寒舍？天啊，那我们住的是什么？"叶紫心里这么想着，可不敢说出来。

"两位青年才俊，你们不妨自我介绍一下呀？"鲁迅又一次挑起话题，打破沉默的气氛。

"我是叶紫""我是聂绀弩"。两人要么不开口，一开口又同时说了起来，三人都笑了起来。

当严肃的鲁迅先生笑起来时，他的眉毛、胡子都成了一条横线，三条横线搁在脸上，一动起来很亲切，叶紫和聂绀弩紧张的情绪，一下子得到了放松。

"不急不急。那个说湖南话的叶紫，你慢点说，说快了我听不懂。"鲁迅指着叶紫笑道，"你就是上次那个提问的青年吧？嗯，现在讲的听得清了点，当时你一口方言，我是一个字也没听清啊。哈哈哈……"先生爽朗的笑声，在大厅里回响。

"您还记得那次报告会？嗯，是我。"叶紫不好意思地说，"当时刚来上海，口音很重，又不会说上海话……"

家仆递上两杯热茶，送到两位手上。

"叶紫你先说。"鲁迅指着沙发，要二人坐下。

叶紫急切地介绍自己："我本名叫余鑅，湖南益阳人，常用笔名是叶紫，您叫我叶紫就可以的。"

"慢点说，慢点说，别急。"鲁迅先生笑着提示他。

"我来上海有三四年了，一直没有机会拜访您。在此前，自己瞎闹腾搞了一个无名文艺刊物，曾经得到过您的来信指点，一直铭记在心。写点小文字，稿子倒是不少，出了两期后，就玩不下去了，因为没有经费，无法印刷。这是我们近期出的两本样刊，辛苦您指点。”叶紫边说边递上两本他们自己编辑的刊物。

鲁迅收下刊物，一边翻阅着，一边对聂绀弩说：“你要讲讲吗？”

聂绀弩忙摆手：“不用不用，您先看我们的作业吧。”聂绀弩递上《中华日报》指着副刊栏目说：“这是我们的田地，我和叶紫就在此田土上耕作，这里有我们的作业。今天我们来的目的是想请先生多多为我们的副刊撰稿，提升我们的副刊在上海的影响力和品位。”

鲁迅先生一边听着，一边认真地看着他们的刊物，一页一页地认真翻阅。叶紫和聂绀弩紧张得出了一身大汗，内衣都湿了。

良久，先生说：“年轻人，很不错，有头脑，有思想，有主见。你们的主张大抵和我很接近……”

三人聊得很是投机，叶紫和聂绀弩趁机恳求拜鲁迅先生为师，得到鲁迅的应允，终于成为大文豪的门徒，拜在名师的门下，叶紫更有了前进的动力。有了鲁迅的支持，他们的工作更为出色。

从这次见面后，叶紫的人生揭开了新的一页。一个愤懑的青年，找到了自己的人生导师。

因为有了鲁迅先生的提携与推荐，叶紫的名字和叶紫的文字留在了中国现代文学宝库中。

叶紫自己的评论作品也接二连三地发表，其间发表了《关于〈天下太平〉》《洋形式的窃取与洋内容的借用——杨昌溪先生的小说是洋人做的》，对洋为中用、古为今用的问题进行了论述，对于那些抄袭别人文字的人进行了有力抨击。

春风得意马蹄疾，一年写文几百篇。

叶紫认识了现代中国文坛最伟大的人物，找到了能发挥自己所长的用武之地。此时的叶紫，人逢喜事精神爽，佳作连连不断。

5 月 18 日下午，叶紫和聂绀弩陪同鲁迅和家人一起到上海滩一著名咖啡店品茗，其实他们主要是想告诉先生一个好消息。

当大家在咖啡店一一坐下，品着咖啡之时，聂绀弩递给先生一张合同并告知鲁迅先生，经《中华日报》老板林柏生同意，凡鲁迅先生来稿，稿酬从优，别人短篇千字一元，鲁迅先生的短篇千字三元，长篇另计。

接过合同，先生严肃的八字胡拓展成了一字形，那对常常发射冷光的眼睛，变成了一牙温暖的弯月。好和蔼可亲的慈父形象，叶紫不由得又想起了父亲，以及那年带他在益阳街上品尝各种小吃的情形。

如今自己有点出息了，可父亲永远不会知道了，也无法孝敬他老人家了。

听着先生说话，他又似乎觉得先生就像父亲一样慈祥、伟大，可敬可亲，一点也不像外界传言的那样冷血、寡情。

最后，叶紫才依依不舍地告别了鲁迅先生。

他们的诚心诚意，得到了鲁迅的支持。他们不时收到鲁迅先生的稿件，极大地提高了《中华日报》在上海文学界的声誉和影响力。

此时的叶紫在忙于工作之余，不忘笔耕。6月13日短篇小说《杨七公公过年》发表于《中华月报》第二卷第六期和第七期，署名为：柳七。

21日发表杂感《“手续费”与“刀手费”》。

7月发表散文《我怎样与文学发生关系》，载于《文学》一周年纪念特集《我与文学》，署名叶紫。

从叶紫的许多作品可以看出，叶紫对“叶紫”这个笔名情有独钟，他对这个署名寄托了更多的情感与寓意。

二

因文学的原因，叶紫与鲁迅的交往越来越密切。每一次交流，总是意犹未尽，再约下次。因为非常密切地交往，他们之间的情谊也越来越深厚。有人说，他们是亦师亦友，叶紫自己感觉是一父一子：鲁迅先生是父亲，他就是先生的儿子。

9月1日，为约稿一事，他再次与鲁迅见面。他们来到熟悉的内山书店，两人商谈了很久。此时的叶紫正在筹划出版短篇小说集《丰收》，而在文化管制森严的20世纪30年代，政治色彩鲜明的作品是难以出版发行的。因此，叶紫决定私印，一要筹措印书款，二要找印刷所，三要请鲁迅看稿，帮忙写序推荐。为此，叶紫又急又忙，可以说是忙得焦头烂额。

10月15日，叶紫再寄信于鲁迅，请求帮助。

10月21日，他收到鲁迅的复信："我昨天才将翻译交卷，今天看了《夜哨线》。这一篇，有好的地方，也有不好的地方。这大约是出于你的预计之外的。大约预计是要写赵得胜，以他为中心，展开他内心的和周围的事件来。然而第一段所写的赵公，并不活跃，从第二段起以下的事件，倒是紧张、生动的，于是倒映上来，更显得第一段的不行。我看这很容易补救，只要反过来，以写事件为主，而不以赵公为主要角色，就成。那办法，是将第一段中描写及解释赵得胜的文章，再缩短一些，就是减少竭力在写他个人的痕迹，便好。不过所谓的'减少'，是减少字数，也就是用几句较简的话，来包括了几行的原文。"

大师的来信，从字里行间和一字一句地推敲，到细心地对字数减少的全部操作，都一一指点到位，让叶紫感激涕零。从此，叶紫更为严格地要求自己的文字的严谨与简洁。

这一天，回到家的叶紫，突然感觉一阵冷清，婆娘不在家哪像个家呢，冷冷清清的。原来咏兰又要临产了，在上海多有不便，于是带着女儿回益阳娘家待产。

无端地，叶紫又想了那个遥远的小山村，那个号称"小南京"的地方，那个给他带来噩梦的地方。

伏在书桌上，叶紫又奋笔疾书。他要写的太多了，他有说不完的故事，亦有写不完的心里话。

1934年11月20日，回益阳探亲的咏兰生下了叶紫的大儿子。

他儿子两眉间有一天生红印，相貌非凡，且与叶紫的生辰八字有七字相同，同月同日同时，年也有一字相同，叶紫生于庚戌年，儿子生于甲戌年。为此，叶紫给儿子取了多个名字：维太、定天、压魔。儿子的诞生，无疑给叶紫带来了更多的希望。

有鲁迅大师的指点提携，又新得爱儿的叶紫，浑身是劲，没日没夜地工作与写作，让他原本瘦弱的体质更加虚弱。时不时地咳嗽，令咏兰担心，可是目前的经济状况又不能给予他更多的营养调剂，只是默默地分担家务，做好家务，带好女儿，孝顺婆婆；但是婆婆也已老弱，只管信神拜佛，不能帮她一点忙，一家大小全靠她辛苦劳作、操持打理。有时左邻右舍的嫂嫂们，在家务之余呼她摸两圈上海麻将。咏兰嘴里说不会，但看了两局，便了解到打法虽与益阳有别，但大同小异，只是算法不同而已，这对从小见惯了赌场生意的咏兰来讲是小菜一碟。于是，有空时她偷偷地摸两把，解解闷也是常事。但打麻将要花钱下注，尽管咏兰见惯了赌场，但自己亲自上场的机会很少，实际操作中常常失误，输钱也就难免了。

叶紫家里人多，进项少出口大，原本拮据的生活条件，更是雪上加霜了。

咏兰生怕被婆婆和叶紫知道，责怪她。尽管她心里很想赢点钱，改善生活，事实上往往适得其反，今天才打两圈牌，又输了两块大洋。心情不好的咏兰，把晚餐的菜都炒煳了。婆婆责怪了几句，面对婆婆的责问，咏兰不耐烦地辩解了几句，谁知一言不合，婆媳大吵了起来。叶紫被气得放下碗筷，起身就冲了出去。他不想加入两个最亲的人之间的争吵。母亲不容易，可咏兰也是自己的恩妻。叶紫只想多挣点钱，租个大些的房子，一家人和和睦睦在一起过日子便好。

叶紫也没有忘记，自己曾发誓要让妻子过上好日子。可现在的日子，真说不上好，虽不愁吃穿，但也难有余钱剩米。一家大小的生活都是咏兰在打理，空闲之时咏兰打两圈小麻将也并无不可。母亲是自己最亲最敬的人，受过那么多苦难，怎么能够去责怪她老人家呢？叶紫处于妻子和母亲两人中间，只能逃避，他真的不知如何平息她们之间的矛盾。一个至亲，一个至爱，孝敬长辈是儿孙应尽的义务，特别是母亲的情况妻子是很了解的，以前自己逃难时也是妻子一手照顾的。两个爱自己的女人应该没有不可调和的矛盾，叶紫决定和咏兰好好谈谈。

当叶紫转了一大圈回到家时，已是半夜，母亲、妻子、孩子们都已睡了。叶紫轻轻地走到自己房间，脱衣上床，搂着熟睡的妻子，看着她憔悴的脸庞，抚摸着她粗糙的手，想起那年在兰溪枫林桥上的情景，那时的咏兰说："等革命成功了，我们老了，革不动命了，就回兰溪来养老，有两三间瓦屋，几畦菜土，闲时能打两圈麻将，或驾一小渔船，荡漾在兰溪河上，过上神仙一般的日子。"可现在过的是什么日子呀，叶紫觉得很迷茫很困惑，革了这么久的命，自己又是如此努力，可日子还是过得如此艰难，原因到底在哪里呢?

他又想起父亲、姐姐、叔叔，那一张张悲惨的面容，让叶紫的眼泪不禁流了下来，有几滴还落在了妻子的手上。

许是凉了的原因，咏兰把手收回到被子里，惊动了沉思中的叶紫。他迅速帮妻子盖好被子，此时咏兰半睁着眼睛说道："这么晚了，睡吧。"

"嗯。兰，以后，能不能少和老妈争？"叶紫轻轻地说。

"晓得，你别说了。今天心情不好，一时没忍住，以后不会了。"咏兰的性情叶紫知道的，一直以来都是她在帮自己尽孝，照顾老娘多年，从没说过一句多话。

"嗯，我的好女人，好兰儿。"叶紫把妻子搂得更紧了。因为激动和用力，叶紫又咳嗽不止，这让咏兰担心起来。

三

一大早，咏兰做好早餐唤母亲吃饭，母亲如没事一般应答着媳妇，帮着孙女穿衣，吃早餐。婆媳和解，叶紫一家的日子，又平淡如常地运转着。

叶紫又可安心地进行自己的创作和工作了。12 月 17 日，叶紫得鲁迅请帖和木刻图八张。鲁迅先生约叶紫和几个文学青年，于 12 月 19 日中午共进午餐。

这几个文学青年就是东北来的萧红、萧军。萧红、萧军来上海后，鲁迅给予了极大的帮助，并将叶紫介绍给二萧做朋友。因怕对二萧的情况不是十分了解，鲁迅之前特别嘱咐叶紫，向二萧介绍自己时，暂不要说出自己共产党员的真实身份。

鉴于当时的社会环境情况，叶紫深知老师的谨慎是正确的，并受其影响，做事做人都非常谨慎小心，同时也谨遵老师嘱咐，做好二萧的“向导”与“监护人”，把他们引导加入革命作家队伍中来。

叶紫感到信心满满，前途无限美好，尽管手里没有多少钱，但他觉得这样下来，还是很有奔头的。

但现实总是不断变化，波折丛生，叶紫刚刚有点起色的生活又陷入深渊，他简直无法承受这样的结果，但又不得不面对。

悲催的事情是这样的，12 月 18 日，《动向》被迫停刊，一份稳定而又是高收入的工作，说没有就没有了。没有了一个月六十元的固定收入，叶紫一家的生活顿时陷入困顿之中。以后的路怎么走？再到哪里去找一份收入稳定且不错的工作呢？此等烦琐的生活小事，却又是天天得花钱的大事，怎么好向先生说起呢？

12 月 19 日，叶紫还是应约如期来到了广西路 332 号梁园豫菜馆赴宴。除鲁迅全家外，客人有萧军夫妇、聂绀弩夫妇、仲芳、叶紫。萧军认为，鲁迅设宴名义上是为庆贺胡风之子满月，实际上是为萧军、萧红找一些社交对象。

此次晚餐，一共有九人在座，除了鲁迅一家三口，还有茅盾、叶紫、聂绀弩和夫人周颖以及二萧，而受邀的胡风和梅志夫妻缺席。

酒菜上来之后，许广平到门外转了一圈，看没有什么可疑的人，便回来向鲁迅耳语几句，然后，鲁迅便以主人的身份介绍各位客人。讲到二萧时，鲁迅特地加上一句：“他们是新从东北来的。”

这次饭局上，鲁迅特别把叶紫介绍给了二萧。萧军的个性好强蛮横，干事只凭一股子热情做事，这是鲁迅所担心的，因此他找叶紫来关照二萧，就是想约束一下他。后来，叶紫和萧军果然成为很好的朋友。

这顿饭吃得开心，谈话也进行得轻松、愉快。

在归去的路上，二萧彼此挽着胳膊，趁着这酒劲儿，竟一路小跑起来。

此后，鲁迅与二萧走动频繁，吃饭的事自然也常有。及至更加熟悉之后，二萧成为周府的常客，留饭也是自然之事。所以，后来但凡萧红、叶紫想吃肉了，就给鲁迅写信要他请客，鲁迅先生对他们有求必应。

叶紫与二萧一见如故，互谈写作计划和对苏联文学的爱好，甚至相约一起出书，然后又交换地址，约期再叙。

在鲁迅先生的直接指导下，没有了《中华日报》副刊工作的叶紫和二萧一起开始组织“奴隶社”，筹备出版“奴隶丛书”。初步计划出版十部一般出版机构不敢出版的文学作品，但后来因资金等各种原因，加上国民党当局的迫害，特别是他们关系的渐渐淡化，导致仅出版了他们各自的一部作品。

失去了每月六十元收入的叶紫，急于找到更多的兼职来弥补窘迫的生活，可是除了会写文章，还真的一无所长，体力活他是干不了的，其他轻松一点的活儿又轮不到他。此时的叶紫，真的只有写、写、写。

写了还得发呀，发到哪里？谁用你的稿呢？

情急之下的叶紫，不得不写信向鲁迅告之，自己当前的窘境。

四

因为上海的生活成本高昂，失去经济来源的叶紫一家生活顿时陷入困境，于是妻子带着儿子在益阳娘家生活，上海就只有老娘带着叶紫的大女儿伴着叶紫生活。叶紫的心不得不分出一瓣，牵记着妻子和儿子，书信成了他们唯一的联系纽带。

妻子来信说，维儿会喊爹了，维儿能走路了，维儿吵着要找爸爸了，维儿好喜欢叶紫送给他的玩具和糖果。

是啊，儿子在岳父家也要开销。有钱时还能给他寄一些东西，现在没有了《中华日报》的工资收入，哪有多余的钱顾及乡下的儿子呢。叶紫愁得拿着笔发呆，写什么好呢？

在上海，叶紫一家的生活不但没有起色，反而越来越陷入困顿之中。

老娘和女儿为了不打搅他写书，在家做事走路都是轻手轻脚。女儿玩耍时，也从不敢大声，生怕一不小心把他的写作灵感吓跑了，否则，写不出字，卖不到钱，一天的生活又成问题了。

1935 年 1 月 1 日，叶紫发表散文《岳阳楼》《古渡头》。

4 日寄信给鲁迅，主要谈的是关于《丰收》一书的木刻插图和封面设计事宜，鲁迅介绍了上海美术专科学校的学生黄新波。此时，黄新波正准备东渡日本，但还是热情答应帮忙。

鲁迅先生约黄新波和叶紫一起见面，黄新波见是鲁迅先生介绍的，说道：“好吧，那你和我一起买木板去。”黄新波看着叶紫。

“要多少钱？”叶紫很拘束地问道。

“按最少十二幅计算，原料得准备十三块，每块四毛，怎么着也得有五块钱左右才能办得到。”黄新波略微估算了一下。

“可我身无分文。”叶紫非常尴尬地站在那里，无助而又可怜。

鲁迅见状摇了摇头，又从兜里掏出几块银圆递给叶紫：“给，这是五块钱，先去买木板吧。”又对黄新波说：“你去选木料，包括雕刻出来，尽快赶工，完成好这个任务吧。”

“好呢，谢谢先生慷慨解囊呀。”黄新波笑着接过了钱。

叶紫十分尴尬而又自责，要是父亲在世，自己哪会为这些小事发愁呢。他恨自己无能，堂堂男子居然养不活一家人，更恨这个不平的世道，让他空有才华却无法施展。

如果没有鲁迅先生的支持，他写的书根本无处发表，更无法卖出去。

叶紫和黄新波告别了鲁迅，两人一起来到木材行挑选好了木板。

两人还相互调侃对方：两个大男人，一对穷光蛋。

是的，在这大上海，像他们一样满腹才华却身无分文的青年比比皆是。迷茫中他们也在寻找，也在探索：生活的方向在哪里，他们的未来又在哪里。

叶紫、黄新波这两个年轻人都穷，穷得连买材料的钱都没有，幸得有导师鲁迅先生解囊相助，用他资助的五块钱买好了木板。

黄新波日夜赶工，在他出发前终于雕刻出了十二幅插图，他高兴地送到了鲁迅先生那里。鲁迅看了非常满意，称赞黄新波：“很有希望，这些插图就是单独发表，也是可能独立存在的。”

有了鲁迅的肯定，叶紫更是感激之情溢于言表。叶紫摇晃着他那身宽大的旧西装的口袋，开心地说：“无论如何，今天请两位赏光吃个便餐。”叶紫口袋里的几个铜子叮当作响。

鲁迅先生笑着说：“你呀，有不得几个铜子，又要充大佬了。”

黄新波调侃地问：“你确定饭钱够不？不会又要先生买单吧？”

叶紫笑道：“不会，不会，你听！”叶紫再次摇晃着口袋里的几个铜子叮叮当当地响。

“今天真的非常高兴，书校对好了，就等这几幅插图开印了，真是万字俱备，只欠插图。今天黄兄又赶制出来了，我怎能不敬酒言谢呢。”

“好吧好吧，恭敬不如从命。”黄新波陪同鲁迅和叶紫走向路边的一家小餐馆。

鲁迅先生也是非常高兴，看着眼前这两个有为有才的青年，他觉得自己的付出是有价值的。无论黄新波还是叶紫，也都是非常开心的，叶紫更是从心底里感谢恩师的资助。黄新波觉得自己没有辜负鲁迅的信任，作品能让对方满意是对自己最大的肯定，特别是鲁迅先生称赞自己“很有希望，这些插图就是单独发表，也是可能独立存在的”，让他兴奋不已。

饭菜很简单，但师徒三人聊得很开心。饭后，三人到虹口公园散步，并在小木桥上合影留念。

第十一章 Di Shi Yi Zhang

出版《丰收》

一

因为有了名师的精心指点，叶紫的进步日趋显见。鲁迅先生喜欢与文学青年们交往，特别是对那些贫困而富有才华的青年，不仅给予文学上的指导与帮助，对他们在经济上也是雪中送炭、有求必应。对他们政治上的指引更是倍加悉心，经常提醒青年们创作时要注意方式方法。

在导师鲁迅这里，叶紫不仅学到了为文，也学到了为人；但是，一个心中充满仇恨的青年，在文学中非常直接地表达自己对现实的愤怒与不满是非常危险的。因此，鲁迅不得不时常提醒，无论是在与叶紫的书信来往中，还是在左联的讨论会上，他都把青年们的安全放在第一位。

鲁迅先生一生帮助过许多青年，并与他们成为朋友，无论是思想、文学、生活上，都给予他们慷慨的帮助；但是，在那个纷繁复杂的时代，鲁迅也无法令每一个人满意。一些曾经热切的脸，因内心的贪婪不能满足而凝固成霜，并反戈一击。曾由鲁迅先生扶持过的高长虹、向培良、黎锦明，掉转笔头就向曾经的老师开火。

鲁迅先生不得不断然拒绝与他们交往。所以，对于二萧的到来，他也格外谨慎。

自从二萧到了上海以后，遵照先生的嘱托，叶紫对二萧总是予以最大的关心与帮助，主动带二萧拜见上海文学界的老师、朋友们，让二萧在上海文学界迅速结交了一大批朋友，得以迅速成长。

鲁迅先生又特别嘱咐叶紫，萧军个性耿直，凡事多关照。

三个文学小青年，聚集在上海，拜师于鲁迅门下，开始朝他们梦想的文学王国进发，出版《奴隶丛书》，是他们目前的主要任务。三人经过充分讨论与酝酿，决定先出版叶紫的小说集，其代表作《丰收》刊发后，有了一定的影响力，于是决定小说集就取名为《丰收》。然后是萧军的《八月的乡村》，最后是萧红的《生死场》。

三人有分工，有合作，但凡不懂的就向鲁迅先生请教，眼见三个弟子渐渐走上正轨，鲁迅的心情亦轻松了一点点。

从北京迁到上海后，鲁迅的行踪一直受到监视。国民党反动派对他的革命言论非常反感，特别是他对革命文学的大力支持与帮助，让反动当局很是恼火，只要抓住一丝把柄，就会置鲁迅于死地。

所以，鲁迅在上海的行动也是非常隐秘和谨慎的，就连和这帮文学青年们一起聚个会、吃个饭也是小心翼翼。

再加上高长虹等人的恶意攻击、一些老文痞的附和掺入，让鲁迅身心备受刺激。

鲁迅一直是作为青年导师的公众形象出现，与高长虹等人交往两年会面百余次，付出了无数的心血与汗水。

4月11日鲁迅还在日记中写道："夜买酒并邀长虹、培良、有麟共饮，大醉。"当时身患肺结核的鲁迅，不顾身体之疾与他们痛饮，谁知高长虹翻脸不认人，且对鲁迅先生进行恶毒的人身攻击。

鲁迅没想到会是这样一个结果。

高长虹跳出来谩骂鲁迅是"世故老人""戴着纸糊的'思想界的权威者'

的假冠”。还拿鲁迅兄弟之间的不和大做文章，咒骂先生“鲁迅不特身心交病，且将身败名裂矣”，用如此不堪入目的文字对鲁迅进行攻击。这种攻击一直延续到 1940 年高长虹所作《一点回忆——鲁迅与我》，才告一段落。

而叶紫、二萧与鲁迅的交集，正是鲁迅与高长虹交恶的阶段，可以说是一种填充，也是一种替代吧。相对高长虹等人的恶意咒骂，叶紫与二萧的绝对崇拜和体贴，还有他们的青春活力，让鲁迅先生非常赞赏。

伟人自有伟人的品格，伟人自有伟人的胸怀。鲁迅没有因此而放弃对青年的扶持，还坚守着他的信条：攻击礼教，反对旧学，扶持青年。这既是鲁迅先生的信条，又是他的目标。

所以，经过千辛万苦的努力，叶紫等三个“小奴隶”在鲁迅和一帮师友的帮助之下，筹备已久的“奴隶丛书”之一——叶紫的短篇小说集《丰收》，于 1935 年 3 月正式出版。

二

这本短篇小说集《丰收》，以“奴隶社”和“容光书局”的名义，作为“奴隶丛书”之一出版。其“奴隶社”社名就由鲁迅先生认可，根据叶紫、萧红、萧军三个文学青年取的。

书的扉页题字：“纪念我的亡友卜息园。”是的，叶紫怎能忘记家乡这位亦师亦友的人生导师卜息园呢？从小教给他共产主义思想，带领他干革命，危难时刻，还千方百计托人带信给他，救他于危险之中，宁可牺牲自己，也要保全同志战友。叶紫怎能不记着他呢？

其实，这些书也是叶紫写给为革命牺牲的父亲、叔叔、婶婶、姐姐、姐夫等亲人的，是为千千万万劳苦大众发声的。

卷首刊登了鲁迅所作的《序》，接着是《自序》，再是正文，卷末刊《后记》，封面、扉页、正文中均有黄新波的木刻画，一本图文并茂、内容新鲜、充满血与泪的作品集正式出版了。

筹备“奴隶丛书”过程中，三个“小奴隶”——叶紫、萧军、萧红相商：书虽是“非法”出版的，但要出得堂皇，如正式出版的书一样。叶紫遂用友人李容光名字作“容光书局”名，萧军则根据《国际歌》歌词取了个“奴隶社”名，书局地址则笼而统之地写了个“四马路中”。

鲁迅给予“奴隶丛书”大力支持，并认可他们取的社名，说奴隶与奴才不同，奴隶要造反，而奴才是不造反的。

对，我们是要造反的奴隶，不是不造反的奴才。三个小“奴隶”非常赞同鲁迅先生的定位，他们三个热血青年，三个有文化的青年人，要做新世界的主人，要掌握自己的命运，要为劳苦大众鼓与呼。

3月2日，叶紫特别邀请了鲁迅、黄新波、丁镜心、杜辉义以及萧红夫妇一起致谢。感谢鲁迅为《丰收》所作的序，感谢黄新波为之赶制的木刻，感谢老师、好朋友们为《丰收》的出版所做的努力和辛苦，《丰收》一书只等印刷所印出来就可以进行发行工作了。

叶紫很谦虚地在《丰收》自序里说：

经过很多朋友的鼓励，我终于厚颜地将这本不成器的小东西付印了。

我很能知道自家的缺点，这本小东西里太缺少艺术成分，技巧大半都不大高明。对于人物的把握，故事的穿插，往往都显得笨拙。有的地方叙述太多，描写太少……

这里面，只有火样的热情，血和泪的现实的堆砌，毛脚毛手。有时候，作者简直像欲跳到作品里去和人家打架似的……

在庆祝《丰收》出版的会上，上海文艺界来了许多人。所到师友、大家一致举杯庆贺、祝福，特别是鲁迅对《丰收》给予了很高的评介，在致祝酒词时，萧军声情并茂地朗读着鲁迅的序：

“这里的六个短篇，都是太平世界的奇闻，而现在却是极平常的事情。因为极平常，所以和我们更密切，更有大关系。作者还是一个青年，但他的经历，却抵得太平天下的顺民的一世纪的经历，在转辗的生活中，要他‘为艺术而艺术’，是办不到的。但我们有人却懂得这样的艺术，一点用不着谁来发愁。

“这是伟大的文学吗？不是的，我们自己并没有这么说。中国为什么没有伟大文学的产生？我们听过许多指导者的教训了，但可惜他们忘却了一方面的对于作者和作品的摧残。‘第三种人’教训过我们，希腊神话里说什么恶魔有一张床，捉了人去，给睡在这张床上，短了，就拉长他，太长，便把他截短。左翼批评的就是这张床，弄得他们写不出东西来了。现在这张床真的摆出来了，不料却只有‘第三种人’睡得不长不短，刚刚合适。仰面朝天，却掉在自己的眼睛里，天下真会有这等事。

“但我们却有作家写得出东西来，作品在摧残中也更加坚实。不但为一大群中国青年读者所支持，当《电网外》在《文学新地》上以《王伯伯》的题目发表后，就得到世界的读者了。这就是作者已经尽了当前的任务，也是对于压迫者的答复：文学是战斗的！”

“文学是战斗的！”

“文学是战斗的！”所有到会人员举起拳头大声欢呼，“文学是战斗的！”

鲁迅亲自写的《丰收》序言，给予了叶紫极大的鼓舞，也奠定了叶紫在左翼文坛的地位，同时奠定了叶紫在现代文学史上的地位。在整个序言中，鲁迅先生对民主与进步的强烈呼吁，倡导世道人心在青年的作品中张扬，也表现出鲁迅先生对叶紫进行厚重的历史感与鲜明的现实感的引导。

《丰收》最初的出版，当时在上海滩也没有多少人注意，没有谁会注意一个无名小辈的作品。鲁迅也极力想办法推荐叶紫、推介《丰收》。

3月29日，鲁迅在致曹聚仁的信里说：“《丰收·序》肯与转载，甚感，因作者正在苦于无人知道，因而没有销路也。”

叶紫也找了许多朋友，跑遍了上海滩的各个书店，推销《丰收》一书，能答应帮忙卖书的都是给了很大的面子。有什么办法呢？没有名气的无名青年，都将面临这样的局面，慢慢等待吧，也许明天会有希望的。

叶紫暗暗给自己加油鼓劲，期待有好的消息传来。

第十二章 Di Shi Er Zhang 创奴隶社

一

早在《丰收》组稿审校的过程中，鲁迅就称叶紫、萧军、萧红为三个小“奴隶”了，萧军的创办“奴隶社”的提议得到了叶紫的积极响应。从《丰收》小说集准备出版开始，将陆续出版“奴隶丛书”系列作品，这就是“奴隶社”的主要工作和首要任务。

《丰收》一书出版不久，叶紫又全身心地投入到创作之中。3 月，创作了中篇小说《星》。

抄起手头的笔，不停地写、写、写。他要写出一个崭新的世界，他要为新生的爱儿写出一个美好的未来。

维儿的到来，让叶紫非常喜悦，这个与自己相似度极高的儿子令他兴奋莫名，他每天像一个打足了气的球，元气十足地拼命写作、编书、出杂志。因为家里的人口多了，开支增加，叶紫不得不更加努力发奋，他对未来充满了信心和期待。

《丰收》虽没有大卖，但在鲁迅先生的帮助下，时常有点收入贴补家用。

叶紫四处投稿、兼职，希望通过自己的努力，让一家人在上海过上安稳的日子。

在鲁迅先生的指导下，他和萧红、萧军组建的“奴隶社”正常运转，继《丰收》一书出版以后，接下来的事就是准备出版萧军的《八月的乡村》一书。所有的工作，叶紫投入百倍的精力，他只想尽快地出好这一套“奴隶丛书”，打响这一炮，为他们以后立足上海滩、站稳文坛打下基础。

正在编辑部办公室忙碌之时，萧军进来了，手拿一封信递给叶紫：“芷兄，湖南来的，一定是嫂夫人给你的情书吧？”

叶紫接过信一边拆一边说：“谢过老弟，老夫老妻的了，还谈么子情呀爱呀，都是一些家长里短的家务事呢。”

萧军又言：“嫂子也不容易，一人带着孩子在娘家，你又不能帮她，多写几句好听的话安慰安慰她吧。”

叶紫说：“谢谢老弟关心，我会写的。你先校对这部分稿子，我先看信了。”

看着妻子的来信，叶紫的心久久不能平静。

年前，妻子回娘家省亲、生产一直未回，每次来信总是强调说生了一个特别像自己的儿子，这个八字里面与自己重合了七字的儿子是一个什么样的婴儿呢。尽管还没有看到过儿子一眼，但叶紫相信，儿子就是另一个自己，一个新生的自己。因此，他对这个儿子特别疼爱，也特别牵挂。于是，他写信给妻子咏兰，要她方便时携儿子回上海，让他也看看这可爱、漂亮、聪明如自己的儿子。

前段时间他和妻子通信，却满纸都是为了那个远房亲戚家的女儿，妻子要把儿子留在娘家，而带那个女孩子来上海，让叶紫很是生气。

叶紫写信责备了妻子，妻子在回信中写道：“等断了奶就带儿子回上海，再说新生儿爱哭，来了会影响你写书的。”又说：“我知道，佳（叶紫夫妻间的爱称）你别生气了，‘侠义’的事绝不是我们这些人做的。在为侠义之不能打尽天下太平，和慈善之不救尽天下的苦难一样。在这时虚位以待，原就什么都谈不到的，可是我，不知道怎样的，不能够！……我不能眼睁睁地望着这孩子去忍受那些人贩子的折磨，不能让她去饱虎狼们的肠腹！……至于我们的生活，以不加重你的负担为原则。我已经和我的爹妈商量好了，暂时将小的太儿留在家中，由爹妈代养，（因为他们不能代养玉衣的缘故）而交换地将玉衣带来！”

原来，妻子在娘家为救一个远房亲戚的小女儿，而做出了一个重大的决定：把儿子留在兰溪由父母亲代养，把从人贩子手中救出的玉衣带到上海来。

妻子的考虑也算周全，叶紫知道妻子是了解并懂自己的人。她已经考虑到了一切，还能怎么样呢？

儿子暂时寄养在岳父家，妻子带着她的一个远房侄女来到了上海，这个侄女叫玉衣。因为她的出生，让原本贫困的家庭雪上加霜——“冲瞎”父亲的眼睛。这个命硬的女孩子，代替了叶紫的儿子来到了上海。

儿子暂时不能来，一个人内心的寂寞就只能用文学填补，叶紫拼了命地写呀写，4 月 5 日，发表散文《南行杂记》。4 月 10 日，发表短篇小说《盘湖》。

其间与鲁迅先生多有书信往来，都是谈论书稿和《丰收》一书的销量情况。

叶紫多么希望《丰收》能够大卖呀，但凡能多卖出几本书，打开了销路，造成一定的影响，自己以后就可以靠写作为生了，像先生一样，著作等身，一支笔可以抵挡千军万马，也可以为家人谋得福利；但此时此境的叶紫，唯有仰仗鲁迅先生的提携与帮助，才能在他熟悉的书店里出售《丰收》。

6 月 7 日，鲁迅在给萧军的回信中说：“叶的稿子，交出去了，因为我无暇，由编者去改。他前信说不必大改，因为官们未必记得，是不对的，这是‘轻敌’，最容易失败。《丰收》才去算过不久，现在卖得少。”

《丰收》销得少，叶紫的笔却不敢停，只有不停地写出更多更新更好的作品来，扩大自己的影响力，写出名气来，销路才会好起来。

7 月 8 日发表短篇小说《广告》。

7月25日发表散文《好消息》。

月底，叶紫又写信寄给了鲁迅先生，虽为致意问候，但心底里却是牵记着《丰收》一书的销售情况。当天又收到了鲁迅先生的来信，在信的末尾鲁迅先生写了“即颂饿安”。这四个字是针对叶紫当时的处境有感而发；又说“小说销去不多，算账也无用。还是第三条稳当，已放十五元在书店，请持附之笺，前去一领为盼”。

这是鲁迅介绍叶紫的《丰收》到内山书店寄售，纯属义务帮忙，还没到结账期；但叶紫的生活困境，让他不得不向鲁迅发信想领取一些卖书款，好改善生活。因不到结账日，或书售得不多，鲁迅总是估量着数目预先垫钱付款，以解叶紫的燃眉之急。

此时的叶紫为了前途，也为了生活，勤奋异常，笔耕不止，7月31日发表散文《插田——乡居回忆之一》，8月26日发表散文《长江轮上》，8月29日发表散文《鬼》。

叶紫的创作思路越来越开阔，题材也更广泛，所有的经历都成为他笔下的文章。他感受到生活带给他艰难的磨砺，更感受到了磨砺后的锋利与犀利，那些悲惨经历成了他源源不断的创作素材，提供给他创作的原料和养分。叶紫感受到自己的内心越来越沉淀有力，没有了以前的脆弱，没有了以前的伤感，反而有了更多的控诉、呐喊。

二

自从《丰收》在三月出版后，“奴隶社”的第二个任务就是出版“奴隶丛书”之二——萧军的长篇小说《八月的乡村》，仍按《丰收》模式走程序，以“奴隶社”和“容光书局”的名义出版。卷首刊鲁迅先生所写的《序》，接着是萧军和叶紫合写的《小启》。

为了萧军的《八月的乡村》一书，叶紫和萧红全力以赴，校稿送印，马不停蹄地连轴转，以致风寒侵袭叶紫，咳嗽厉害得心痛，还伴有血丝。

妻子看到叶紫本来单薄的身体，咳嗽得厉害时就像一个躬着腰的大龙虾，心痛不已却又无可奈何，只得嘱咐他注意身体、注意休息，不要玩命。

可叶紫哪里有时间休息呢？

按他们“奴隶社”的原有计划，要出版“奴隶丛书”，这才只是第二本，后面还有很多作品在等着审查呢。

在叶紫的督促主审之下，萧军的《八月的乡村》终于印好了。

在《八月的乡村》出版后的答谢会上，萧军对叶紫给予的帮助感谢不尽，多次提到：《八月的乡村》得以出版，叶紫起了决定性的作用。

通过协助萧军出版《八月的乡村》，叶紫与萧军的友谊更为深厚牢固，大有惺惺相惜之感，并商定迅速组织校审萧红的作品，为她的书开始编校工作。

看到好朋友的作品出笼，叶紫就像自己得了儿子一样高兴。

忙碌过后的小憩，让叶紫又想起了家乡的儿子，他们还好吗？儿子能喊爸爸了吗？多想看一看儿子呀。这个自出生以来一直不曾看见的儿子，成了叶紫心头最大的思念。岳父和大姐都曾来信说，儿子能四处爬了，儿子牙牙学语了，儿子的小腿儿迈开能走几步了。这都成了叶紫的快乐，每当写字累了的时候，他想到这个儿子就开心，就有了劲头，只盼儿子快点长，自己多写点书，多赚点钱，就可以接他来上海了。让儿子来大上海，见识见识，来大上海上幼儿园，上小学……

可这一切都难以实现，因为早在一个月前，岳父和大姐来信说家乡涨了大水，灾疫盛行，儿童十有八九生疾，不幸也传染到叶紫的儿子身上了。家人要叶紫快点寄钱去求神、吃药，看能不能有转机。孩子的症状是：四肢冰冷，水泻不停，眼睛不灵活……

叶紫不得不四处筹钱，借不到钱，便独自躲到无人的地方，朝着故乡的天空，静静地长时间沉默、祈祷。

儿子好转的回信没见到，可大姐与岳父的此次来信，给了叶紫一记闷棍，打得叶紫喘不过气来，叶紫伤心欲绝。

岳父和姐姐均来信告诉叶紫，1935 年 7 月 27 日（乙亥年六月廿七日），他的爱儿维太病逝。信上写着：……没有钱医治，死了！……很可怜的。是阴历七月二十七日的早晨！……这里的孩子死的很多！……大人们也一样！……这里的人过着鬼一样的生活，一天一天地都走上死亡的道路了！……

上年夏历十月，妻子咏兰回兰溪生下儿子维太，因妻子救玉衣而把儿子放在了岳父家代养，谁知这一转身就成了永别。

叶紫在《殇儿记》中写道：

我深深地悔恨，我太不应该仅仅因为生活的艰困，而轻易地，狠心地将他一个人孤零零地抛在故乡的。现在如何了呢？如何了呢？啊啊！我怎样才能消除我内心的谴责呢？

在《玉衣》中叶紫又写道：

我没有回信去非难我的女人了，也许是说看到了这桩事情没有继续讨论的必要，因为我的决定是她来，我将送她出去就是了，然而我却想到，这到底是怎样一个爱人的孩子呢？

她青白、少血，会说话，枯黄的头发，圆溜溜的眼睛。虽然不到十一岁，却几乎能懂得一个大人的事情了。

……

然而，生活却一步步紧逼着我。一家人，谁都不能减轻我的负担，而尤其是：每一看到她那身破旧的衣服，枯黄的头发和青白少血的脸，这种不安和苦痛，就更加沉重地包围着我，压迫着我！

我朝她看了又看，我替她想了又想，于是一种非常明了的意义，又从我的心中现了出来。

这样的孩子，生在这样的世界，是永远不会遇到良好的命运的啊！

因为这命硬的女孩，我的太儿永远地离开了我，我的母亲伤痛地朝我嚎叫，我的女人朝我狠命地撕咬，她睁着通红的眼睛，绝望地，幽幽地说："为什么呢？我们为什么要遭这样的苦难呢？我们的孩子！我们的故乡！……"

是啊，为什么？为什么呢？

叶紫无法回答，人间没有答案，叶紫苦苦地思索，苦苦地追寻：答案在哪里？出路又在哪里呢？

三

世界经济下行，危机四起。出书办刊越来越难，而家里的开支却不能节省。迷信的母亲，一天到晚烧香拜佛，一个月最少要一元钱的花费。在有钱人家，这一元钱真的算不得什么，可是叶紫目前的情况，一个铜子要掰开成两个花才好。

写书赚不到钱，兼职也找不到的情况下，叶紫很想说服迷信的母亲减少一点香烛钱，因为迷信也要花费，一月一块钱的香烛钱也成了叶紫沉重的负担。为了节约这一元香烛钱，叶紫不得不常向母亲宣传无神论，谁知母亲却将叶紫夫妇大骂一场，并扬言要脱离家庭，带着她的菩萨和鬼魂，到外乡化缘去。

一想起曾经陪斩过父亲、姐姐的母亲患过失心疯，叶紫夫妻俩都害怕了起来。是啊，为了一元钱，将六十三岁的老娘赶到外乡去化缘，那无论如何是罪孽的，而且是不可能的事情，夫妻俩不得不屈服妥协。

而此时，叶紫内心最痛苦的是自己挣不到钱。有钱男子汉，无钱汉子难啊。哪怕兼了几份工作，但终归是人多钱少，进项小出项大，日子过得紧巴巴的。

因为对母亲讲过要她节省开支，不要花钱在这些烧香拜佛的迷信事上，以致后来弄得母亲疑心更重，常做出一些异常的举动来，比如深夜不睡，凌晨起来说是要一个人自己去买早点吃，谁也不敢干涉或阻拦她。

有一天，母亲真的不见了，急得叶紫夫妻俩四处寻找。寻而不见，妻子半焦心半开玩笑说：“不会是真的到外乡化缘去了吧。”

怎么会呢？应该不会呀，平日里这么孝敬母亲。叶紫在劝说无效的情况下，就再也没向母亲提过。妻子咏兰也通情达理，宁愿自己节省也不向母亲提任何要求，只要她老人家称心便好。

找不着只得回家，谁知回到家里一看，母亲已先于他们到家了，抱着父亲和姐姐的相片在那里放声大哭！地上摆着一大堆不知从哪里弄来的鱼肉、香烛和长锭之类的祭奠用的东西。

“您这是要干什么呀？”叶紫很不解，家里这么困难，这些东西又是怎么来的呢？搞来这些东西要做什么呢？叶紫不由得在心里埋怨着母亲。

母亲痛哭流泪，跺着脚说：“明天是七月半了呢，放着我还没死，你就将死去的祖宗、父亲忘得干干净净了！你们什么都不准备，……我将一个多月的点心钱和零用钱都省下来，买来这一点东西……我每天都饿着半天肚子……”

叶紫无比地气闷与伤心，这才知道母亲每天说出去买早点吃，其实是什么也没吃，把钱省下来了。他忧愁而又大声地对妻子喊道：“把鱼肉拿到晒台上弄弄，我来安置桌子、相片和灵牌……”

原来是农历中元节到了，各家各户要给自己的祖先烧包祈祷。乡俗相传，每年从七月一日起阎王就下令大开地狱之门，让那些终年受苦受难禁锢在地狱的冤魂厉鬼走出地狱，获得短期的游荡，享受人间血食，所以人们称七月为鬼月。这个月人们认为是不吉的月份，既不嫁娶，也不搬家，每年农历七月十四、十五日为盂兰盆节，又称中元节、七月半或鬼节，过去人们在这天晚上除拜祭自己的祖先，还准备一些菜肴、酒、饭、金银衣纸之类到路口去祭奠各家逝世的先人。

母亲的责备不无道理，虽然心里记着他们，但在上海的这几年里，只顾忙着生活，如果母亲不提起，叶紫倒真是忘记了这个日子。

按照母亲的愿望，一一敬祀着列祖列宗，特别是惨死的父亲和二姐、满叔。

母亲说：“不是做娘的一定要强迫你们敬鬼神，实在是……”母亲梗着喉咙，哽咽地说：“你爹爹和你姐姐死得太惨了，你们都记不得了，可我总是梦见你爹爹和姐姐他们在那里没有钱用呀……你们敬了他们，他们在天之灵会保佑你们的，一定会报一个快乐的欢喜的梦给你们的。”

当大人还沉浸在悲伤之中，两个小孩儿却拍手欢言：“今天有肉吃了，今天有鱼吃了。”

活着的人已然过得很苟且，就祷告他们也请保佑我们活着的人心想事成，能快乐地幸福地过上自己想要的生活吧。

母亲平安回家了，让叶紫松了一口气。

夜深了，家人都睡了，闹了一天的母亲可能累了，这天也睡得很沉很踏实，发出轻微的呼噜声。

叶紫看着身边的妻子，跟着他受累的妻子，曾经许诺她有一个美好的未来，可如今女儿都好几岁了，日子还是过得很艰辛，未来在哪里呢？

睁着眼睛直到天亮，叶紫也没找到答案，而脑子里浮现的总是爹爹那满是血污的严峻的脸，并且还仿佛用了一根无形的沉重的鞭子，着力地抽打着他那懦弱的灵魂。

叶紫真不想过这样的日子，他在努力解脱这些无形地捆绑着他思想的绳索。他在努力挣扎，要为家人创造一方平安、一方幸福。

自己有文化，在努力拼搏，却还是过得如此艰难。那些黎民百姓，他们的日子更难啊。不能改变社会，就要改变自己，自己有力了，再来改变社会。

叶紫不想做懦夫，也不想做奴隶，他要做主人，就必须战斗，像鲁迅先生一样，他们作家的任务就是用笔做枪，代百姓发声和呐喊。

即使自己过得如此贫困，叶紫心里还是想着要多写与人民疾苦相关的作品，特别是他熟悉的土地革命运动中牺牲的亲人们，他不能忘却他们。

四

失去儿子的痛苦没有完全消除，《丰收》卖得也不是很好，自己的身体总是容易疲倦，一遇风雨就咳喘不停，叶紫心急如焚，实在烦了就给鲁迅写信，倾诉自己的烦恼与苦闷，想着如父亲一般的先生也许能给自己指条明路，走向希望。

于是在 9 月 21 日，叶紫又寄信给鲁迅，报告了一下自家的困难情况，汇报了一下自己的思想。

每遇叶紫写信求救，鲁迅先生不仅每信必复，还有求必应。尽管此时的他已经重疾在身，加上与高长虹“狂飙社”的分裂，身心俱疲的先生竟然从来没有让叶紫失望过。

9 月 13 日，叶紫又收到了鲁迅的回信：“得来信，知道你生过病，并且失去了一个孩子，真叫我无话可以安慰。家里骤然寂寞，家里的人自然是要哭的，赔还孩子以后，大约就可以好一点。一礼拜前看见郑（指《文学季刊》主编郑振铎），他说小说《星》登出来了，稿费怎么办？我说立刻把单子寄给我，但至今他还不寄来。今天写信去催了，一寄到，即转上。”

《星》是叶紫在 1935 年完成的一部中篇小说。作品以大革命时期的湖南洞庭湖为背景，这是叶紫最为熟悉的时代背景，也是他永远铭记难忘的一段经历。那些活跃的身影、那些生动的事件、那些血淋淋的教训，无一不在时刻提醒他，不可忘却。

小说《星》的故事梗概，主要是农村妇女梅春姐在农民运动前后命运变化的故事。叶紫运用了多种艺术手法，以展示人物心理特征为重点，成功地塑造了一个带着时代风姿的农村劳动妇女的形象，通过人物命运同农民运动生死相依的血肉联系，指明了一条我国妇女解放的正确道路，同时深刻地揭示出农民运动对妇女们产生的深远影响。

《星》无论是在政治上还是艺术上，都取得了非常重大的突破。其思想上取得的成就，远在当时同类作品之上。创作艺术上的成功，标志着叶紫创作达到了一定的高峰。该作品发表之初，受到读者热烈称赞，好评如潮，说它“好像孤耸在黑夜的大海上的灯塔一般，有睥睨一切之概”。

《星》一经发表，便在文学界引起了不小的震动。各种评论文章纷纷刊登在大小报纸上，无论是对其艺术性与政治性，还是母爱与性爱的表现手法，其自然、朴实、粗犷、激切、饱含炽热情感的创作特点，引发了两种不同意见与流派的讨论。

《星》这篇小说成功地塑造了 20 世纪 30 年代的农村女性形象。其创作技巧独特、思想底蕴深厚，且散发着浓郁的湖南乡土气息。这些都与叶紫悲惨的家世和其对女性人物的创作有关，他始终关注着农村妇女的命运，为她们倾注全部感情，奋笔疾书为她们呐喊。当然，《星》这篇小说写的更多的是叶紫姐姐们的影子。

9月24日，发表散文《夜的行进曲》。

10月1日，发表散文《殇儿记》。因自责又思念儿子，叶紫是含着泪写完这篇散文的，字字是泪，句句有情。因儿子想到了那个命硬的女孩子，要不是因为她，自己的儿子也不至于留在家乡，也就不会因为水灾而染上疫疾导致不治而亡。有时他甚至埋怨妻子多管闲事，为了别人的女儿，丢下自己的儿子，现在到哪里去吃后悔药呢？

10月28日发表了散文《玉衣》。玉衣就是妻子从她娘家带来的那个女孩子，因带她来上海而把自己的儿子留在了乡下，导致儿子最后病死。这个可怜又命硬的女孩子不仅“冲”瞎了父亲的眼，还“克”死了叶紫的儿子，怎能叫他不气愤？

可在《玉衣》一文的字里行间里没有一丝丝的责怪，倒是充满了怜惜与同情，正如他在文末写的：“这样的孩子，生在这样的世界，是永远不会遇到良好的命运的啊！”是的，大人们的日子不好过，城市人的日子也不好过，全国人民的日子都不好过，何况是一个乡下的、父母认为克人的女孩子呢？

生活要继续，日子在流逝，叶紫不得不提起沉重的笔，再次用文字讨伐残酷的现实。

每有收获，每写出一些好点的文字，他便向鲁迅先生汇报，告知先生他的近况，希望得到鲁迅的指点。11月26日，鲁迅来信并书二本，先生在信中说：“……你还是休息一下好，先前那样十步九回头的作文法，是很不对的，这就是在不断地不相信自己——结果一定做不成。以后应该立定格局之后，一直写下去，不管修辞，也不要回头看。等到成后，搁它几天，然后再来复看，删去若干，改换几字。在创作的途中，一面练字，真要把感兴趣打断的。我翻译时，倘想不到适当的字，就把这字空起来，仍旧译下去，这字待稍暇时再想。否则，能够因为一个字，停到大半天……”

收到鲁迅先生的教诲，叶紫如获至宝。这对他这种性格的创作方法很有帮助，对叶紫柔弱的性情也是一种鞭策。叶紫反复读着鲁迅的信件，针对自己写成的作品，照此训练，并运用于创作之中。果不其然，创作速度快多了。

创作的速度加快，作品越来越多地发表于各种报纸杂志，各大书店也知道了上海滩一名叫叶紫的文学青年才华了得，小说、散文、评论几乎天天见报。特别是有鲁迅先生的不断推荐和宣传，初次出版的短篇小说集《丰收》有越来越多的人问询了，以至于需要加印。

一个文学青年有如此成就，引起了不小的轰动效应。一个来自小乡村的青年人，写出了富有战斗性的作品，关注底层人民生活，关心劳动妇女，写的是底层百姓，引起了许多人的热捧，以至于《丰收》一版再版，最后出了四版，对解决叶紫当前的生活困境起到了及时雨般的作用。

叶紫、萧红、萧军等青年作家在鲁迅先生的关怀帮助下，1935年，以“奴隶社”名义出版现代文学著作，于是诞生了中国现代文学史上著名的“奴隶丛书”——叶紫的《丰收》、萧红的《生死场》和萧军的《八月的乡村》。鲁迅先生通过编“奴隶丛书”推介三个“小奴隶”作家，成就了叶紫、萧红和萧军在中国现代文学史上的地位。从某种意义上讲，鲁迅通过安排叶紫他们三位小青年编“奴隶丛书”，扩大了革命现实主义文学的影响，是20世纪30年代文学的一面旗帜。鲁迅热情地为《丰收》《生死场》和《八月的乡村》写下了三篇不朽的序言。为推介青年作家，鲁迅先生真是不遗余力。

第十三章 Di Shi San Zhang 痛失导师

一

“奴隶丛书”之中每一本书的出版，都花费了三位青年不少心血，从组织书稿、校对、配图，到找印刷所、找书店销售书等一系列操作，使他们干事越来越成熟，办事越来越老练，业务也越来越娴熟。

“奴隶丛书”之三又开始运作了。这次出版的是萧红的中篇小说《生死场》。萧红来上海，才取的笔名萧红。

该书最初于1935年在上海出版，也是萧红的成名作，萧红由此取得了在现代文学史上的地位。《生死场》是最早反映东北人民在日本帝国主义统治下的生活和斗争的作品之一，引起了当时文坛的重视。鲁迅为之作序，给予了热情的鼓励。

此书仍以“奴隶社”“容光书局”的名义出版。卷首刊鲁迅先生所作的《序》，接着刊三个“小奴隶”合写的新的《小启》。

原本欢欢喜喜地等待着销售的好消息，谁知12月13日，上海的《小晨报》上刊有一署名阿芳的文章，题目是《鲁迅出版的“奴隶丛书”三种：作者叶紫、萧军、萧红》，对鲁迅和“奴隶丛书”进行了恶毒的攻击和侮辱。

鲁迅先生显然也很生气，他对文章予以反驳。三个“小奴隶”中萧红最生气，因为发生在萧红出书以后，所以萧红以为是针对她而来的，她伤心地哭了，又很不甘心地说：“我就是要写这样的作品，他们看不惯，让他们恶心好了。”

他们只有找导师倾诉，寻求解决的办法，12月22日得先生回信：“对于小说，他们只管攻击，这也是一种广告。总而言之，它们只会作狗叫，谁也做不出一点这样的小说来：这就够是它们的死症了。”还在信中附言：“狗报上关于你的名字之类，何以如此清楚，奇怪！”

确实，那张《小晨报》上阿芳的文中，说叶紫的真名就是余日（自）强。

由此看来，阿芳是针对叶紫而来的，是一位认识并熟悉叶紫的人。这人又是谁呢？

叶紫摸不着头脑，也想不出这个人来。

时至今日，阿芳此人一直是个谜。

对于萧红的中篇小说《生死场》的出版准备工作，叶紫也是倾注了全部的心血，以致萧军对他的过度热心都抱有一丝嫉妒。

萧红又是一个怎样的女子，能让萧军接纳她和她腹中的胎儿？包纳她的过去？

萧红，原名张迺莹，笔名悄吟。出身于黑龙江省呼兰县一个地主家庭的女子，命运多舛，幼年丧母，父亲续弦，少年时期是无人痛无人爱的小女孩，想着的只是“快快长大，长大了就好了”。

可是一路长大，一路辛楚。16岁因对父亲包办的婚姻不如意，离家出走，回来后却与其包办婚姻的对象同居，怀孕后又反遭嫌弃。

哈尔滨的十月，已是千里冷风、万里雪飘了。

1931年10月，哈尔滨的一处小旅馆里，一个临近产期的孕妇，挺着鼓起的大肚皮，艰难地在房间里挣扎，和她同居的男人却不知去向。她也够狼狈的，逃出了家里包办婚姻的火坑，辗转一番回到原地，还是与家里包办的对象生活在一起，现在却又被男方在临产前抛弃。欠下旅馆老板一大笔食宿费不说，这马上又要生产了，怎么办？怎么办呢？

百般无奈的她，只好写信到哈尔滨《国际协报》副刊求助，因为她曾以“悄吟”为笔名发表过一些小文章，编辑们应该对她有些印象，所以情急之下，这是没有办法的办法，也只能如此了。

命运之神有时非常捉弄人，有时又非常宠幸人。当这可怜的弱女子，以为无路可走必死无疑时，命运之神又给她送来一份甜蜜的蛋糕，把一个小伙子推到了她的面前。他叫刘鸿霖，笔名三郎，此人方面剑眉，声音洪亮，浑身洋溢着一股英武之气。

这个热情如火的三郎，文化水平不高，小学毕业，老家辽宁义县，曾当过兵，“九一八”事变后也曾参加过抗日队伍，失败后就躲到了哈尔滨，闲时爱好舞文弄墨、写点文章，常常投稿到哈尔滨《国际协报》副刊，还和编辑裴馨园相识并成为朋友。当他们俩看到萧红写来的信后，就一起来到这个旅馆探望这个以叛逆著称、文采飞扬，现在境遇可怜的人。这个人就是张迺莹，他们都读过她的诗：

这边树叶绿了。
那边清溪唱着……
姑娘啊！
春天到了……
去年在北京，
正是吃青杏的时候；
今年我的命运。
比青杏还酸！

此时此刻，这个诗人的命运真正比青杏还酸！

记着她的诗，看到眼前的这个大肚孕妇，虽处于无比可怜的处境，但她泰然处之，处变不惊。见到他俩的到来，她表情淡然，一丝笑容挂在眉梢，在苍白的脸上画下一道好看的弧线，那根弧线一下子捆住了三郎的心。三郎被深深地打动了，何等女子，何等心怀，何等见识才能让她淡然应对这一切的呢？！他对眼前这个面容憔悴、衣衫破损，还怀着身孕的女人产生了无限的爱怜，一种无限豪壮的英雄情结顿时涌上胸膛：保护她，帮助她，救她于危难之中，救她出苦海之上。

一刹那，三郎似乎感觉命运赋予了他一个特殊的使命，出现在他面前的这个女人，是他认识的女人中最美丽的女人，还有可能是世界上美丽女人中最聪明的女人，而现在这个女人急需他的帮助和拯救。男人的百炼精钢顿时化为绕指柔情："拯救她！拯救她！救她出苦海，救她于危难，必须不惜一切牺牲和代价，马上拯救她！拯救这颗美丽的心灵！拯救这枚聪明的女子！这是一个真正男人的义务……"三郎给自己找了无数拯救她的理由，然后，成为所有爱情故事中可歌可泣的那位救美的英雄。

三郎牢记着一句话：救人一命，胜造七级浮屠。何况现在摆在面前的一人二命，胜造十四级屠了，他没有道理不救，不管她是什么人。

一个是豪放粗犷的拼命三郎，高歌大江东去。

一个是叛逆细腻的红粉佳人，悄吟杨柳青青。

这两个原本毫无瓜葛、毫无联系的人，就在这个特殊的时刻，命运之绳把他们联结到了一起，让他们爱得很苦，很累；很累，很苦。他们在一起时却因为性格差异太大，而互相折磨伤害，分开后却又互相怀念。纠缠一生的情与爱，令人唏嘘不已。

人生常常就是这样地奇妙，难以理喻。爱情虽然是世界上最美妙的旋律，但要真正让两人脉搏一起跃动，心灵融合，又谈何容易！

他们曾经爱得比那太平洋还深，分手却又无比决绝。最后的结局，却是令人沉重的一声叹息。

但是，在此时此刻，他们一生中最甜蜜的时光开始了，虽然此时的他们眼前一切依旧渺茫。

爱情能给人以勇气和力量，而热恋中的人们常常是用行动决定思维的，特别是热恋中的男人，更多的是用下半身思考，用下半身决定全身的行动。行动又往往是冲动促成的，所以面对眼前的一切，他们认为两人在一起，没有克服不了的困难，一切无所畏惧。

此时的哈尔滨，在日本鬼子的践踏下，人民惨遭蹂躏，百姓生活在水深火热之中。为了远离这片痛苦的黑土地，两人决定闯荡一番，去上海打拼；可是大上海人生地不熟，去了又如何生存呢？

要生存，就把泪擦干；要活命，就努力奋斗。

作为革命文学的旗手，鲁迅是那时的文坛盟主，是所有文学青年景仰的对象，才情横溢的悄吟提出："三郎，要不，我们给鲁迅先生写信求救吧。"

三郎摇头说："我们无名小卒，大文豪怎么会理睬我们呢？"

悄吟说："你试试吧，我听说好多文学青年都获得了鲁迅先生的推荐和指点。"

听了妻子的话，三郎旋即提笔给鲁迅写信，不料很快就收到了回信，这位大文豪很真诚也很亲切地给他们指点。这对夫妻仿佛是落难在荒岛上的人，看到了救援船只，便不断地写信给鲁迅先生，并提出来想见先生一面，但得到的答复是从缓，这令他们很失望。其实他们不知道，此时的鲁迅因遭受高长虹等人的恶意攻击，身心倍受刺激，对于来自日占区的陌生文学青年，谁知道他们是什么样的底细呢！

待在东北的日子很不好过，两个相依为命的青年人只觉前途渺茫，无所适从，不由得绝望地呼喊：老天，给我们一条活路吧。

命运再一次眷顾了这一对苦命的文学小青年。

事情的转机，却是因为一个称呼的小插曲。在他们与鲁迅先生的书信互动中，萧红都是用笔名悄吟，因此鲁迅在回信中称萧红"悄"女士。萧红看了不乐意，在回信中予以"抗议"，这让鲁迅忍俊不禁，是啊，不称女士称什么？称女同学、女同胞、干女儿？还是别的什么女？

鲁迅骨子里其实是个反叛的斗士，所以他并不喜欢那种毕恭毕敬的粉丝，对于悄吟的顶撞，他反而很欣赏，视为一种逗乐打趣，于是他们书信来往更为密切，终于答应他们来上海见面。

二

萧红开心地说："终于可以去上海了，终于可以和大师见面了。"

三郎也高兴地说："别瞎嚷嚷了，快点准备一下，咱们明天就走。"

两个年轻人兴冲冲地辗转千里万里，克服重重困难，终于坐船来到了上海。但是，一踏上这十里洋场，他们举目无亲、不知所措。鲁迅没有来接他们，也没说马上见面。他们的生活，似乎又落入了困境。

这对苦命的年轻夫妻，开始了在上海滩卖文为生的日子。

卖文为生，并没有人们想象中的那么浪漫和悠哉，更没有人们想象的那么舒服惬意，不是才情横溢、下笔成文，也不是一气呵成、一挥而就那么简单，更多的是充满了艰辛和泪水。甚至有时苦思冥想好多天，一个字也没写出来。两人文化都不高，都没接受过高等教育，他们所写的完全是一种原生态的东西，没有条条框框约束，而且是东北土地上的原生态文化因素占多数，这正是他们吸引读者的地方。他们刚从日占区走出来，大家对东北不熟悉，对日占区的情况更不熟悉，但一经他们写出来，就能激起一部分读者的好奇心，就引起读者对东北现状了解的兴趣，也希望看到更多来自东北地区的作品。

所以，他们不时有小文章发表，赚点稿费只能勉强糊口，离真正成名成家似乎也太遥远了。

两个挣扎在死亡、温饱线上的年轻人，当时可能并没奢望当作家，如何让肚子不挨饿，也许对于他们来说更为现实。因为文坛论资排辈，那时的旧中国也是如此，一个作家要得到人们的肯定和承认，很难很难。

当时鲁迅先生从北京搬到上海，形势非常严峻，反动当局对鲁迅是非常害怕又恼火的，只要抓住他的把柄，就会大做文章，所以鲁迅不得不非常谨慎，这两个来历不明的年轻人到底是什么人，他还要考验并做一些调查。

盼星星盼月亮，终于盼到了鲁迅先生安排的见面会。

三郎破烂的衣裳，如何好意思见先生呢？悄吟于是买来一块布，自裁自剪给三郎做了件衣服，穿在三郎身上蛮帅气的。两人非常高兴，终于有机会和大师见面了，一定要好好打扮一下，穿得整齐干净地去见大师。

鲁迅果然没有食言，给他们引见了几位上海滩的文坛大腕。12 月 19 日二萧应约，如期来到了广西路 332 号梁园豫菜馆赴宴。除了鲁迅全家，客人还有叶紫、聂绀弩夫妇、仲芳。

鲁迅当场托叶紫关心他们，甚至具体到过问他们睡的床找谁借。鲁迅确实是个心思非常缜密细致的人，在他的关照下，他们的作品得以陆续出版，很快就有了一定的稿费来源，由一无所有的贫困户摇身变为小资作家，再也不用为五斗米发愁了。

当叶紫的小说集《丰收》作为“奴隶丛书”之首本出版后，又出了萧军的《八月的乡村》。

现在萧红的《生死场》也出版了，三个青年人感受到了成功的喜悦，终于进入了上海滩的文学圈子。

特别是他们出版各自的“奴隶丛书”集子时，在鲁迅的建议下二萧另取了笔名，三郎改叫萧军，悄吟改叫萧红，鲁迅叫他们“小小红军”，暗含支持红军之意。

他们以新笔名出版的作品《八月的乡村》《生死场》迅速轰动了全国，一举成名天下知，在文坛扬帆起航，成为中国现代文学史上的名家。

萧军、萧红以鲁迅嫡系弟子身份，从此踏进了中国文坛。

对于先生的提携之恩，二萧没齿难忘。他们俩和叶紫时常去鲁迅先生家小聚，向先生请教文学上的事，交流未来各自的发展方向，也给鲁宅带去热情与活力，更多的是一份尊敬与膜拜。晚年的鲁迅与这三个小青年形同父子，除了写信交流，还时不时聚一聚、聊一聊。鲁迅得以从这些文学青年身上感受朝气与活力。

三

“奴隶丛书”完成了三本书之后，其出书工作暂时停顿了。

叶紫的创作思路也出现了暂时的枯竭状态，作品出不来，没有了稿费来源，生活备感压力。母亲和妻子都催促他不要懒惰，多写一些书，才能多点收入，朋友们也询问他怎么不写多一点。

叶紫不知向何人诉说自己的苦恼，怎么不想多写，怎么敢不多写，可是现在写不出啊，有谁能了解他现在的心情呢？

马上要过年了，这里要钱，那里要钱，妻子说：“没有钱，年货买不回，不知年怎么过。”

“怎么过怎么过，你不要大手大脚，你少摸两圈麻将，你不能节省一点吗？”叶紫责怪妻子不会当家。

咏兰打着哭腔说道：“我哪有不节省呀，这几口人个个张口要吃、要用，你又拿了几块钱回来了呢？”

叶紫无言以对，还是上上个月从书店里拿了几块钱回来的，直到现在还没有收入，也怪不得妻子。

叶紫只得埋头伏案，赶在过年前完成散文《我为什么不多写》，并写信给鲁迅先生，告知自己的情况。

12 月 29 日，他又收到鲁迅先生的来信：“账已算来，附上清单，拿这到书店，便可取款。”

说来鲁迅先生对叶紫真是格外地青睐与偏爱，指导他写文章，帮助他出书，就连卖书之后结算之事都亲自过问，即便是自己的父亲也未必会如此耐心吧。

还有叶紫手头紧时，他常常解囊相助。

由此可见鲁迅先生人格之伟大、待人之厚道。这样的人是世上少有之人。

叶紫对鲁迅的依附也是少见，就像他小时候得到父母亲、姐姐们的关爱一样，他觉得很自然、很习惯。从心底里，他把鲁迅当成导师甚至当成父亲，当成了他唯一可以依靠和信赖的人。

就这样年复一年，叶紫来上海已经有五年了。这五年里，他写出了不少文章，出版了不少书，特别是《丰收》一书四版，给叶紫以信心。后来随着萧红萧军的加入，“奴隶社”的创立，他们组织出版的“奴隶丛书”已发行到第三本了，跟原来十本的计划越来越近了。

1935年在忙忙碌碌中过去了，又在忙忙碌碌中迎接1936年的到来。1月8日，叶紫发表散文《漂流之夜》，当年此文又编入《叶紫散文集》，并将《天心阁的小客栈里》与《漂流之夜》合为一篇，题名《夜雨漂流的日子》。

1月10日，叶紫收到鲁迅来信，与他交换了一些看法，对某书店的意见，信中写道：“不明底细的书店，我不想和他们发生关系了，开首说得好好的，后来会出意外的麻烦。譬如《二心集》，我就不主张去检查，然而稿一交去，权在书店，无法阻止。所以请你回复那书店，我不同意。那集子里，有几篇到现在也还可存留，我自己要设法印它出来，才可以不至于每页字数排得少，填厚书本，而定价一元。”

鲁迅先生是非常精打细算的人，对书店的做法明确表示反对和有意见，可他对文学青年们无私地帮助，从来不曾吝啬，几乎是有求必应，成了文学青年们的主心骨、精神上的教父和现实生活中的导师加亲人。

3月《丰收》再版，叶紫坚信自己能以笔为工具，赚钱养家了。在1月28日发表的《作家感想·意见·回忆》中，他写道：“我的日记又是读书笔记，现时杂记，未来感想，过去回忆。所以，我总称之为‘材料库’，也是随时随刻的写作的源泉。”

4月20日修改了《我怎样与文学发生关系》，辑入《叶紫散文集》。

叶紫常常对妻子念叨鲁迅的好，5月13日他偕咏兰一并去了内山书店看望鲁迅先生，并赠送了咏兰做的湘味扣肉一碗、鲫鱼一尾，就是想表达一下对鲁迅先生的感谢。

师生之间欢快畅饮，但先生此时抱病在身了，只谈了一会儿就累了。

叶紫离开内山书店时，请先生好好保重身体。

5月19日，染病在身的叶紫作了短篇小说《校长先生》。同月，《丰收》三版，《新少年文学拔萃读本》由上海现实出版社出版，收《商议》节选《火》。

此时的上海发生了一件文学界之大事，集全国各地文人之最、精彩之最于上海，即中国文艺家协会应时势的要求应运而生。1936年6月7日，中国文艺家协会成立大会在上海举行。

中国文艺家协会是在抗日的炮火声中成立起来的，也是在建立抗日民主统一战线的口号声中成立起来的，更是在国际革命作家联盟的“解散左联，成立更广泛的统一战线”的指示下成立起来的。新成立的中国文艺家协会，明显地带有那个时代的特色和那个时代的中国文艺家们的价值取向，彰显了左翼联盟组织的扩大化和张扬民族个性。所以，在抗战的形势下，转变组织的“关门主义”，成立更广泛的统一战线，得到各方人士的拥护和支持。

左翼联盟组织在协会的宣言中写道：

1936年代的中国，是光明与黑暗正在斗争，世界是在战争与革命的前夜。中华民族已到了生死存亡的关头！1935年12月普遍于全国的救国运动的壮潮，展开了中华民族解放运动的新阶段。从去年12月起，全民族一致的救国阵线的建立，成为中华民族迫切的要求。

广大的民众深刻认识了只有武力抵抗，才能够不做亡国奴，广大的民众坚决地不愿做亡国奴！文艺作家有他特殊的武器，文艺作家在全民族一致的救国阵线中有他自己的岗位。中国文艺家协会在今日宣告成立，自有它伟大的历史使命，是全民族救国运动中的一环。中国文艺家协会坚决拥护民族救国阵线的最低限度的基本的要求。

协会的宣言义正词严、慷慨激昂。

叶紫当仁不让，对此有更深更切的愿望，于是他迅速加入协会，成为中国文艺家协会的一名会员，和广大的文学工作者在一起。文艺作家们用他们特殊的武器，在全民族一致的救国阵线中找到自己的位置，和全国人民一起抗战。

四

抗战的烈火燃遍了华夏大地，抗战的呼声回响在神州上空。

叶紫感到热血在胸腔里沸腾，更感到有无数的灵感涌向脑海，化成一篇篇小说、散文、评论。这段时间叶紫的创作硕果累累，7月4日脱稿《山村一夜》，7月10日发表悼念高尔基的《我们的唁词》，8月1日作《变动》，8月10日发表《国防文学的随感二则》，8月18日作《星·后记》谈自己的创作特点，8月24日作《丰收四版的话》，8月《丰收》第四版正式出版，9月4日作短篇小说《电车上》。

到了9月7日，叶紫好久不曾与导师联系，心想老师近况如何了呢，况且已发表了这么多东西，怎能不向师父汇报，于是寄信给鲁迅并送上《开拓了的处女地》五本。

9月8日便收到鲁迅先生的回复："七日信收到。记得以前诸（信）都收到的，所以未写回信者，既非我病又重，也并无'其他的缘故'。不过说来说去，还是为了我的病依然时好时坏，就是好的时候，写字也有限制，只得用以写点关于生计或较为紧要的东西。密斯许又自己生病，孩子生病，近来又有客寓在家里，所以无关紧要的回信，只好不写了。我身体弱，而琐事多，向来每日平均写回信三四封，也仍然未能处处周到。一病之后，更加照顾不到，而因此又需解释以未写回信之故，自己真觉得有点苦痛。我现在特地声明：我的病确不是装出来的，所以不但叫我出外，令我算账，不能照办，就是无关紧要的回信，也不写了。此一节请谅察之幸。"

一收到鲁迅先生的这封回信，叶紫痛责自己粗心大意，让先生平白无故地增添了不少麻烦，但凡一点小事都要向先生求助，而不曾考虑先生的年龄和身体状况。因此，叶紫在心里为先生祈福，盼先生身体早日康复。

叶紫此时病情亦不曾好转，但还是继续坚持创作，10月2日，又完成短篇小说《潮上》。

为生活而写，为理想而写，为大众而写。不管为什么而写，叶紫此时此境，唯有提笔多写，不分日夜地写，不分种类地写，但凡能够形成文字的东西，他都想写下来，换取一点生活费，换取一点尊严，但总是事与愿违。

叶紫的病情越来越重了，旧病未好，新症又来，那瘦如秋蒿一样的身子骨，在秋风里飘零，如一片叶子被风吹得时起时落。

他的心血、他的骨肉全部换位到所有的作品中去了。

书稿一天天厚起来，叶紫却一天天瘦下去，终于疾病发作住进医院。他想快点医好病，能早点起来继续战斗。

妻子却对他说："家里没一分钱了，住院费都付不起了，怎么办？"

怎么办？怎么办？望着妻子，叶紫一股无名之火涌上心头，不由得呵斥妻子："你不会想办法呀？"

可怜无助的妻子，只有双泪挂在脸上，她到哪里想办法呢？又有谁能帮助他们呢？

想了又想，叶紫惭愧、内疚地对妻子说："你向先生写封信，告知他我的情况。"

10月6日，叶紫托妻子咏兰向鲁迅写信再次求助，信中写道："叶紫因肺病与肋膜炎并发，高烧住院，本人医药费与家庭生活费均无着落，不得不向先生求援。"

此时的叶紫，他怎么知道，他的父亲一般的导师，他的兄弟一般的战友，此时正重病弥留之际，仍挣扎着起身，予以他关心和回复，并送钱五十元。信中写道："来信收到。肺病又兼伤风，真是不大好，但我希望伤风是不久可以医治好的。有钱五十元，放在书店里，今附上一笺，请持此笺，前去一取为荷。"

收到鲁迅的信与钱，叶紫十分难过。

而妻子却高兴了，说："这下有钱了，你就安心治病吧。"

叶紫暗自潸然泪下，一哭自己无能，二哭导师重病，三哭妻儿无依靠。只盼着早日治好病，早日出院，早日拿起笔，多写一点文章。

有了鲁迅先生的救急款，叶紫得以在医院安心治疗。眼见病情稍有好转，10月19日，妻子带来几封朋友们的信，只拆开一封，叶紫便悲痛大哭起来，急得妻子忙问："这不刚刚好好的吗？怎么又这么伤心起来了？"

"不好了，不好了，先生走了。"叶紫边哭边喊。

"哪个先生走了？"妻子不安地问。

"是鲁迅呀，是我的导师鲁迅呀。前几天你还写信找他要钱了的，鲁迅先生呀。呜呜呜……"

叶紫的眼泪根本止不住，他的心痛得比什么时候都厉害。叶紫觉得自己头顶上的那一片天塌了，他哭了一天一夜，哭得天昏地暗。

10月20日在病床上，他奋笔写下了这样一篇文字：

哭鲁迅先生

我患着肺病和肋膜炎，

他写信来，寄来一包钱，对我说：

"年轻人，不要急，安心静养，

病自然会好起来的。"

但是，忽然地，朋友们跑来告诉我他的恶消息。

于是，我哭了起来。

医生跑来对我说：

"你的热度太高，你不能哭。"

但是我怎能不哭呢！

看护对我说：

"你的病很危险，

我们不许你伤心，不许你哭。"

但是我怎能不哭呢！

我们不但失了伟大的导师、伟大的战友，

而且失掉了伟大的民族的魂魄。
这——我怎能不哭呢！
我哭了一天，哭了一夜，
热度高了，呼吸急促了，
两个看护跑来严厉地干涉我：
“我们不许你哭。”
用一个冰袋冰着我的头，
用一个冰袋冰着我的胸。
他们想将我的热度压低，
将我的心压冷，
但是，我怎能不哭呢！

（是日，此文载在《申报》文艺专刊第五十一期。）

是啊，他怎能不哭呢？无论是文学路上还是人生路上，鲁迅都给予了叶紫无限的关心与指导，提供了许多解决实际问题的方法和经费，让一个乡里伢从零开始，步入上海滩大文坛，成为一个革命的青年作家。

刚刚能够独立行走在文坛，还没来得及和老师说声“谢谢”，老师就走了，永远地走了。怎能叫他不哭呢？

哭不能解决问题，唯有拿起笔，像导师一样用笔做戈，以纸为战场，开始战斗。

12月，叶紫的中篇小说《星》作为巴金主编的“文学丛书”之一，由文化生活出版社出版，并拟了中篇小说《菱》的创作计划；可是因为那不堪风雨的身体、不堪劳累的身体，叶紫仅完成了数节，便停笔交给巴金，拟在巴金所编刊物上发表，未果。

望着自家手里成堆的书稿，叶紫想着法子让它们变成书，变成书就能放书店里销售，就能换成生活费。此时的叶紫少了导师的扶持，身体又更加虚弱，每天还要与各种各样的人打交道、商谈，疲于应付，叶紫感觉累极了。

此时他不由得想起了导师，以前这诸多看似的小事，都是鲁迅先生帮他做了，而今自己做起来，感觉不堪重负，先生受了多少累？想到这里，眼泪又在叶紫的眼眶里充盈起来，他越发思念导师。

于是，他把新编的小说集取名为《奇闻记》。书名之所以这样取，是因为鲁迅先生为叶紫的《丰收》作序时这样写道："这里的六个短篇，都是太平世界的奇闻。"

《丰收》第四版封三中预告：《奇闻记》即将出版。

可是，最后一顿白忙，没有了下文。叶紫有点沮丧，只能暗暗给自己打气：这本不成，那本应该没问题吧。

于是又把所写散文整理成集，起名为《古渡头》，在4月5日的《夜莺》第一卷第二号封底预告：《古渡头》将作为"新钟创作丛刊"之一出版。宣传得热闹，可最终又是竹篮打水一场空。最后，没有了最后。一本不成，二本也不成，出了什么问题？叶紫百思不得其解，心情烦躁，对待妻儿的态度也渐渐粗气起来，怨她们一个个不但帮不了自己的忙，还加重自己的负担，拍桌子摔碗的事也发生了，让妻儿一见他有些害怕起来。

就连又怀孕在身的妻子咏兰也担心起来，只得劝他：别拿孩子们出气哟，她们又没碍你的事，书出得了就出，出不了也没什么，如今这世道有几个人有闲钱来买书啰。

看着妻子挺着个大肚也不容易，要招呼两个小的，还有自己的时疯时醒的老娘，她的担子也不轻。罢了罢了，不要说了，叶紫埋头又沉入到了他的创作之中。

一家人都过得很紧张，不敢有丝毫惊扰他的举动，只能保持安静，让他好写字、多写字。

为了能多出几本书，叶紫又收集了十六篇散文，准备印成集子，交商务印书馆出版。在《丰收》第四版封三中也预告了此书即将出版，纸型都打好了，只等印刷了，谁知抗日战争全面爆发，这本《叶紫散文集》又未能出版，胎死腹中。叶紫恨死日本鬼子了，自己出书的事一次次失败，都是吃了鬼子们的亏。

五

1937年1月2日，叶紫的小儿子雪驹出生了，奶奶给他起了个小名“小牛”，意味像牛崽子一样健壮，好带，易成长。

新年里新生儿的到来，给这个沉闷的家带来一丝丝喜气与热闹。

老娘特别高兴，自打维太病逝，妻子和娘都一直是相互埋怨着。老娘怪媳妇擅作主张，丢下自己的亲儿子救了人家命硬的孩子，结果克死了自己的孙子，时常话里带话、指桑骂槐地训斥咏兰。妻子不敢解释是出于好心，谁知维太会病死呢？

咏兰因儿子的病夭，一直愧疚于心，毕竟因为自己一时的冲动才造成了这样的后果。如果当时把太儿带在身边，带回上海……哎，已经没有了如果，咏兰也一直不敢在婆婆面前出大气，生怕一不小心又扯到这事上，扯不清。这样唯唯诺诺、小心翼翼地等到生下小儿子，才松了一口气，咏兰心情也开朗了许多，讲话声音都大了起来。

最高兴的当然是叶紫了，失去太儿他悲痛了多年，在心里也责怪了妻子多年，虽然嘴上不说，但脸色是时常不好看的。妻子自然知道这些，所以一直在他面前不敢张扬，即便是吃了上餐没下餐，她也不责怪他。他住院，妻子小心侍候着，对婆婆、女儿都是尽力照顾，叶紫也就不好再计较。

如今小儿子的出生，给他带来新年的喜气。他高兴了起来，同时又多了一口人，自己的责任更重了，要为儿子的将来做些打算，自己更得好好干了。

新添一口人，又生出许多开销了，叶紫颇感手头紧张。以前没有钱了，还可以找鲁迅先生开口要。现在鲁迅先生走了，书也没出一本，哪来的钱给妻儿增加营养呢？

幸好有老娘帮着咏兰，两个先前如仇敌一般的女人，现在又都温馨地抱着孩子，逗着孩子，围着孩子，家里开始有了一些温暖的味道，叶紫觉得心里舒畅多了。

叶紫在外面找书店想方设法出书，写字投稿，尽量多地写，尽量多地投，看能否换得几个铜板，一块、两块，也能改善生活。

小牛出生后两个月，3月3日，叶紫的母亲突然没有起床，唤也唤不应，女儿蒂丽哭喊着说："奶奶死了，奶奶死了。"

母亲走了，她才六十三岁，就这样一声不响地离开了她最爱的儿子和孙子。

要在上海这样的地方埋葬母亲，凭叶紫个人的力量是怎么样也办不到的。他只得求助许广平、聂绀弩，幸得他们资助，为母亲买了一块墓地，安葬在上海蒲安公墓。叶紫在后来的日记中写道："件件如了她老人家的意，只要再竖一块好碑，便尽了我做儿子的责任。"

而许广平对叶紫母亲的评价非常高，她在《忆叶紫先生》中称刘氏为：可怀念的勇敢的母亲。

爱哭的叶紫，这次却没有怎么哭，母亲走了，自己头顶上的天没有了；儿子出生了，从此自己就是儿子的天，怎么还能老哭呢。他要坚强起来，要努力战斗，不怕困难，多写字写稿。

叶紫鼓励自己，给自己加油。

4月15日，叶紫短篇小说集《乡村一夜》由上海良友图书印刷公司出版，有了收入，叶紫对未来有了信心。

他拿着新出版的书对妻子说："你看，新书出来了，又有收入了。"

叶紫高兴，妻子更开心，有了收入，生活就不用发愁了。

从妻子手里接过儿子，叶紫抱着儿子，开心地说："小牛呀小牛，你可真的牛呀，你看，你一出生，爸爸的书就出来了。牛儿，牛儿，你可得长得壮壮的哟。"

逗了一会儿，叶紫又唤女儿来抱弟弟。他要写书去，就是这样，不停地写，不停地写，从不记得要好好保养一下身体。

而肺病是最不能劳累过度，或再染其他病症的。但是为了生活，叶紫不能停下他的笔，更不能偷半点懒，哪有时间让他偷得浮生半日闲呢。

可是不管叶紫多么勤奋、多么努力，时局的变化无人可挡，国运不堪，又谈何个人前途呢？谁又能偏安一隅，苟且偷生呢？

7月7日，“卢沟桥事变”发生。8月13日，日本鬼子又进攻上海。上海的革命文艺工作者们，纷纷投入抗日救亡运动之中。

而此时的叶紫徒有一颗火热的心，空有一腔澎湃的热血，因为此时的他，患有严重的肺病。家里人多，且多为妇孺小儿，叶紫异常痛苦，因为生活来源断绝。以前靠写文，能得一点稿费养活一大家子，现在病情严重，日本鬼子一来，经济来源断绝，顿生恐慌，又加重了病情，至10月已基本搁笔，仅靠《丰收》出卖所得和朋友们的接济生活。

妻子望着他，儿女们望着他，可他到哪里去找钱呢？

战争一起，书卖不出去了，朋友们都纷纷离开上海，或到延安，或到前线，或到国外。

叶紫又能到哪里去呢？

妻子说：“我们回老家吧，离开这是非之地，这不是我们能待的地方，回老家还有一口饭吃。”

要离开这片奋斗了六七年的地方，叶紫哪得心安、哪能割舍。可如今大形势这样，自己身体又不争气，逼得叶紫不得不听从妻子的安排，离开上海。

他们四处找人筹措路费，9月中旬，最后约得与陈子展一家结伴，带着妻儿离开上海。

当时送行的有任钧，他看着叶紫身背包袱和热水瓶，一手牵着女儿蒂丽，一手拿着一把湖南雨伞，在密集的大炮声中与自己握别。

“兄弟保重！”

“你也保重！”

两个男人摇着紧紧相握的手，没有什么比一声“保重”更能代替此时此刻的心情。有谁知道他们的路在哪里？他们能否安然到家？

谁也不知道，谁也无法保证。

“爸爸，我们还要多久才能到家？”不谙世事的蒂丽不安地询问。

叶紫也不知道呀，这样的情景还不知要走多久，还不知能否走回家，茫然中他只得安抚女儿说：“快了，快了。乖乖，听话。睡吧，睡吧，睡一觉起来可能就到家了。”

睡一觉起来，才到达南京。日寇的飞机在天上狂轰滥炸，吓得从未见过这阵势的蒂丽大哭，慌忙混乱中，他们又与陈子展一家离散。

叶紫四下呼喊：“子展，子展。”蒂丽哭叫着喊：“陈叔叔，陈叔叔，你们在哪里？”

只见一群群逃难的人，不见同行的陈子展一家。

是死是活，只有天晓得了。叶紫伤心而又悲痛地牵起蒂丽的手，“走吧，陈叔叔一家一定会好好的，像我们一样。”

从南京到益阳，必须坐船转道武汉，再从武汉回益阳。一时买不到船票，而又正适中秋节，大家都处于恐慌之中，哪里有心思过节呢。

在异乡的月下，叶紫一家围坐在一块，妻子买了几块月饼，再穷再难中秋也是要过的。

天上月正圆，地上人堪怜，明月呀明月，你何时照我把家还呢？

湖南湖北一水间，洞庭只隔一条船。

他乡难与家乡比，明月何时照我还？

此时的叶紫只盼快点回家，他的心在痛，他的身体也在痛。他只觉得气闷难受，咳也咳不出，吃又吃不好，睡也睡不安，时常在梦中惊醒。

好不容易买上了船票，从汉口回到益阳，一踏上益阳的土地，叶紫长嘘了一口气，回来了，终于回来了。益阳的天还是那么蓝，益阳的地还是那么厚，益阳的亲人们还是那么亲。

姐姐裕春得知叶紫一家回来，立即安排他们到三里河腰铺子的曹家祠堂里临时安顿，因为此地离大姐家不远，便于照顾。

可刚回到家没两天，因旅途劳顿奔波，加上途中受了惊吓，叶紫再次病倒了。

叶紫又搭船到长沙就医，住在北门外的魏猛克家，到湘雅医院看门诊，确定病情后，又转至位于麻园岭的肺痨医院治疗。

魏猛克看到叶紫来了，非常高兴，告诉叶紫，他们几个人正在《大众报》

工作，有魏猛克、潘开茨、张天翼、蒋牧良等人，热情邀请叶紫也加入进来，于是叶紫一边治疗，一边工作。

巧的是二叔寅宾的二儿子余昭望也在报社工作。

这位一出生便遭遇社会变故，跟随父亲流浪了十年，命运多舛，受尽磨难的堂弟，也是今年才到长沙找魏猛克、张天翼、蒋牧良等人帮忙介绍工作的。兄弟相遇，抱头痛哭。

叶紫拍着堂弟的肩膀说："男儿有泪不轻弹，你要坚强起来。大仇未报，任重而道远，我们不能哭泣，我们要战斗。"

叶紫继续对堂弟说："你不能待在这里，你身体好，年轻。你的未来不在这里，你要去延安，那里才是你奋斗的地方，那里才有你发挥才能的机会。去吧，去吧。"

在叶紫的鼓励下，余昭望毅然决然地离开了长沙。

满怀深仇大恨的余昭望，通过吕振羽、翦伯赞的帮助，辗转来到延安，开启了他的革命之旅。

第十四章 Di Shi Si Zhang 返回家乡

一

抗日的烈火越烧越烈，燃遍了大江南北，抗战的队伍也越来越壮大。堂弟余昭望来信，安然抵达延安，叶紫悬着的心才得以放下。

叶紫心想，二叔一家就只留下昭望这根独苗了，愿他在延安能得到最好的学习与锻炼。

如果不是身体状况太差，他也会和堂弟一样奔向延安，到全国青年向往的圣地去学习、锻炼。那里有许许多多的优秀导师，有许许多多的文化青年，在那里大有可为。可稍见风雨便咳喘不停的身子，令叶紫难堪不已。他不由得责怪老天，为何不给他一个强壮的身体。身为男人，不能扛枪上战场，不能亲手打小鬼子，不能为妻儿遮风挡雨，甚至于提笔多写几个字也做不到，这是一件多么令人痛苦的事情。

叶紫躺在医院的床上，一晃就是五个月。

在长沙住院治疗的五个月里，叶紫其实一刻也没有闲着，正做着自己擅长的事情。他和魏猛克等人一起参与《大众报》的出版编辑工作，自己又写了许多日记，并发表书信若干篇。他在日记中记载道：“我是时常在病的可能范围内做着我的工作的”“我只要有可能，一定要将这些情形写出报告文学或小说来；但病苦着我，我常常不能动笔”。

病魔的折磨，让叶紫空有雄心，却无能为力，他时常哀叹自己的身体怎么这么不给力。

家里要开销，住院要费用，凡要用到钱的地方，就令叶紫抬不起头直不起腰来。那些账单，就像一座座大山朝叶紫压过来。不能提笔就没有收入，没有收入就不能住院治疗，陷入恶性循环的叶紫万般无奈之下，病还未治好，不得不离开长沙回到了益阳兰溪乡下。

回到益阳后，平日里一见他就笑的姐姐，这次见到他却面露尴尬和为难之色。叶紫不由得心一沉，是姐姐怕自己的病有传染性而嫌弃他吗？他不禁开口问道：“大姐，怎么了？”

“嗯，没什么。”

“那你脸色怎么这么差？”

姐姐欲言又止，叶紫索性把话说敞亮，问：“是怕我的病会传染吗？”

“不是，不是，是你姐夫他……”

“他怎么了？”

“他说，他说……”

“他说什么，姐你说呀。”叶紫急死了。

“三毛佗，不是姐赶你们，实在是你姐无能，姐夫一个人也养不了这么多人。他说一个人做，咯多人吃，他养不起。”话没说完，姐姐转身跑了，叶紫似乎看到了姐姐泪水涟涟。

因为姐姐一家也很贫困，姐姐一家七八口人，公婆和他们在一起生活，加叶紫一家四口，一共十多个人，要吃要用。叶紫又做不得半点力气活，姐夫把他们视为沉重的负担。姐姐也无力长久支撑弟弟一家众多人口的开销。

正好咏兰回来，听到了姐弟的对话。咏兰提议回兰溪镇，那里有她的父母和亲人，而且他们一直开店做生意，比做农工活泛多了。他们条件稍微宽裕些，加上岳父大人非常喜欢两个小外孙，生活在一起多少能关照一下，于是他们从曹家祠堂出来，想把家安在兰溪小河北岸千家洲汤家祠堂。

家乡，是一本读不完的书；乡情，是一份无法斩断的思念。乡亲们看到叶紫一家回来了，当然非常地开心，可叶紫原来家的房屋，因这几年无人居住、修缮，现已全部被毁，根本无处落脚安身。

咏兰的一位亲戚看到他们的困境，也不要他们的钱，要他们安心住在汤家祠堂。汤家祠堂此时住着好多户人家，都是大革命以后搬进来的，有的是遭天灾，房子被毁无处落脚，才找到这里安身的；有的本来打算临时住，结果一住就不走了。反正是大家的屋，人人有份，谁有需要谁就先住着。

叶紫一家按亲戚的指点找到了一间没人住的闲置房，里面堆满了柴火、农具，还有两张老式架子床。亲戚说："这些都是闲置无用的，你煮饭烧了就是。那些旧的工具，你不要就丢到门外边，反正也没人要了。"咏兰掂了掂一把锄头，感觉还可以用，就说："这个留下，我开荒种菜正用得上。"

"随你处理吧，我有事先走了，你们自己收拾吧。"说完，亲戚就走了。

叶紫坐在一边发愣，咏兰开始动手收拾屋子，两个小孩子开心地在屋里追追打打起来。

灰尘扑扑，叶紫不得不走开一点。祠堂里的其他住户看到来了新人家，都走拢来看一看、问一问。

大人小孩一下子又拢来十多个人，有几个堂客还帮着咏兰一起收拾卫生。一会儿，两个小孩和这里的孩子们玩到一块了，场景好不热闹。

乡亲们的热情感染着叶紫，也打动了咏兰。半天工夫，屋子基本收拾干净，妻子的一位本家大嫂说："兰妹子，你们今天就到我家一起吃饭，只是菜不好，你们莫要嫌弃。"

叶紫感激莫名，平日里没有往来，一见面就帮忙打扫卫生，又留他们吃饭，多好的乡亲啊！

只是这里人多嘈杂，木板不隔音，房间有点小，显得嘈杂吵闹。这样的环境，对于需要静养和安静的写作环境的叶紫来说，简直就是一种折磨；但在别无选择的情况下，叶紫只能克制自己，尽量迁就、适应环境了。目前别无选择，这就是他们现在的家了。

当年的一些老朋友、高小同学听闻叶紫回到了老家，也时常来看望叶紫，交谈中直呼童年绰号，叫一声“三毛佗”，他感到无比亲切。他们尽情回忆陈年往事，在阵阵欢笑中送走时间，尽情品味乡情的无穷魅力。叶紫的心情因为有了这些同学、朋友的关怀而有所改善。

从兰溪小镇走出去，已是上海著名的大作家回到家乡了，成了小地方人们热议的话题，也成了大家的免费教师。姐姐的孩子和亲戚家的孩子都送到叶紫这里来读书认字了，还有那些作古体诗的乡党，总是爱和这个闻名大上海的大作家探讨。叶紫感到生活非常充实和忙乱，也有点力不从心。休息不好，睡眠质量也不高，加上要辅导孩子们读书识字，叶紫的病情无法缓解，似有加重之迹象。

每每说话稍多一点，叶紫便不停地咳嗽，时常是身子躬成大龙虾一样也咳不出来，半天缓不过气，让看着的人都难受。妻子咏兰不得不嘱咐叶紫：少操点闲心，你这个病费不得力，一操心就加重病情，现在钱又紧张，能多写几个字就多写几个字，还能赚几文钱，帮家里解决一点实际困难。

叶紫也很无奈，不能拒绝乡亲们的热情，教孩子们识字也是举手之劳，乡亲们虽然拿不出钱，但自产的东西也没少送；可这病让他有心无力，常因病痛而中断教习。

于是那些好心的乡党，四处寻找好的偏方，今天这个送来单方，明天那个送来偏方，都是治肺痨的，这令叶紫感动莫名。为了节省每一个铜板，叶紫自己翻看《黄帝内经》，看中医典籍，学会了小病小痛自己写方，抓几服草药煎了喝，还蛮有效果，以致乡邻流传这个才子不但会写书，还会看病。于是，乡邻们头痛发烧之类的小病小痛，都找上门来了。叶紫看病不收钱，患者家属提上几个鸡蛋、一把小菜，聊表谢意。久而久之，闻名上海滩的左翼青年大作家叶紫，成了乡亲们口口相传的好郎中。久病成良医，这也是叶紫没料到的意外收获吧。

叶紫想着自己面对乡亲们的热情友好，无以为报，有时只得勉为其难，尽管自己身体不好，但还是尽力去帮助他人。

找他看病的人更多了，叶紫的身体却不堪劳累，病情更加严重了。

但不管自己身体如何不堪重负，叶紫总是耐心地帮乡亲们看病，陪乡贤们讨论古体诗词，给乡亲们解疑释惑，并时常借机培养可发展对象，还在暗中做着党的地下工作，虽累但也乐在其中。

他记着高文华写信给他说的：注意观察培养好的发展对象，对积极要求进步、有革命精神的人列入培养对象之中，为党输送后备力量。

益阳是一块革命的热土，兰溪更是走在国民革命前列的先进典范，这里建立了第一个农村党支部，这里留下了毛泽东进行农民运动考察的足迹，这里涌现了无数的仁人志士。叶紫踌躇满志，在心中安排着满满的创作计划。

叶紫除了得到家人朋友的照顾，组织上一直关怀、关心他。对于这样一位革命家庭里成长的青年才俊，一个年轻的战斗者，党是多么希望他能身体强壮，病能好起来，多为革命创作好作品，多为劳苦大众发声。

叶紫一家迁到千家洲不久，中共湖南省委书记高文华写信给益阳县委书记李文定，说自己的“表弟”（党内地下工作的暗号）余鹤林回益阳兰溪养病，请李在生活上给予照顾。

李文定岳家与叶紫一家同时租住过曹家祠堂，李文定的妻子赵德坤对叶紫的情况也非常了解，曾亲眼看见叶紫父亲、姐姐被捕，亦非常同情叶紫目前的境况。

李文定接到高书记来信后，迅速与蔚南女中教师张式愚联系，并相约一起去兰溪看望叶紫。他们通过当时的兰溪区委同人，找到了叶紫的住所。

来到千家洲叶紫的临时蜗居，除了两张旧式老床上的木头发出一点亚光，其他都是阴暗的，零乱、拥挤的环境简直不忍直视，这哪是一个家，怎么能够住人！他们是怎么过日子的？

李文定都不敢多看叶紫家庭的现状，甚至不敢想象一个在大上海生活过多年的文学青年，怎么能在一个如此不堪的环境里生存？如果不是有病，如果不是战乱，一定不会落到这步田地吧。如何帮叶紫解决目前的生活状况呢？这是他此次探访的目的。

瘦弱病重的叶紫，只有宽大的额头还有一丝亮光，脸色发黄，宽大的旧西装罩在身上，就像几根竹竿撑着一件沉重的衣服在晾晒，使人担心这西装是不是重了，会压垮他。

叶紫的妻子咏兰，早没有了少妇的丰韵，像极了一位被生活折磨了几十年的老妈子，无精打采，面对一屋子乱糟糟、永远也做不完的家务事，麻木而又机械地重复着手中的动作，孩子们的叫喊打闹也唤不起她的感觉。

唯有小孩子的追打嬉闹，给这屋子带来一丝生的气息。

叶紫本人无力承担劳动生产，孩子还很小，老婆一个人支撑着这个摇摇欲坠的家。

看到叶紫一家人的窘境，李文定和张式愚的心情非常沉重。

当时地下党经费困难，只能给叶紫少量的经济支援，临时应下急，根本无法解决叶紫一家的实际困难，而且以后的日子还需要一笔很大的费用，特别是叶紫的病要得到治疗，必须寻求更多的资助才能帮叶紫一家渡过难关。

于是李文定和张式愚建议，征得叶紫同意后，通过益阳籍文艺界名士张天翼的关系，首先在他所在的报纸上发动募捐，呼吁并请求文艺界友人接济、捐款，以帮助叶紫一家度过艰难时期。

通过张天翼在报纸上的鼓与呼，得到了广大文艺界朋友们的响应，各地文艺界的朋友寄来了他们的关心和帮助。

一时间，众多名人雅士纷纷解囊相助。

郭沫若闻讯马上采取措施，他本人到长沙后，派人送来八担谷、一支钢笔，其寓意不言自明，给予了叶紫生活和精神上的极大鼓励。

同为益阳老乡的曾三，在去新疆的路费中抽出五元寄给叶紫，希望能解叶紫的燃眉之急。

吴奚如得到叶紫的消息后，知其处境艰难，在军委政治部第三厅的同志中组织募捐救助叶紫。

其后还有不少文学界同人和党内外同志的捐款寄来，支援、扶助叶紫。

有了党的关心，有了同人们的帮助，叶紫的困境暂时得以缓解。

妻子咏兰盼着叶紫能早日康复，叶紫想着如何多写点文章报答党和同志们的关心。生活好转，让叶紫又有了精力看书读报，生活不限于眼前的苟且，他对国家大事更加关心。

11 月 13 日，他在报纸上看到长沙一场大火烧了三天三夜，毁了无数房屋，烧死了好几千人，叶紫的心痛得无比厉害。

二

1938 年夏天，对于环洞庭湖地区的人民来讲，是灾难深重的一个夏天。没有了往年夏天的明媚，也没有了往年夏天的欢乐，日本鬼子的铁蹄踏进了华夏腹地。1938 年 5 月 19 日，侵华日军攻陷徐州，并沿陇海线西犯，郑州危急，武汉震动。

疯狂的日本鬼子，以强大的兵力进攻武汉三镇。国民党军队组织了武力进行抵抗，但是，最终武汉会战失利。武汉失守，祸殃邻省的长沙。

武汉的机关、工厂、学校，以及大批难民和伤兵涌入长沙，使当时 30 多万人口的长沙骤增至 50 多万。加上以前作为淞沪会战、南京保卫战等会战的后方，长沙已经积累了许多战略储备物资，流动人口猛增，以致产生了一种短暂的战时商业繁荣假象。

强大的日本侵略军队，凭着先进的装备一路猛进。蒋介石领导下的国民党军队，不堪抵抗，一退再退，抗不住就采用了极端的“杀敌一千，自损八百”的抗战法。

6 月 9 日，为阻止日军西进，蒋介石政府采取“以水代兵”的办法，下令新八师蒋在珍扒开位于中国河南省郑州市区北郊 17 千米处的黄河南岸的渡口——花园口，造成人为的黄河决堤改道，淹没耕地1200余万亩，造成黄泛区，共计有1200万人受灾，390万人流离失所，89万人死亡。

花园口决堤，同时也给日军造成重大伤亡。洪水之后日军于6月17日以航空兵团，全力援助困于河水的第十六师团方面的补给，用运输机、轻重轰炸机，在6月16日至24日给两个师团投下补给粮秣、卫生材料不计其数。6月29日，日军在徐州举行联合追悼大会。仅第二军死于洪水人数，便达到7452名之多。

决堤后，由于形成黄泛区这一巨大地障，迫使敌人于平汉路以东停止前进，从而消除了唐、白河流域及汉水中游面临的威胁，并守住了军事重地郑州。

花园口决堤换来短暂的喘息机会，蒋介石认为自己的这一决策是正确的。他认为，在敌强我弱的形势下，唯有“焦土抗战”法，才能有效地阻缓日军侵华的脚步，才能让国民党军队缓口气，积蓄能量抵抗日军。

于是在南方战场，蒋介石继续实施他认为行之有效的“焦土抗战”策略。

一开始接受蒋介石“焦土抗战”命令的是第九战区司令长官陈诚。武汉沦陷前夕，陈诚接蒋介石命令：“将凡有可能被日军利用的设施全部破坏。”

拿着电报，望着繁华的武汉，陈诚哑然失笑、茫然失措。凡有可能被日军利用的设施，大多也正是当前政府和百姓正在或可以使用的设施，一旦破坏殆尽，再建待何时，这会给城市和百姓生活带来多少不便和麻烦呢？但是军命难违，区区第九战区司令长官又怎能违反呢？陈诚开始组织人马进行布置，准备毁城。

谁料陈诚在实施过程中走漏了风声，得到消息的武汉各界人士立马行动起来，团结一致坚决反对“焚城”。遭到武汉各界的强烈反对，最后焚城一事不了了之。陈诚行动不力，打乱了整个行动方案，蒋介石对陈诚心生不满，但又无可奈何。鉴于当时战机紧迫，蒋介石调整部署，命军队退守长沙。

日寇日渐逼近，迫使当政的蒋介石政府不得不将抗日部队往后方撤退，并再一次强调实施“焦土抗战”策略的必要性。11月，蒋介石在长沙召开了一次大型军事会议，出席的军政大员有何应钦、何成濬、唐生智、冯玉祥、张治中、熊斌、关麟征、王敬久等30余人。蒋介石的指示重点就是两点：一是布置长沙外围作战；二是如果日寇越过墙河，必定进攻长沙，外围作战不利即弃守，就火烧长沙，不资敌用。因为武汉的沦陷使长沙陷入被动，蒋介石心里对陈诚还存有不满，怪他无用，扰乱了整个抗战计划。鉴于形势紧迫，蒋介石在长沙又做出同样的安排。

尽管长沙军民共同一致顽强反抗，但是在日军的大举攻击之下，长沙眼看是守不住了。蒋介石召开军事会议决定，长沙一旦不守，就对其实行“焦土政策”。鉴于陈诚之前在武汉的失败经验，此次政策的落实蒋介石交给自己最信任的张治中完成，为确保万无一失，封锁消息，保持高度的绝密状态。张治中接令后，严阵以待，周密策划，以完成总裁交给他的绝密重任。

三

张治中，原名本尧，字警魄，后改名治中，字文白，安徽巢县(今巢湖市)人，黄埔系骨干将领，中国国民革命军陆军二级上将，爱国人士，被称为“和平将军”。

1937年全面抗战爆发后，张治中任第九集团军总司令兼左翼军总司令，参加上海“八一三”抗战（淞沪会战），取代何键担任湖南省政府主席。从1937年11月20日至1939年1月17日，在任一年零两个月，与中共湖南省委合作，推动湖南抗日救亡运动迅猛发展，为正面抗战的胜利奠定了思想、组织和群众基础，被当时中共湖南省委负责人称为湖南国共合作的“黄金时代”。

1938年，张治中作为湖南省军事最高指挥官执行“焦土政策”，由于消息误传，将距离长沙三百里以外的“新墙河”误传为五千米近的“新河”，酿成了一场千古奇闻的“11·13”长沙大火。这场大火从11月13日至17日延烧了五昼夜，焚毁了两千年古城繁荣，长沙成为抗战时期损失最惨重的城市之一。军事当局的战略失误，辱职殃民，被认为是这场劫难的直接原因，因此张治中作为当时湘省军政魁首亦难辞其咎，11月20日被给予革职留任处分。

当时蒋介石把焚城任务交给张治中后，迅速飞回南岳。到11月12日上午，张治中接到侍从室副主任林蔚打来的长途电话：“奉委座谕，我们对长沙要用焦土政策！”张治中说他这时候正在军管区兵役干部训练班，集合学员点名后训话，随即又接到蒋介石来电：

“限一小时到，长沙张主席。密。长沙如失陷，务将全城焚毁，望事前妥密准备，勿误！中正文侍参。”

因事情紧急，蒋介石又一再亲自督促，张治中随即召集长沙警备司令酆悌、省保安处长徐权，要求他们立即拟出焚城具体方案。下午四点左右，酆悌、徐权送来了焚城计划，张治中在核定计划时还一再叮嘱：“第一，必须在我军由汨罗江撤退后，等待命令开始实施；第二，举火前必须放空袭警报、紧急警报，待群众离家后方可执行。”

这一天，张治中的工作事项极多，到深夜即13日凌晨2时才入睡。他还没怎么睡着，就听见副官王建成来报告说：“城内很多响声，已经起火。”

原来是警备司令部、警察局和警备二团误传日军已至，仓促间放火了，警备司令部、警察局和警备二团都乱成了一锅粥。张治中令参谋拨打长沙警备司令酆悌的电话，却总是忙音，无法接通。

哎，天不助我也，出大事了，张治中不由得唉声叹气。因为他知道，这一失误可不是一个小失误，而是一个无法弥补的大洞，是天塌了一大块，谁也无法补上。

为了纵火行动能够万无一失，张治中在11月13日安排过一次预演，大概凌晨4点的时候检阅酆悌等人为焚烧长沙所做的预习准备。12日晚上12点，由警备二团和社训总队组成的100多个纵火小分队带着汽油、煤油等燃料到达了准备位置，可是一部分队员却开始将燃料浇在了房屋上，长沙变成了一个汽油库。此时距离张治中检阅的时间还有 4 小时，纵火队员都在焦灼地等待。

结果当天晚上发生了一个意外情况，日军向岳阳以南离长沙还有 250 里的新墙河进犯时，译电员竟将前方电讯漏一“墙”字，致使“新墙河”变成“新河”。长沙以北方向有两个这样的地方，一个叫新墙河，是距离长沙 120 千米的一条河流；一个叫新河，是距离长沙市中心 3 千米左右的一片水域和陆地的地名，这两个地方相距 100 多千米，名字却只有一字之差。

因这一字之差，百密一疏，蒋介石没有料到，张治中更是想不明白，由于译电员的这一失误，一下子误了大事。所谓天意，便是如此吧。

按照计划，敌军进入城郊 30 里以内时，即实施“焦土抗战”政策。日军已经到城外 20 里的消息一经传开，一下子引起了大面积的恐慌，部分纵火人员惊慌失措，不慎引燃了之前准备的燃烧物，熊熊大火一下子烧了起来。当日的电报代号为“文”，因大火发生在夜间，故为“夕”，因此这场大火被称为“文夕大火”。

虽然张治中一开始就明确下达指令“须在我军自汨罗撤退后再下令开始行动”，而且还详细布置：“开始行动时，必须先发空袭警报，使居民躲避，等到再放紧急警报时，开始行动。”但是计划赶不上变化，在张治中计划检阅前的两小时，局势彻底失控。当发现长沙城内南门某处突然起火时，许权迅速得到了士兵的报告，判断是失慎，但当时警察和消防队员都撤离了，无人灭火。不到一刻钟，南门已经三处起火，而当晚焚城总指挥酆悌的电话一直占线。不久，天心阁也火光四射，接着全城起火。

市民从梦中惊醒，面对熊熊烈火，上天无路，入地无门。突如其来的大火将整个长沙变成了一个人间炼狱，街道上到处都是人海、火海，人们争先恐后地跑到湘江边上渡江逃命。

由于焚城计划是严格保密的，焚城的行动又是在没有得到命令的情况下突然发生的，故当火起时，留城的老百姓尚在睡梦中，及至从梦中惊醒，还以为是日军打进城来了，正准备夺路逃命，但烈火已经临门，大多数的街巷已被烟火封住。

从熊熊大火中逃命的人们，在拥挤和混乱不堪中，有的被人群踩死，有的被汽车轧死，有的被大火活活烧死。一位60多岁的老太太被大火逼进水缸后惨死。一位带着孩子的母亲躲进水缸避火，双双被活活煮死。30多名余太华金号员工躲进防空洞，全被烤焦致死。凄厉的哭喊声、恐怖的嘶叫声，连同建筑物燃烧时的爆炸声，交织成一个悲惨世界。

无数市民争相逃命，长沙城的湘江渡口又发生了严重的事故。那些夺命冲出火窟、跑到湘江边上渡江逃生的人，遭遇也极为凄惨。宽阔的江面只有为数不多的小木船在摆渡，拥挤的人群有的被挤到了江里，有的因为船小超载而沉入江中，淹死者不计其数。

天亮时，人们看到一具具尸体顺江漂流，惨不忍睹……从13日凌晨到17日，这场大火持续了整整五天五夜，然后才自行熄灭，曾经安静美丽千年的长沙城，因为一字之误，成为一片焦土。

当时周恩来和叶剑英都在长沙办事处，起火时他们带着重要文件急忙撤离，于13日下午到达湘潭。

长沙大火，益阳惶惶，因为益阳距长沙太近，城门失火，殃及池鱼。省城遭殃，邻县怎么不担忧。

形势如此严峻，令叶紫更为忧心忡忡。

了解大火始末后，叶紫伏案疾书，一篇题为《文夕大火谁之责》的文章横空出世，声讨国民党反动派，抨击反动当局者的无能与渎职。文章中，他连连诘问："炮火声中，演习放火弄假成真，造成如此严重的灾难！日寇未到，自乱阵脚，人民遭殃，谁对此负责？谁来解救百姓出苦海？"

四

战乱中的益阳农村也无法安定。益阳与长沙水陆交通都非常方便，逃难的人来了一拨又一拨，各种谣言口口相传，以致小小的兰溪镇也面临人满为患的局面。

回到家乡的叶紫心痛不已，加上病情严重，苦于自己心有余而力不足，无可奈何只得望天叹息，他从心底里呼喊：佑我中华，佑我同胞！也更希望共产党员们，能在党的领导下走向希望，走向胜利。

看着人来人往的兰溪街，叶紫陷入了沉思与焦虑之中。

因为马上就要过年了，战况如此，战乱之中的人们连生命都难保，谁还有心思讲究过年呢。

所以残酷的现实，让叶紫深深忧虑自己的病何时能好起来，身体何时能强壮起来，只有强壮起来，才有可能保护想保护的一切。人如此，国亦如此呀。现在国力堪弱，才遭鬼子们侵略，国人自强，国家强大，才有力量抵制外部侵略。

急剧地咳嗽，让叶紫的身体弯成了一张满弦一般的弓，久闭而接气不上，让他的脸变得血红血红。妻子心痛地帮他拍着后背，一边劝说："你少操点心啰，不要你管的事不要管呢，咯日子不得了呢？你病不好起来，我又不能出去做事，咯多嘴张起口要吃，我何解搞啰？你听点话要得不啰。"

妻子埋怨而带有怜爱的话，让叶紫稍稍喘过气来，他躺在床上，久久不能成眠。

看着黑暗的屋顶，叶紫又想起了可怜的父亲、姐姐，还有奶奶和叔叔、婶婶及那些冤死的堂兄弟姐妹。自己大仇未报，身体却如此不争气，不能为党工作，不能为妻儿提供生活保障，空有一肚子创作计划，却一天写不了多少字，叶紫愁得害怕天亮，因为新的一天到来，妻子又会来问："今天有钱买米吗？"

第十五章 Di Shi Wu Zhang 故里病亡

一

看到邻人许久龄常织袜子到街上出售，收益不错，咏兰便向许久龄讨教。原来许久龄夫妻俩就靠做这点手工贴补家用开销，仅靠几亩薄田，无法养活一大家子。空闲时做点手工，换得几个钱手头也活泛些。

咏兰觉得自己完全可以胜任这样的手工活，于是拜他们夫妻俩为师，学着织袜子，织了后自己拿到兰溪街上去摆摊。因为咏兰念过书，能说会道，又是在大上海见过世面的人，每次她摆出的货卖出的价钱还高一些，出手也很快，以致许久龄夫妻和她搭伙，由他们负责织袜，咏兰负责销货，分工合作。咏兰尽自己的努力打工，挣钱养家。

可再怎么努力，织袜的收入毕竟有限。叶紫的病一时半会不能好起来，做不得事是其次，主要是还得给他做点营养好的食物补充调养。孩子们正是长身体的时候，就是最普通的生活也把咏兰急得每天吃了上餐愁下餐，还不能对叶紫说，一说又怕他着急而加重病情。此时此刻的咏兰，真是喊天天不应、叫地地不灵，唯有地下党组织的负责人，常来看望他们。一些党在文学界的人士，也时常转来捐款，这如雪中送炭，靠这些捐助支撑着他们的日常生活。

又要过年了，国难当头，家贫如洗，哪有什么心情过年呢。小孩子们不懂事，吵着嚷着要新衣、要鞭炮、要吃肉，妻子咏兰唯有以泪洗面，垂头做事，哪敢对叶紫说没有钱了，哪有钱买肉置新衣。一大早，咏兰就到邻居许久龄家收袜子去了，争取在年前多卖出一点货，多赚几个钱，能让过年的桌子上多一点荤腥，让孩子们解馋。

妻子的勤奋，让叶紫很宽慰，又很不安。结婚以来，妻子跟着自己从没有过上好日子，从大革命到现在，一直都过着颠沛流离的生活，从没有稳定过，而且生活一直是紧巴巴的。即便是在上海写文为生的日子里，《丰收》一书卖了几个钱，却也因家里人口多生活开销大，没有积余，反而因出书要花钱，日子过得很艰难。要不是鲁迅先生时常接济，他在上海的日子也是过不下去的。

看到嗷嗷叫嚷着要吃肉肉的儿子、要穿新衣的女儿，看着忙得来不及收拾打扮一下自己的妻子，20多岁的人却像极了一个拾荒的老妇，邋邋遢遢，满脸的愁容徒增几分苍老，早没了少妇的丰韵、往昔的风采。一想到这一切都是因为自己的病造成，叶紫唯有躲在书堆里，通过文字倾诉心中的忧虑与苦闷。

1939年2月1日，他开始记日记。这一天他写了这么一段话："无论什么时候记日记，都不嫌迟。人，总是进步的，今天觉得昨天的不是，明天也许又会觉得今天的不对。这是一个很好的镜子，一部摄影机，它会详细地照出自己的生命的旅程，永不湮灭。"

隔日，他又安排了一个写作计划，并列出将要写作的几篇短篇小说的题目：《邂逅》《十四个和一个》《自卫团》《寿》《第六次入营》《盐》。

他在这一天的日记里郑重记下：大长篇的材料，过去的都被毁掉了，以后我应当慢慢地，像修行似的，一个一个字地，将它修筑起来。

回家这段时间以来，叶紫在家修筑文字的长城，因为患病又得不到好的休养和营养补充，身体特别虚弱。叶紫不能干重体力活，就是每天写字也是数量有限，伏案太久也受不了，真正是一个百无一用的文弱书生。

许久龄夫妻的勤俭朴实和敢做敢当的性格，让妻子咏兰念念不忘，也让叶紫顿生好感。这么好的一对夫妻完全是可以培养的对象，即便是病中，叶紫也时刻不忘自己身为共产党员，还肩负有发展积极分子、培养积极分子的任务。他嘱咐妻子，方便时邀请许久龄夫妻来家里坐坐、聊聊，咏兰爽快地应允下来。

立冬的前夜，咏兰他们织的袜子出手了，恰好家里又收到了一笔捐款。叶紫便叫妻子割了肉、买了鱼，扯了几把咏兰自己种的新鲜小菜，叫上许久龄一家聚餐。

两家人大大小小加起来就是一桌，两个女人一起忙碌，一会儿就开饭了。叶紫开心地举起酒杯，敬许久龄夫妇："来来来，我敬兄嫂二位，这些天来搭帮你们，教咏兰织袜补贴家用，感谢你们对咏兰的照顾和帮助，没有你们，我们的日子不知怎么过了。你们对我家有再造之恩，我先干为敬。"叶紫仰头便喝了满满一杯谷酒。

咏兰连呼："哎呀呀，你这个人，说了不能喝酒，只意思一下，主要是敬兄嫂两位，怎么就自己先喝上了？"

叶紫说："我叶紫今天拼着命也要敬兄嫂二位呀，怎能不喝呢！"

许久龄忙说："老弟呀，你的心意我领了，但这酒你还是听兰妹子的吧。你这命要紧，病要养，酒喝不喝无所谓，来日方长，养好了病，身子骨壮了，酒我们以后可以天天喝呀。"

叶紫道："是呀是呀，只是这日子，这身子，我也不知能不能等到那天呀。"

咏兰嗔怪："怎么又说丧气话，你不是说好日子在后头么？只要我们努力，好好干，一定会实现当年的美梦。你不是说还要邀请久龄兄嫂一起干吗？"

叶紫接话道："是呀，老兄呀，我也不瞒着你，乡里乡亲的，你知道我家的情况，也知道我在上海就是干革命的，现在回乡下养病是真，但还兼做一下党的工作，你要是有想法，愿意加入革命队伍，我可以做你的介绍人，你意如何？”

许久龄半晌没有作声，端着杯子沉思，让叶紫惴惴不安。叶紫委婉地说道：“老兄，你要是不愿意也不必勉强自己，现在的形势严峻，国共两党时合时分，现在日本鬼子又举兵侵犯，家国不宁，小百姓的日子不好过。再说现在还是国民党当政，共产党的势力远不如国民党，但我相信天下最终会是共产党的，因为共产党是老百姓的党，它是为人民谋利益的党，它是为人民谋幸福的党。老兄，请你相信，苦日子不会长了，日本鬼子也一定会被赶出中国的。“

叶紫的慷慨陈词让许久龄有了回应，他说：“嗯嗯，老弟，实不相瞒，你说的我都懂。我心里也知道谁好谁孬，我也不是不想参加革命，但是目前我的担子还很重，家里这么多人都依靠我生活，我还没有多余的时间做其他事情。再加上我没文化，是个蛮人子，比不得你们这些读书人，怕做不好工作反倒误了你们的事。”许久龄担心自己无法胜任革命工作。

叶紫不由得笑了，开导起来：“革命工作不分大小，只要你有心，没文化就做不用文化的工作么。再说，老兄你也不老，还可以继续学呀，何必在意。”

“老弟所言极是，这个容我再想想，先喝酒吧，来来，我敬老弟和弟媳二人，谢谢你们的盛情款待。我是粗人不讲细话，反正以后的日子长着呢，只要我帮得上的，老兄我义不容辞，说到做到，干！”许久龄倒头便喝了一大杯。

嫂子也接过话道：“兰妹子是一位好销售，我们的货她销起来快多了，到底是读过书见过大世面的人，讲起来头头是道，几句话就把人说动了，本来不想买的人都来买我们的货了。以后我们一起出货，相互照应，多多赚钱养家。来，大家一起干了这杯！”

宾主相宜，大家快乐地吃饭，特别是两家的小家伙们，一会儿就把鱼和肉给收拾完了，碗里只剩下一些鱼头和肉汤了，几个大人和着汤汤水水开心地吃了起来。

夜色浓厚，咏兰收拾完杂务，洗漱完毕，躺在床上一会儿就打起了小呼噜，可叶紫怎么也睡不着。他又想起了刚认识咏兰那会儿，俩人在枫林桥上的低语，说要过上神仙一般的日子。现在回老家了，革命尚未成功，同志仍在努力。可是，叶紫不知道还要努力多长的时间，现在的自己没有房子，没有银子，也还没有白胡子，可是身体有了病，妻子儿女过的还是苦日子。还有许多百姓和他家一样，日子过得紧巴巴的 。一想到这些，叶紫又起来，坐在了书桌前，拿起了笔。

离过年只有十来天了，天又下着小雨，因此今天的生意不怎么好，又累又饿的咏兰，提着没有卖完的袜子回到家里，看着一屋子坐等她回来做饭的大大小小，朝门边丢下手中的货物，一边准备去淘米，一边有点火气地朝叶紫吼道："未必我不回来你们就不吃饭呀？"

女儿看着辛苦劳累一天的妈妈，小声地说道："没米了。"

咏兰一听到没米了，心里就不高兴，没好气地对女儿吼道："没米了，没米了，就知道没米了，就知道找我要吃的，你们咯些讨债鬼，前世欠了你们的……"

咏兰还在发泄，女儿吓得躲到一边，叶紫不得不阻止妻子："你不要骂她了，都怪我吧，是我连累了你们。我去找久龄他们想想办法。"叶紫一边剧烈地咳嗽，一边朝门外走去。

"回来！等下淋病哒，还不是我们跟着都造孽。"咏兰没好气地制止叶紫。她提着一个小木桶出门，不知又去找哪家借米下锅了。

吃过晚饭，安顿好孩子，叶紫看着劳累了一天的妻子躺下休息了。

冷清的房子里，冰冷的床，妻子背朝外、面朝里地侧躺着。叶紫本想和妻子说几句话开导一下她，但见妻子轻微抽动的肩背，似在无声地抽泣着。叶紫一边帮她揉抚背部，一边轻轻地对妻子说道："兰，让你受苦了。孩子们还小，你有气朝我发吧，千万别对孩子用气。等我病好了，多写点文章，总能找到钱的。"

咏兰没有回应叶紫，只是一个人在暗暗地流泪。

咏兰多想大哭一场，可是在孩子们面前，还有这个一身病痛的男人面前，她怎么好开口。

“兰，捐来的那些款子还余得有些么？”在叶紫的心中，党组织和朋友们支持了不少钱的，精打细算的话，应该能支撑些日子，怎么会到这个田地的呢？

“钱，钱，钱，你就只记得那些捐来的钱。那有多少？你治病要钱，几张口天天要吃要钱，咯里要钱，那里要钱，你又赚不来一分钱，能撑多久呢？”咏兰一听谈钱，心里就不痛快，跟着叶紫这么些年，又有哪天不担心没钱呢？又过了几天不愁钱的日子呢？这样的日子还要过多久才到头呢？

以前从不埋怨的咏兰，不知何时突然变了。叶紫一边拍着妻子的背帮她放松，一边说：“会有办法的，你要振作起来，我去找地下党和同人们想想办法帮助我们吧，以后的日子会好起来的。你好好休息，我去写点东西，争取早些发出去。”

咏兰对又要去伏案写书的叶紫说：“我尽管如此努力，可有时还是没得早饭米，一睁眼就发愁，叫我怎能有好脾气。道理都会讲，可肚皮填不满是不会答应的。”

“知道的，你答应我以后不再生气，特别不要对孩子发脾气。我的身体本来不好，你气坏了身体，我们一家人就没有靠山了。”叶紫一边好言相劝，一边继续给辛劳了一天的妻子做推拿，帮她放松肌肉放松心情；但一做推拿，稍一用力便咳嗽不止，心痛他的妻子便只得认输道：“好了好了，我不生气也不发脾气了，你去写字吧。”

咏兰的气消了，叶紫也放下心来了。乐观的叶紫写了一首诗自得其乐：“早晨摸米看空桶，中午寻柴想劫灰；讨厌偏逢天大雨，不能山后探新梅。”

此时的叶紫，心情其实是很沉重的，别人家都在置办过年物资，可自家哪有多余的钱置买过年物资呢，套用前人诗词，真是：“冷冷清清，凄凄惨惨戚戚，吃了上餐思下餐时候，最难将息。守着书儿，忧得黑发将白，屋漏更兼遭暴雨，到黄昏，点点滴滴。这情景，怎一个愁字了得。”

二

时境再难，日子仍要过，叶紫打起精神，继续自己的创作计划。

2月3日，他在日记中写道："应当慢慢开始来写《鲁迅先生的回忆》，一个一个小片段记起来，将来抄集拢来，便是一篇文章……"

又写：第七个小说题目是《兄弟》，病时的兄弟，分家时的兄弟，大难时的兄弟，逃难时的兄弟，兄弟死的时候，兄弟受外侮的时候，包括妯娌、子侄……但不要被潘菲洛夫的《梦的现实》所套住，应该有新的发现。《兄弟》，也可以掺入大长篇中。

这些宏伟的目标，在叶紫的日记里记得清清楚楚，一边养病，一边创作。他不曾一日忘记自己的任务，也不曾一日忘记导师、朋友、亲人们。越是夜深人静的时候，越是艰难的时候，越是想起了他们。

4日，叶紫接组织来信，到益阳与李文定商量关于发动救助他的事，当晚住在了徐家祠堂，正好与来益阳的老朋友老邻居许久龄、陈伯容相遇。在叶紫的影响下，许久龄已经加入革命队伍了。叶紫拥抱着许久龄、陈伯容，老友相见，开心大喜，相谈甚欢。

本来昨天都是雨天，今天却大晴，空气清新，心情也好了起来，友人相见更加让叶紫惊喜。久龄和伯容都说："这是运气好转的先兆。"

一直备受病痛折磨的叶紫，真的希望运气好转、身体好转、时势好转，那样，他才能安心创作。他还有好多好多要写的东西，因病因事搁下来了。

久龄无心地说道："徐家祠堂这里就是当年的刑场，你父亲、二姐就是在这里被捉去砍头的。"

"什么？这里？这不是一个徐家的祠堂么，怎么成了刑场？"

当了解到父亲和姐姐确确实实就是在徐家祠堂遇难时，叶紫的心便痛得抽搐不已，似乎看到祠堂里到处都残留有父亲、姐姐的影子，那台子立着的金刚菩萨变成了屠夫曹明阵，朝叶紫扑来，那关公手里的大刀在眼前飞舞乱砍，那厅堂墙壁上的污浊斑点，像淋漓的鲜血，让叶紫深受刺激，突然之间，他病情加重了。

“啊，……爹，二姐……”叶紫说着，捂着胸口，倒了下去。

久龄和伯容只得护送叶紫回来。

自从回到家乡，不免常听人提起父亲和二姐，叶紫也不免常常想起父亲和姐姐。

2 月 7 日，叶紫便在日记里写下：“除了父亲、姐姐的血债和惴惴不安，我别无痛心之事。我觉得最安心的是我的母亲的安息，件件如了她老人家的意。只要再立上一块好碑，便尽了我做儿子的任务，以后无论什么时候到上海去，都可以去奠祭她老人家。只有父亲和姐姐，不但血债未能讨还，就连纪念他老人家的伟大作品亦未能动笔。

“上街，却恰巧住在徐家祠堂，这十二年前他老人家被困的地方，一看见，我的心裂了！我不想用理智来抑制感情，我沉默了，但我没有哭。我不能哭，我不愿意哭，而且事实上哭不出来。我十二年来已经没有眼泪了，白天不能吃饭，晚上不能安睡。只有两天，我的身体就完全支持不住了，不得不于前日（5 日）动身回来……”

2 月 11 日，叶紫又拟出几个题目接在上次的创作计划目录表中：小说《寄兵》、小说《病》（特别注明，不是自己的病，一般乡下人生病。）

他写道：“今天正好是旧历小年，兰溪这几天挤人不通——乡下习俗。一年千辛万苦，只有过年能勉强自己忘记几天生存的痛苦。假如综合各种类型的农民来写一篇过年的小说，我想一定是很有味的。那么，我就定第十篇小说题目为《过年》吧。”

与此同时，党组织安排的捐助计划正在同步进行。

2 月 22 日，邵阳《观察日报》副刊《观察台》刊出了叶紫 2 月 4 日和李文定、许久龄、陈伯容最后商定的结果，由张天翼出面在报社协调。此时张天翼在湖南邵阳主编《观察日报》副刊《观察台》，将叶紫的信发在 2 月 22 日《观察台》上，并加编者按：这封信发表有两个意义：第一，可作为文坛消息，使读者知道这位作家的生活；第二，我们想在朋友中间推行募捐，接济叶紫先生，无论生熟朋友，如有捐款，请交本报《观察台》代收。

此时的叶紫没等到那些救济的款项到位，再一次病倒了。因为思虑过重，心神不宁，这个年还未到，叶紫又大病不起，险些死去。骨瘦如柴的叶紫虽然硬挺过来了，却在腹中却发现一个块，紧如铁石，他自己都不知道是何时长出来的。

阴雨连绵，一直下了五十多天的雨。因为雨水太多，年过得马马虎虎，人也过得潦潦草草，乡间突然暴发了小儿麻疹，危急万分，得此症状者几十人。邻乡村人都知道叶紫有时给自己开方治病，效果还不错，就到叶紫家来，求叶紫帮忙，他们说："余先生哪，您是见过大世面的，您都能给自己看病下药，也帮帮我们的孩子吧。"

看着一个个农民兄弟把孩子送到他这里，又想起自己那因病不得医治而夭折的太儿，叶紫的泪水在眼眶里打转。

一个农民说："您下药吧，死马当作活马医，治死了我不怪你，只怪孩子命苦。"

一个农民说："先生，有劳您了，我给您下跪了，您发发慈悲，救救我的儿子吧，我四十好几才得了这个儿子呀……呜呜呜！"一个大男人就这样直挺挺地跪在叶紫面前。

叶紫的心揪得痛，他怎么不想帮他们，可是自己毕竟不是专业学医的，这回来后自己找药治病是因为没有钱去省城大医院治疗呀。

"我们都给您跪下，你看我所有的钱都拿来了，全部给您，只要您帮我儿子看看，抓点药吃。"

"对，对，余先生，劳驾您帮我们治治吧。"乡亲们都齐刷刷地跪在叶紫面前。

"乡亲们，兄弟们，你们千万别这样，"叶紫一一拉起他们，"我尽力，我尽力吧。"

情急之下，叶紫出手救治，十多名患儿中，他成功治愈三人，不治一人。当农民兄弟们送鸡送肉送钱来感谢叶紫时，叶紫一样不收，他说：我们都是难兄难弟，大家都不容易，病好了就好。正如他在日记中说的：

“医者有罪，而罪不在医，心中无愧于天地也。”

正月里，稍微宽慰的是收到张天翼代为募捐而寄来的十六元钱和一封信，稍解叶紫燃眉之急。

雨总是在不停地下，老天阴沉的脸快要掉到地上了，叶紫的心情也坏到了极点。妻子对于这样的日子也没有了往日的耐心和忍受力，夫妻俩的一场爆吵拉开了新年的序幕。

三

正月十三是叶紫母亲刘氏逝世两周年纪念日，为了做个仪式，叶紫打算和咏兰商量，要去买点香火蜡烛，烧点纸钱给母亲，以告慰她老人家，再买点鱼肉回来下饭。下饭是兰溪这边乡下习俗，给过去的人做仪式谓之下饭。鱼肉等菜做好后，装好饭，倒好酒，然后由家中长子或长孙点香祈祷先人保佑，念念有词一番，敬天敬地敬先人，然后把酒倒地上，饭倒锅里重新装到碗里，大家开吃。

没想到咏兰说：“刚过了年，没有余钱了，今年就省了吧。”

“年前不是才收到捐助近二十元吗？这才几天就没有了？钱用到哪里去了？这几天也没花多少呀？”叶紫说道。

一听叶紫啰啰唆唆讲这些，咏兰的气不打一处来，脱口说道：“活人都顾不得了，哪个还有闲心管死人。”

叶紫最最亲的母亲是任何人都不可蔑视轻慢的，就是妻子也不行，平时骂他自己他从不还嘴，任其骂一阵子过了就算了，可这次咏兰点了叶紫的死穴，母亲在他心中是神圣不可侵犯的。咏兰的话让叶紫火冒三丈，他伸手就是一巴掌，没有一点思想准备的咏兰被打得金星直冒。

哇的一声，咏兰捂着脸哭得惊天动地，把孩子们都哭醒了，看着爸爸妈妈两人你一句我一言地怼了起来。咏兰哭着诉说：“从兰溪到上海，从上海到南京，从南京到长沙，风里雨里，哪一次我不是依了你；明里暗里，我哪一次不是帮着你；病里牢里，还不是我去探望你；你这个没良心的家伙，你居然动手打我……呜呜呜。”

女儿过来搂着妈妈一起哭，儿子过来搂着妈妈也要哭了。

叶紫的心啊，揪得一阵阵绞痛。

真是贫贱夫妻百事哀，有钱男子汉，无钱汉子难。叶紫知道现在重疾在身，是自己拖累了妻儿，平时对妻子关心不够、关爱不够，才让夫妻之间产生了隔膜、不满、怨艾，甚至是嫌弃与仇恨。

这样贫穷的日子叶紫不想过，孩子们不想过，妻子更不想过——为了这个家，妻子更苦更累，每天一起来就发愁，每天为了糊口要上家讨到下家、东家讨到西家。叶紫自己爱面子，不想出面，总是要妻子出面，作为当时汤家的小姐，现在的咏兰不顾面子，上街摆摊，在家织袜，常向邻居借米应急，根本没有了半点少妇的风韵。

夫妻易于失和，因为居住的环境太差，无益于写作，也不便于打扫，天天与跳蚤、蟑螂在一起，人进人出嘈杂得不得了，怎么能有好心情。

天天面对的是混乱脏差的场面，怎能有好习惯，一切的一切，无从谈起。叶紫认为要想过上有前途、光明的生活，必须马上搬家；不搬家，一切光明的生活都无从谈起。

但是搬家又谈何容易？哪里有合适的房子？有了合适的房子，钱又从哪里来？

摆在叶紫面前的路是这也难、那也难，归根结底的第一难是没有钱。真是何以解忧？唯有钱、钱、钱！

近段时间以来，叶紫感觉妻子的话越来越少，两人不对话则已，一对话就上火。叶紫并不想惹妻子不愉快，尽量地克制自己，忍让着，只要发现妻子表情不对，就马上小心翼翼地做事，不招惹妻子不高兴。孩子们面对妈妈也是战战兢兢，只要一见妈妈回家就安安静静地不吵不闹了。这样的情形，让叶紫不得开心颜，他决定要改变一下家庭的氛围，和妻子好好商量一下。

吵归吵，闹归闹，好不容易哄得孩子们都睡了，叶紫坐到正在洗脚的妻子面前，一边给妻子舀热水，一边说："兰，我错了，打你是我不对，我也是被你气晕了头。以前承蒙你的关照，感谢你的多次救命之恩，才有我的今天。"

咏兰只顾洗脚，理也不理叶紫，任他一个人演戏一般地说词。

叶紫继续说道："没有你早就没有了我，所以你现在不能不理我，也不能把孩子们置之不顾。他们那么地爱你，我也是这么地爱你，你不能让他们和我失望。"

看着躺在床上的一双儿女，咏兰硬起的心又柔软起来。儿女都是她的心头肉，要不是为了他们，她早就不想活在这艰难痛苦的世上了，更不想待在这脏乱差的狗窝里。

叶紫帮妻子擦干脚，又拉起她一起朝床上走去。他好言好语道："现在起我们不争不吵，好好商量行不？以后的日子我们一起好好过，有商有量，为孩子们创造一个好环境。我治病也需要换一个环境，我病好了，才能写文章挣钱养家，我们才有可能再回到上海去，你总不愿在这乡村旮旯里待一辈子吧。兰，你还记得不，当年在枫林桥上你讲过的，等革命成功了，我们老了，革不动命了，就回兰溪来养老，有两三间瓦屋，几畦菜土，闲时能打两圈麻将，或驾一小渔船，荡漾在兰溪河上，过上神仙一般的日子。"

咏兰终于回应："现在革命并没有成功，还死了那么多亲人。虽然我们回到了兰溪，但是住的是别人的屋，吃的用的都靠别人捐助，你看过的是什么日子！"

看到妻子回话了，叶紫知道妻子是原谅自己打的那一巴掌了。咏兰见好就收，丈夫已经赔不是了，毕竟他们夫妻有感情基础。目前虽然很困难，但困难是暂时的，夫妻俩都很年轻，未来无限美好，他们心里早就不计较了。

夫妻俩坦诚相见，把这两年的怨气和误会一起消除，相约以后要好好生活，甚至订了夫妻和睦"合同"七八条，还于二月初四搬离了汤家祠，搬到了一个自由的地方。妻子的态度转变，让叶紫重新感受到家的温暖，生活似乎在变好，心情也舒畅多了。

3月24日，叶紫在日记里写道：

“谢谢上帝，现在我有了住的自由了。昨天搬家，从不自由的虚伪的环境搬了出来，搬到这个小屋子里，自由自在，完全解除了大半年来，两处住的不自由的精神痛苦。我是多么欢喜啊！”

“这个地方是这样小得可爱，环境是这样的好，虽只有两间小屋子，但没有任何限制和顾虑，上庄四元每年纳九元钱。房东是个驾船的吝啬的孤老头。他不管我，我也不应酬他，多好啊。”

“没有不如意的讨厌的邻居，单独一个屋子。”

“风景是这样的优美，前面是小河的古渡头。兰溪像镜子里的画面似的，横摆在我的面前，枫林桥，三叉小河口，往来的船只，对岸的一色青的树木，无涯的天际。红的、白的，一片片，一条条，一块块的云彩，早晨的太阳，夜间的呼渡声，往来过渡的人物。在面前，又有一块广大的草地坪，孩子们的游戏场，……多好啊！我现在不能描写它了，我没有时间，以后再说吧。”

而那些帮助叶紫搬家的人，就是那些被叶紫救治好了的麻疹病儿童的家长——那一群可爱的农民兄弟。

他们不会忘记叶紫的恩情，他们不会忘记儿子的救命恩人。此情此景，叶紫鼻子一酸，好久不曾流泪的他几乎要哭出来了。好纯朴的农民兄弟呀，半天工夫，就把新家安置得妥妥帖帖。叶紫要咏兰做了几个菜，又打了几斤谷酒，请乡亲们一起吃个便餐，真个是呼妻将出上谷酒，与亲共庆搬新居。

搬了新居，叶紫高兴，自做一副门联悬于门楣：

住虽只三尺地，且喜安心，小堂屋中任我横行直闯；

睡足了五更天，若嫌无事，大堤坡上看他高去低来。

对叶紫的捐助仍在继续，叶紫不时地收到十元二十元的捐助款，一位陌生的朋友捐款并附诗一首：

为家为国血方热，愁米愁柴志未灰；

我亦送穷文欲作，天寒聊寄一枝梅。

这首意义双关的小诗让叶紫开心地笑了起来，并认真地抄录于日记本上。

搬了新家有新的打算，叶紫订立了一个巨大的创作计划，打算写一部长篇小说《太阳从西边出来》。从4月1日开始，他不断收集整理素材。

住的环境改善了，但是出行有时不是很方便，最重要的是常要过河过渡，晴天还好一些，刮风下雨地滑就得小心了。

3月26日，风很大，屋子到处漏风，冷得不可开交。晴时不觉得，一变天人就难受，湖区的特点是地平、近水、风大，没有什么可以阻挡，风一刮起来就呜呜直叫。咏兰早起上街买东西还没回，叶紫心里担心着她，一直等到一点多，咏兰才回来，正在午睡的叶紫看到妻子一身水，便问："怎么了？"

"怎么了？怎么了？差点淹死哒。"咏兰没好气地回答叶紫。

原来咏兰回家过河时，因为风太大，过渡时掉到河里了，几乎没顶，幸得船上过渡的人出手相救，才死里逃生。

一想到妻子可能被淹死，叶紫就不寒而栗，越想越怕。没有了妻子自己怎么办？没有了母亲，孩子们怎么办？没有了女主人，这个家就完了……他不敢想象，太可怕了！无论是自己还是孩子们，都少不了她。从这件事起，叶紫对妻子越来越关心爱护了。

咏兰落水后，生病了，还不肯吃药，没有了女主人的打理，家中更是一团糟。

叶紫痛爱而又关心地责备咏兰："你不吃药，病何得好呢？身体垮掉了，那何得了呢？我们怎么办呢？"

"何得了，何得了！要不是为了你的伟大前途，我宁愿过自己糊涂的小姐生活，并愿以此终老，哪里会吃咯多苦、受咯多罪。"咏兰反驳着。

叶紫一时无言以对，他反复思考着如何安慰妻子、哄好妻子，只有妻子心情好了，大家才会好过。

四

美好的环境带来美丽的心情，尽管房子本身条件不太好，但对于爱自由爱安静爱写作的叶紫来讲，此地犹如神仙境地。他非常喜欢这里，也对这屋的主人——孤独的老头儿感兴趣，甚至还有一点喜欢上了他。

可村人们不这样看，他们悄悄地告诉叶紫：这刘老头（刘少山）是一个很讨厌的人。

有的说，刘少山是个吝啬鬼。

还有人说，没有一个人和他处得来，以前的邻居，十个有十一个不是相骂就是打架，所以没人敢和他毗邻而居。

是的，现在的刘少山家就是一户远离村庄、离群索居、单门独户的人家。

他家紧挨河边古渡口。他以驾渡船为生，从不多言，也没有成家，长年累月就睡在他那条小渡船上。他起的这栋茅草房，也一直是空着的。现在有人租住，一个月还能赚到几个租金，对于刘老头来说，这是最划得来的事了。

叶紫每当写文章累了，就到溪边走一走，看看兰溪河的风景。他看到河边静守渡客的渡船，还有这个古怪的刘老头，便情不自禁地想唱歌，他唱道：

小小渡船静守江边三千年，

只为与你邂逅的那一天，

那一天春花灿烂清风徐来尔若白莲。

小小渡船遥望天边三千年，

只等着你出现的那一天。

平静安逸的生活并不长久，月底，有朋友来信说：南京失守，中华危急。

正苦于不知以后怎么办的时候，老朋友陈企霞来了。这个与他在上海一路打拼，一直相交甚好的老朋友，一来就雪中送炭，赠钱30元，让叶紫夫妻感激不尽。

当企霞看到叶紫住的房子是如此简陋，便有点激动地批评起叶紫来："生活怎么还是这样一团糟？这样的环境你的病怎么得好？你在信中写得那么美好，环境那么优美，可见到这一切，太让我失望了。"企霞毫不掩饰自己的不满和生气。

叶紫连忙解释道："这是因为我们刚搬家，暂时还没走上正轨，而且，我们夫妻也订了和睦合同。你看，为了表示郑重，我们的合同纸写笔载。"叶紫递上夫妻和睦合同给企霞，一直到企霞看过叶紫夫妻的和睦合同，才相信混乱是暂时的，也相信他们是真的要认真地过日子，企霞才放心地离开兰溪河边叶紫这个临时的家。

朋友真正关心自己，叶紫哪能不领情……想起在上海的日子，他们夫妻关系时常交恶，朋友们都感受到了叶紫家庭生活的马虎、混乱，以及一切的不合理。因此，很多朋友都对他们糟糕的家庭生活表示失望，有人远离他们，甚至有人嫌弃他们。

可有谁知道叶紫当时的压力像山一样？精神负担、生活负担，还有自己的过错、婆媳间的互斥，总之，那一切都是让叶紫得肺病的起因。

企霞对他最了解，也最同情。所以，他从心底里也对企霞的关心非常感激。当然，他对企霞的人生，也很关心。从最初的书信往来，到上海的合伙打拼，企霞一直是叶紫最忠诚友好的朋友，也是无条件的支持者和追随者。可是，从上海到现在这么多年，他还是独身一人，他不愿被婚姻所累，更不愿拖累他人。他的悲观厌世情绪，让叶紫很是担心。

他打开企霞送给自己的日记，其中一篇写道：

但愿忘记得快些吧，重庆、成都一总四个月的，被强迫着空闲的生活！我的那些恶劣情绪正在这样的时间内宣告他们的胜利。那些不可告人的浪费与堕落呀，那最可怕的，是那些被迫空闲中的琐碎情绪的激动，常常妨碍我采取一种正确的生活方式，它使我简直没办法把握自己。算了吧，一切在今天将成为永远的过去了。

今天不是有难得看到的好太阳吗?

总算这一次有立即改变自己生活的决断了，宝贵这样的决断吧，不要为了脱离了过去那样生活而在那些无价值的，不正确的许多琐碎事件中起着无谓的激动，当心各种老毛病的复发。我那身上主要的毛病，那是一种不安静，一种要求兴奋经验的渴望，安那其式的盲动和妄想呀!

希望将要到来的旅行生活会提起我的精神。

企霞离开兰溪十多天了，没有收到他半点音信。这个孩子到底怎么了?外面那么乱，交通又不便，他安全到家了吗?还是?

叶紫的担心不是没有来由的，外面炮声不断，自从长沙“文夕大火”之后，这里的人们对不绝于耳的炮声习以为常了。

让叶紫吃惊的不仅仅是外面的炮声，还有这里人们的态度和声音。

没有了“文夕大火”的慌乱，对河街上戏院子里照常歌舞升平，夜夜客满，没有一点着急的样子。一些农民的头脑简单得可怕，那些汉奸散布日本人来了“如何不要紧”“如何好”的谣言，让他们信以为真。眼前兵役、捐税、稻谷征发、民夫征发、百物昂贵、粮食虚空带来的种种痛苦，再加上当权者没有任何教育和宣传，逼得他们相信汉奸们的言论。

这样的国民，这样的处境，还这样地糊涂，怎么不让叶紫担心。他想迅速地写出更多警世的文字，唤醒国民意识到危险的到来，呼吁大家团结抗战。他觉得自己肩上的担子更重，不能再这样下去了，小农意识、没有切肤之痛、作壁上观的思想终究会害自己、害国家。

谣言开始在民间到处传播，一会儿长沙失守，一会儿沙市失守，一会儿日本鬼子打过长江了，一会儿打过湘江了。

这次的谣言是日本鬼子兵分二路进攻，水路已过岳阳，陆路已到宁乡，在来益阳的路上了，吓得那些老老少少收拾点金银细软就开始跑，朝桃江安化方向跑，因为那边尽是山，好躲。

可有一些汉奸、富豪却道：日本人不来，是凌迟而死；小日本来了，要死也是痛快地死!

还有一些无业流民却说：日本人只要不杀我们，我们什么都愿意。

他们心中有这种想法，是多么地可怕，难怪国人每到大事临头，总是出现不少的汉奸、带路党。

亡国迫在眉睫，可有些人却糊涂如此，可怜的人啊，醒醒吧！

为国担忧，为民担忧，为家担忧，叶紫的心更沉重了，病情也越来越重了，稍沾一点风雨便是一病又四天。

叶紫又开始了自己开药方，煎了几副小柴胡汤喝了，稍好转。好转之后的叶紫时时提醒自己要静养、要休息，不能劳累，可是面对那么多的预约稿子，还有自己计划要完成的小说稿子，还要帮乡邻亲朋们修改古诗，分散了许多的精力和时间。叶紫再次嘱咐自己，择要而为之，切不可在次要的事情上浪费自己的时间和精力。

湖区的风，总是没有停息的时候。昨天风大，雨也大，其风暴大得差点要刮走叶紫住的茅草屋顶。房子到处漏雨，叶紫只能到床下躲雨。老天，你为什么发怒？为什么哭泣？你也是看不惯这些作恶自贱的人吗？

叶紫记起昨天是五月十日——他的好朋友、他的启蒙老师卜息园的九周年祭日。

老天爷，你这是为息园老师打抱不平吗？你这是为天下屈死的英灵而哭泣吗？为了这位伟大的朋友，叶紫想要为他写点文字，因为自他过世，除了在《丰收》上提过一笔，他还没有写过他，真的惭愧，自己怎么能忘却他呢？他是自己的人生导师、革命的战友、危难之际的救命恩人……

一定要为他留下一点文章来，这是叶紫此时的想法。

雨停了，他走到书桌前，摊开了书纸，挥笔写了起来。

五

秋风秋雨，把夏天的炎热消融了一些。

天气一天天好起来，可叶紫的病情一天天加重了，而要写的东西却很多很多——这几天叶紫赶写了一个逃难的故事，这篇文章名为《一个故事》，他让三个平日不常看书报的人读——妻子和两个朋友读，妻子读后为之流泪，一个朋友读后也为之叹息，另一个朋友读后却一笑了之，只说“有趣，有趣”。人要感同身受是很难的，没有遭遇过同等事，他很难体会到流浪、逃亡的滋味。

叶紫知道，不能勉为其难，每个人的处境不一样，心态就不一样，不能强求一致的。

其实这《一个故事》又何尝不是叶紫自己的故事呢？少年时期，父亲、姐姐被杀，流浪逃亡三年，好不容易跑到上海，他吃了多少苦，受了多少罪。在上海打拼六七年，刚刚日子好过点，日本鬼子打过来了，上海失守，于是带着妻儿辗转千里，担惊受怕，好不容易回到老家，谁知老家也不安宁了。天底下又有哪处地方可以安放家人、安放自己、安放一张可以写字的书桌？

自己的家园，自己的国土，怎能让日本鬼子横冲直撞？偏偏自己的身体这么不争气，弱得像林黛玉似的，一点风雨都经不住，每天咳嗽、高烧、盗汗、怕冷又怕热，换着法子折磨他，喉咙也痛得厉害，这还要不要活呀？

每天与病魔作斗争的叶紫，此时瘦成了只有几根骨头，支撑着那一颗聪明灵泛的大脑袋。

好消息也是有的，6月6日，满爹特意来告诉叶紫一个好消息：曹明阵前日在省城被枪毙了，尸体已运回益阳。

对于这样一个罪大恶极的仇人，杀死父亲和姐姐的刽子手被枪毙了，叶紫原本应该拍手称快吧，但是叶紫却有另一番解读，他在日记中写道：

说到私仇，当然我应当向我的先父（祝他老人家灵魂平安）祝告的！不过，与其说我看到了一个大仇人的死而高兴，倒不如说看到替国家民众除了一个大害而高兴，这恰当得多。

我相信，我有这样的胸襟，即使他是我的杀父仇人，只要他在前线杀敌，为国家民族生存受了苦难，如果我的力量能救助他，我一定会去救他的；但，他却是这样一条狗啊！而且，还是人人得而诛之的汉奸！呸！

污浊了我的纸笔!

一个爱憎分明、是非分明的人，就是这种血性，就是这样任性。他相信命运惩罚曹明阵，比自己亲手惩罚他更加痛苦、更加有效。

抗战形势越来越严峻，日本鬼子的飞机常常出来轰炸，轰炸的目标却任性随意，许多的炸弹就落在平民百姓的头上。日本鬼子的残暴与无赖，在这场轰炸中暴露无遗：一面轰炸百姓，一面散传单说日本不杀平民百姓，这真是莫大的讽刺。

还有一个让叶紫苦恼又可笑的事，由于自己在创作上塑造的人物与本地某些人性格相符或相似，大家也知道余昭明的笔名就是叶紫，因此，一旦他有新的作品在报上发表了，便有某些人来质问："你这个写的是我吗？为什么要把我写成那样的人？"主动地对号入座，不停地有人来对质，甚至要求他上报解释，更有个别的想要他付钱，认为拿他做了模特，他必须要工钱……我的天啊，世界上怎么有这么一些不讲理的人呢？

叶紫哭笑不得，有时甚至认为"干文艺不如卖烧饼好"。

适逢端午节，平日里年年照例的龙舟和山歌，如今政府不发禁令，民间也自动取消了。节日过得很冷清，但平静、安宁，叶紫认为这样没有什么不好。孩子们原本想看的龙舟没有了，想听的山歌没得听了，叶紫安慰他们，等天下太平了，大家有钱有闲了，龙舟、山歌自然会搞起来的。

吃完饭，他马上去写东西，妻子劝他休息一会儿，别劳累过度。

叶紫对妻子说："我知道，谢谢你的关心。"

是日，他在日记中写道：

病势一再较一天严重，是的……人家都说我用心过度，非停止阅书读报不行……我关心着世界大局，担心着祖国的存亡，关心着全中国的文化事业，时刻不能忘记自己所负的伟大的时代使命，文化人应尽的一切责任……我贪婪地看着报纸杂志的每一个字，甚至连广告也不放过，毫不放松……假如这是我死的原因，那我真是死而无怨。

叶紫心里急着要赶写几封回信给朋友们，有他最好的朋友企霞，还有工作上有交往的几位报社的朋友，还有那位“聊寄一枝梅”的桃江大栗港的朋友。这么多朋友的来信要回复，报社的稿子要赶写，叶紫衰弱不堪的身子骨终究不堪重负，就像一部破车得不到修理还要赶远路爬山坡，最后终于倒在了跑下坡的路边，一病不起。

躺在床上的叶紫，蒙眬中看到了他的父亲、二姐、满叔，一个个眼睛里流着红色的泪水，还有他那小小的太儿。叶紫在哭泣，他从没有抱过太儿，他要拥抱他们，可他们一个个拒绝了他，还把他推开飞走了，无论他怎么用力，都追不到他们，可他就是想抱抱他们啊。

还有他最最崇敬的导师鲁迅先生、最最疼爱他的母亲，他们朝他笑着朝他摆手。叶紫跑上前去想拥抱先生，告诉先生他想先生了，他要来侍候先生，可先生一把推开他：“去去，你好生侍候那些文字，写出好的小说来，那才是我最希望听到的消息。”

他想告诉母亲，他打算给她老人家立碑的任务还没完成，可母亲也是一改平日对他的痛溺，一把推开他，说：“俺一个老婆子，立碑事小，你先带好我那小孙子，那可是余家的根。”

他看到了他最敬佩的老师，那个从小给他讲《共产党宣言》、介绍他加入共产党的老师，那个为了救他而牺牲了的卜息园老师。他想抱抱卜老师，告诉老师，他来陪他了。卜老师也推开了他，说：“你的路还很长，党交给你的任务还没完成，你快去完成任务吧。”

他看到了陈企霞，独自行走在一条崎岖的小路上，他上前喊：“喂，你等等我，你还好吗？”那个义结金兰、胜过兄弟的朋友，自兰溪一别就再也没有了他的消息。陈企霞理也不理他，继续朝前走着。“你是不是生我的气了？我们夫妻真的和好如初了，一直按那个合同订的条条框框生活着，生活条件改善了许多，谢谢你的关心哟。”尽管不知陈企霞听没听到，叶紫诚心诚意地感谢兄弟的帮助。

他听到袁铸仁叔叔在说：“小林子，又读了什么好书，有什么高见，说来听听？”

他也看到了好友萧军、萧红对他说：“嗨，芷，快起来，抗战胜利了，小日本被打跑了，我们没编完的‘奴隶丛书’可以接着编了。”

他听到周扬兄长对他说：“嗨，小老乡，又有么子新的大作问世了？”

他听到老领导高文华对他说：“新中国成立了，我们不能忘却为革命牺牲的英雄们。小老弟，你要多写一写我们益阳的革命英雄们的战斗史啊。”

他听到女儿和小儿子在叫：“爸爸，我们到兰溪街上看龙舟，听山歌好啵？”

他听到妻子在说：“你的写作计划还有这么多，你起来接着写吧。你还记得你答应过我的，等革命成功了，我们老了，革不动命了，就回兰溪来养老。有两三间瓦屋，几畦菜土，闲时能打两圈麻将，或者驾一小渔船，荡漾在兰溪河上，过上神仙一般的日子。”

他想回答，却什么也说不出来，喉咙里像被什么东西堵住。他不能说话了，也不能呼吸了，瞪着大大的眼睛，看着天，看着天，看着天……

端午节后的第五天，叶紫的日记停止了更新。

1939 年 10 月 5 日，黄昏时分，叶紫不幸去世，终年 29 岁。

那个“其名昭昭扬九州，其文明明芳千古”的昭明，那颗中国现代文学史上的彗星，在益阳兰溪——他的故里，划过一道光，永远地消失在宇宙星辰中。

附录 FuLu 叶紫生平

1．1910年11月15日（农历庚戌年十月十四日）出生于湖南省益阳县月塘湖乡余家垸（时属益阳县天成垸公社新茶坊大队）。

2．6岁时到兰溪镇进入益阳县第七学区兰溪镇高等小学读书。为此，父母和两姐姐迁入兰溪镇，父亲以走乡入村卖布为生。后来，父亲余达才当上了马迹塘团防局长，生活有明显改善。

3．12岁赴省城长沙，以余繁为名考入长沙城南的妙高峰中学。

4．15岁考入位于长沙油铺街的湖南华中美术学校。

5．1926年，余璜（叶紫的满叔，益阳最著名的共产党员，益阳县总工会主席、益阳县农民协会秘书长兼任农民自卫军大队长）回益阳开展农民运动，叶紫全家投入这场运动之中。

二叔余寅宾担任月塘湖乡农民协会会长、天成垸乡清账（原文是清丈）委员。

大姐余裕春任兰溪妇女界联合会会长。“马日事变”前夕，当了三天副县长。

二姐余也，任民会会长、益阳县妇女界联合会会长、共青团负责人。

二姐夫孙剑仁，任兰溪共青团区委书记、少年先锋队队长。

6. 北伐军占领武汉后（1926年10月），叶紫离开湖南华中美术学校，进中央军事政治学校武汉分校（黄埔军校武汉分校）学习。

7. 1927年5月，许克祥在湖南策动“马日事变”，残酷屠杀共产党员及革命群众。叶紫的父亲和二姐被益阳县团防局长曹明阵捕杀，母亲刘氏陪斩，致精神失常。大姐女扮男装，得夫家族长和群众保护幸免于难。

二叔余寅宾带全家老小，深夜驾渔船逃到洞庭湖中心华容县罗家洲。

其间叶紫祖母叶氏、余寅宾的妻子徐氏、余璜的前妻李氏及五个孩子，先后病死、淹死、饿死。

8. 孙剑仁转移到沅江草尾一带，继续革命。1928年4月，被反动派杀害于沅江公鸡咀。

9. 余璜与妻子郭雄率领农民自卫军余部转战湘西，再辗转至洪湖，继续坚持武装斗争。1932年，在洪湖惨遭“左”倾路线迫害致死。

10. “马日事变”导致叶紫一家家破人亡。叶紫幸得岳父汤汉卿帮助，化名汤宠逃离益阳，漂泊流亡于长江中下游的城乡之间。他学过道、当过兵、要过饭、做过苦力……1929年底流浪到上海。

11. 1930年上半年，加入中国共产党。据叶雪芬教授编写的《叶紫研究资料》分析，介绍人可能是兰溪高等小学的发蒙老师、湖南华中美术学校的同学卜息园，并与之一道回湖南开展革命活动。同年5月，卜息园在湘阴被捕，被反动派杀害于长沙浏阳门外。叶紫得到卜息园化名为王世昌从狱中传出的信息，得以及时转移。

12. 1930年下半年，叶紫母亲携未婚妻汤咏兰来上海。回上海不久，又得党的派遣，到浙江温州玉环岛搞枪支组织红军师，未果。1931年在上海被捕，坐牢8个月，被党组织营救出狱。出狱后与汤咏兰完婚，生活负担加重，当过警察、教员、女子书店的职员，到处找事做，为生计奔波。

13. 1933年，与陈企霞一道，相继创办《无名文艺》旬刊和月刊。1933年6月1日出版的《无名文艺》月刊上，第一次以叶紫作为笔名发表短篇小说《丰收》，引起文坛关注。

同月，由谭林通、胡楣（女诗人关露）介绍，加入中国左翼作家联盟，从此踏上文学道路。

14．从此一发不可收拾，写了一系列以他自己的身世和经历为题材的小说和散文，反映大革命时期的农民运动和20世纪30年代的农民生活斗争情况，先后发表在《文艺》《文学新地》《当代文学》《中华月报》《现代》等报刊上。

15．1934年，任《中华日报》副刊《动向》的助理编辑。

16．1935年3月，在鲁迅的大力支持下，自费出版了“奴隶丛书”之一《丰收》，内收《丰收》《火》《电网外》《夜哨线》《杨七公公过年》《乡导》六部短篇。鲁迅为之作序，高度评价叶紫的创作：“也是对于压迫者的答复，文学是战斗的！”

17．1935年出版了一本散文集《现代女子书信指导》，长篇小说《离叛》、散文集《古渡头》《叶紫散文集》和短篇小说集《奇闻记》也写成编就，但未出版。此时的叶紫染上重病，又患肋膜炎，一家数口，全靠他卖文度日。

18．1936年12月，出版中篇小说《星》。

19．1936年，中篇小说《菱》未完稿。

20．1937年4月，出版另一本中篇小说集《山村一夜》，内收《偷莲》《鱼》《山村一夜》《湖上》《校长先生》《电车上》六部中篇小说。另有一些散见于报刊的小说、散文、评论，并用妻名代作笔名。

21．1937年“八一三”上海抗战爆发，卖文无路、朋友断援的情况下，叶紫携家带口离开上海，经南京、武汉回到益阳兰溪休息、养病，着手写作构思已久的长篇小说《太阳从西边出来》(仅写完四万字，遗稿散失)，并参与当地的一些地下党革命活动。

22．1939年10月5日（农历己卯年八月二十三日）晚上七时一刻，病逝于兰溪上渡口老渡夫刘少山的茅屋中，终年29周岁。

酝酿创作的《鲁迅先生的回忆》《邂逅》等七八部短篇小说，未完成。

23. 解放战争时期，东北解放区出版过《丰收》。

新中国成立后，根据国内许多文艺界人士提议，1955 年 2 月，人民文学出版社出版了《叶紫创作集》。本集收入叶紫的作品有：《丰收》《火》《电网外》《夜哨线》《杨七公公过年》《乡导》《星》《偷莲》《鱼》《山村一夜》《湖上》《校长先生》《电车上》《行军散记》《行军掉队记》《夜的进行曲》《流亡》《古渡头》《岳阳楼》《长江轮上》《夜雨漂流的回忆》《我怎样与文学发生关系》。卷首附人民文学出版社编辑部所写的《作者小传》。

1959 年 3 月，人民文学出版社出版《叶紫选集》，篇目基本同上，但抽出《偷莲》《鱼》两篇。卷首附人民文学出版社编辑部所写《前言》，卷末所附鲁迅的《叶紫作 < 丰收 > 序》移到了正文之前。

1962 年 8 月，人民文学出版社出版《丰收》，列入“文学小丛书”之一，收入《丰收》《火》，卷首附编者所写序言。

1983 年 11 月，湖南人民出版社出版胡从经编的《叶紫文集》上、下卷。这套《叶紫文集》上、下卷，几乎涵盖了叶紫所发表或已完成的所有文章，并加入了鲁迅、茅盾对叶紫的评论。正文后，加入了胡从经主编和唐学芳编的叶紫著作编目，及胡从经所写的后记。

1985 年 10 月，湖南人民出版社出版叶雪芬编的“中国现代文学史资料汇编”丛书之一《叶紫研究资料》。

小小竹排江中游

——王排印象小记

◎李君剑

认识王排是在2014年11月2日，我和红网校园文化版编辑一行，在沅江市三眼塘镇农民诗社的采风会上。说实在的，当时她高大的身材、普通的言谈，并未给我留下和文学相关的印象。只听她介绍是益阳人，在益阳市六中教体育，目前病休在家，经常上红网。

大概是当年冬天吧，她突然联系我，说写了一部几万字的中篇小说，请我指正。我于是放下其他事情，仔细地在电脑上看完了这部作品。严格地说，这是一篇中篇叙事散文，标题是《红宝石的春天》，写的是她童年时候生活在原益阳县桃花仑公社卫东大队（现在的益阳中心医院附近）的许多趣事。里面的人物，如红宝石、小牛婆等，他们的对话，他们的歌谣，充满浓厚的乡土气息，真可以说写得惟妙惟肖，呼之欲出。我这才知道，那时她的父亲被打成“右”派后，她只得无可奈何地随外公、外婆一起生活。就是这篇散文，给我留下了较深、较好的印象，我认真地为她写了翔实的评语。

自这以后，我们的联系多了起来。我经常看到她发来的短篇散文、小说，我于是给她指出自己的见解，并鼓励她投稿，偶尔将全国征文消息发给她。她也经常告诉我发表或获奖的消息。这些作品，很多是写她和外公、外婆的故事。我知道这是她生活的积累，写自己熟悉的生活，是轻车熟路的创作。就这样，在和她的一次次交往中，我欣喜地看到了她一步步成长的足迹。

我曾好奇地问过王排：“你从小就喜欢创作吗？”她莞尔一笑：“我从小只喜欢阅读文学作品，而文学创作是近年的事。”这让我想起了“厚积薄发”的成语，于她是非常合适的。

大约是在前一段时间，意外地在她的朋友圈得知她为益阳20世纪30年代的左翼作家叶紫创作了长篇小说，近15万字，当时深感惊叹、佩服，觉得这是如同建造万里长城一样的工程。15万字，把叶紫跌宕起伏的一生用文学的笔墨将一个个故事写出来，而且要和历史吻合，这是非同小可的重大创作，需要构思缜密，需要丰富的想象力。完全可以这样设想，为了写好这部长篇小说，她到处查资料，精密构思，奋笔疾书，挑灯夜战，废寝忘食，耗费了许多休息时间、精力、心血，几易其稿，终于写出了比较完美的作品，终于完成了益阳市叶紫研究会交给的重任，终于填补了叶紫传记小说的空白。英年早逝的叶紫如灵魂有知，应是会含笑九泉的。

“小小竹排江中游，巍巍青山两岸走……”不知为何，每次看到王排的姓名，总不由自主地哼起电影《闪闪的红星》中的插曲。我觉得王排现在是一只竹排，是一只小小的竹排。这只小小的竹排假以时日，必将变成偌大的竹排，在文学的大江中劈波斩浪，奋勇向前。

2019年10月16日

（注：李君剑系湖南省作家协会会员、中国散文学会会员）

银城艺界升新秀

——王排印象

◎孙月英

认识王排，缘于红网；了解王排，于枫林文苑也。我喜欢称呼她：排排。

早在党的十八大召开之际，以习近平同志为核心的党中央，从人民群众最关心的反腐倡廉入手，狠抓社会舆论，鼓励老干部参与发出好声音，宣传正能量，实现中国梦的宏伟事业。湖南省委老干局率先在红网办了老干专版，“爱晚论坛”“校园文化”“湖乡文化”等板块应运而生。在“校园文化”版主呐喊的呼声号令下，我和排排认识了。

排排原名王排，又名陈勇，是益阳市第六中学的一名高级教师。正值而立之年的排排，身材健硕，举止优雅，为人严谨谦逊，为学笔耕不辍，是银城文坛近年涌现的一位女中英才。

据她自己说，作为一名体育老师，她原本与文学无缘，只因一次运动创伤在家休养，开始上红网小说版块浏览，因留言回帖被邀加入红网，于是开始关注国事，书写文章，发表帖子，初露头角，倍受网友关注。担任“爱晚论坛”和“校园文化”版主期间，更是声名远播。尤其是她在红网发表的小说《桃花祭》，荣获2015年度“全国军民文学大赛”二等奖，一炮打响，好评如潮！从此，她发现自己居然有创作才能，索性以笔名聂白精，相继在红网“情感版”“星辰论坛”文学版发表《童年趣事》系列散文体小说，在执手天涯文学网发表了不少脍炙人口的小说，还担任了湖南省纯文学刊物《楚风》的小说编辑……知名度越来越高，连我这个上了年纪的老人也成了排排的追星族之一。

2017年5月，枫林文艺社有人向社长萧玉书推荐，排排欣然加入了宣传赫山区兰溪20世纪30年代青年作家叶紫的行列，成为《枫林文苑》主编，在文艺社挑大梁。她所负责编辑的几期杂志，图文并茂，大受欢迎。

年富力强的排排，紧跟形势，遵循习近平总书记关于“牢记使命，不忘初心”的教导，以更加饱满的政治热情，投入传播传统文化、实现中国梦的热潮之中。

为了全面宣传叶紫，经枫林文艺社研究策划，拟在近几年出版枫林文艺丛书《叶紫传》《叶紫作品全集》《叶紫革命家庭》《纪念叶紫诗文集》《叶紫作品改编》五部书。在一次社务会上，当萧玉书社长安排叶紫研究会下半年工作，提到当前的主要任务是五本书的责任人安排事项时，王排当场表示自己将独立完成一本关于叶紫的小说，预计10万字。当时所有人以为时间这么紧迫，未必能够完成，排排却做到了。

她在暑假期间收集整理了大量的资料，阅读了大量的有关叶紫的书籍，克服高温酷暑，夜以继日，在短短的两个月之内，硬是撰写了约15万字的《星火兰溪》初稿，而且是第一个交稿。

当我从微信中收到她要我写一点文字时，凡是种种，涌上心头……

2019年10月18日

（注：孙月英系益阳市政府法制办退休干部，热心写作）

后记 Houji

兰溪记忆

◎王排

潇湘秋雨，浸湿了寒凉的思绪，牵念如故，一夕落花成殇。10月5日，这个叶紫离开的日子，我来到了他生长的地方——兰溪。

记忆，是一朵花，总是在不经意间默默开放；在某个时光，在你的念念不忘和低眉浅笑里绽放。

兰溪，在近期的几次文艺社团活动时，再次走近我。在枫林文苑的几位老前辈的故事里，在叶紫的小说里，兰溪的娇姿似乎越来越清晰。

一

兰溪对于我来说并不陌生，大约五岁时我曾在三里桥住过两年，有一位邻居叫巧云，是一位军属，生下孩子后租住在三里桥街上。某年夏季的一天，晚饭后，她有急事要回娘家兰溪。当时大人们都忙不过来，于是她便和我妈妈说，邀请我这位五岁多的小大人陪同她和她孩子从三里桥走近路回兰溪她的娘家。

出发时，应该是晚上九点左右吧，三里桥街面上没有几盏灯亮，更没有行人。出了街口，就是泥巴路，漆黑的夜色里，只有一部竹拖婴儿车吱呀吱呀唱着，伴随着我俩的脚步。她把孩子抱在手上，我推着竹婴儿车，车并不重，车上放着一个包袱，里面是孩子的尿布片和换洗衣服，只是路不平，夜黑又看不清高低，时不时得用力控制车子，防止翻到路边的水田里。我说："推着车很麻烦，包袱并不重，让我背着就是。"巧云姐却说："你不晓得，车子的吱呀声可以提前告诉过路的神明们，有人在行走，可以提前回避。"

一路上，两边水田里的蛙鸣声引起了我的好奇心。明明听到田里有好多蛙在进行大合唱，可当我们一走近，嘎地一下子全停了。当我们停下脚步，静气宁神一动也不动时，一只胆大的蛙试鸣了一下，见没有动静，然后，二只，三只，一会儿又有好多蛙唱了起来。当我嗨地叫一声时，所有的蛙又戛然而止。戏耍了两次，都是如此。我说："这蛙也很好奇吧，这么晚还有人在走路。"巧云姐说："抓紧赶路，到兰溪还有蛮远呢，等下夜深哒更加看不见了。"

当我们到达兰溪街上时，月亮露出了一点点笑容，月光中的兰溪宁静安详，此时整条街上就只有抱着孩子的她和我。竹拖车车轮子在石板路上的蹦跳声和吱呀声一如老爷爷的咳嗽声，在这空寂的夜色里显得有点可笑，又为我们壮胆。只有如三里桥一样的石板路让我备感亲切，脱掉趿拉的拖鞋，赤脚走在石板上，凉快极了。

朦胧中一水的二层老木楼伫立街边，街面也如三里桥差不多，黑暗中巧云姐很快地找到了自己的家，推开虚掩的木门，她家还留了一盏豆大亮的灯。她把灯扭亮了一些，对我说："你到这间房先睡，等会儿我就来。"转身她就到另一间房里去了，好像是她父母亲的房间吧，一会儿有了叽叽咕咕的声音从隔壁传来。

第二天，天才麻麻亮，巧云姐把我拍醒来："排排，快起来，要赶路回去。"懵懂中我一时还没打开眼睛又从床上滚了下来，拖起竹婴儿车就走。

天已是鱼肚白了，此时的兰溪热闹非凡，赶集的人络绎不绝。巧云姐生怕我拖着婴儿车挡着别人的路，一边喊靠边点，一边递给我两个蒸红薯当早餐。

磕磕碰碰，匆匆忙忙，一手拖车，一手拿红薯，还要看路，生怕挡了挑担子的人的路。囫囵中，兰溪到底是个什么样子，我也没看清，仅记得我曾来过兰溪。

二

第二次到兰溪却是十七岁的时候了，读大一的我和几位要好的同学相约，暑假时一起到住在兰溪的陈同学家去玩。

这次是坐的机帆船，从水路到兰溪。

沿途的水乡风光没能吸引住我们的目光，因为一路同行的有四位女生加两位男生。传说里应该是同行的两位漂亮女生与两位帅气男生暗生情愫，似有青涩的情恋。我和家住兰溪的陈同学权当两只大灯泡，为他们照明爱情的方向，且莫跑偏而作引路之用吧。

一路上谈笑风生，说不尽的校园糗事，道不完的同学逸闻，旖旎的风光都成了我们背后的流影，周遭的眼光一点也不影响我们的兴致。因机帆船以柴油机为动力，一路上突突突地吼着，我们谈话也只能大声地嘶叫，生怕对方听不见。大多数人安静地坐着休息或假寐，唯有我们旁若无人的六个少男少女成了轮船中的焦点，就连本来要哭闹的小孩也好奇地盯着我们这一群目中无人、狂妄自大的青年人：怎么这么与众不同！

什么样的底气让我们如此狂狷，只因为我们是恢复高考后 1979 年考上大学的应届生，跨入大学校门不过十六七岁的年纪。与 1977 年、1978 年招收的那些年龄很大的知青、工人大学生不同，我们很年轻（当时我们学校一个班最大的同学和最小的同学年龄差距有 18 岁，可以称之为父子同学了）。世称大学生为天之骄子，其实我们不过是一群不知天高地厚的幸运儿，适逢时代的变化而赶巧我们碰上了。

吃完晚饭约是天黑时分，兰溪的夜，很静很清。在地坪摆下七张大竹凉床，我们六人一人一个，还有一张就是陈同学的父亲，一位年近六十岁的地道的兰溪老农民，我们统称他为陈伯。陈同学有兄妹六人，她是家中的老满（最小的），年长的大哥当兵多年，现在是部队的副团长了，其他几位姐姐哥哥都成了家。作为老满的她考上大学，为家里人争了光，一家人都以她为荣。陈伯坐在竹凉床上，抽着水烟，和我们拉起了家常。

从陈伯这里我们知道了兰溪历史悠久，是个古老的城镇。

兰溪不但历史悠久，而且人杰地灵。这里金家堤支部是中共湖南省委的第一个农村党支部，在如火如荼的革命斗争中涌现出了袁铸仁、欧阳泽、欧阳笛渔、汤鹿泉等革命烈士和叶紫等革命作家。恢复高考后，更是人才辈出，涌现了杨兵等二十多位博士和全国著名的古汉语教授汤可敬等资深学者。

对于当时读书不多的我们来讲，陈伯说的这些人都没有什么印象，说到汤可敬时，我说："他不就是我们学校中文系的老师么？""对的。"陈伯说，"他可是我们兰溪走出去的人，是我们兰溪的骄傲。"

陈伯说："夏季的兰溪正是农忙季节，没有空耍，一般春节最热闹。我像你们这么大时，一到春节，赛花鼓、耍流星、舞龙灯、观彩灯、放河灯，目不暇接。还有好耍的时季就是端午节了，每年的端午节都要划龙舟、吃粽子、对山歌。兰溪的龙舟最独特了，龙舟是两层人划桨，坐着划的叫坐桡，站着划的叫插桡，还有扯闪篙的、吹唢呐的、击鼓鸣锣的、放铳的、掌舵的，一条大的龙舟可容纳160余人，特别壮观。"说到动情处，陈伯手中的烟壶脑壳也在空中划动起来，时明时灭的烟袋在空中变成了一条流动的火龙。

山歌，兰溪的山歌好著名。家住市文工团的男同学说："我外婆家是兰溪的，我娘讲兰溪是著名的民俗文化之乡、花鼓戏之乡。最有味的就是在枫林桥对山歌了。"

"那陈伯来一段如何？"帅气的男同学提出了一个小小的要求，我们也附和着拍手同意。拗不过我们的盛情，陈伯小心地收好烟袋，然后喝了一口老荷叶泡的茶，清了清嗓子，低声而又有力地唱了起来：

簸箕，簸箕，簸箕上的麻雀叽叽喳喳一大窝，

簸箕，簸箕，簸箕上的麻雀叽叽喳喳好快活，

蹦啊蹦啊，簸箕上的麻雀吃了小虫吃小草，

跳呀跳呀，簸箕上的麻雀吃了碎米吃糠壳，

飞到阿公酒碗边，张开嘴巴偷酒喝，醉得像个肉坨坨哟，

飞到阿婆镜子前，打翻绣花针线盒，哩咯哩，吓得躲进屋角角哟。

麻头麻脑的麻雀子，在山歌里成了形象活泼、灵动顽皮的可爱小精灵。我们不禁要求陈伯再唱一首，陈伯说："这个以后对山歌时你们到现场来听吧，会唱的唱得比我好得多了去了。"

我问："陈伯，听哒别人讲枫林桥修桥时是100人，可吃饭的只有99人，是真的啵？"

陈伯说："当然是真的。"陈伯正儿八经地磕了磕烟壶脑壳，接着说："那个不恰（吃）饭的人就是鲁班大师，是神仙。因为有仙人帮助和保佑兰溪人民，你看，咯用土砖泥巴石头修起的桥有几百年哒，屹立不倒，还是一样地稳当好用啵。"

"老头，你明朝要到县里去办事，要起早场，还不困觉呀？"陈妈在发话了。

"困觉困觉，不扯谈了。你们明朝看了就晓得哒的。"

既然如此，那我们明天就去看枫林桥吧。

三

大家一早起来，吃了早饭，上兰溪街。

而我最想看的是那座传说由鲁班师傅及仙人神助修建起来的枫林桥，一行六人决定先看枫林桥，再逛兰溪街。

枫林桥就横跨在镇西的兰溪河上。

枫林桥，相传是由住在桥东枫林中的老石匠，带领几十名徒弟义务

捐资兴建。老石匠助人为乐、造福乡里的精神，感动得神仙下凡帮助。桥修好了，爱唱山歌的兰溪人民，为庆贺枫林桥在端午节竣工剪彩，商定在桥东桥西搭歌台，以比赛山歌来感谢乐善好施的石匠师徒，欢庆兰溪枫林桥的剪彩开通。桥畔的山歌，从东西两岸响起，回响在兰溪上空，传遍百里湖乡。从此，枫林桥上赛山歌，便成了兰溪人过端阳的传统节目，一年复一年，一代接一代，红红火火，百年不衰，活跃了一方乡土民俗文化，弘扬了乐观向上的湖乡精神。所以，兰溪成了“山歌之乡”。

几时来兰溪听一次山歌，成了我心中的梦想。

夏季的兰溪乡下，一片勃勃生机，大片的稻田郁郁葱葱。当我们穿行其中时，俨然是一群绿野仙子。穿过一条田垅路，来到兰溪街上，记忆里夜色下的兰溪也没有了一点印象，看着倒是与三里桥街有点类似的感觉，无论是街边的木楼房，还是街两边的布局与摆设，就是做买卖的店家模式，也与三里桥有许多相似之处，一点也没有陌生感，让我感到无比亲切。

一位卖烤红薯的老爷爷，让我的脚步举步不前。“快点走呢，欠烧红薯恰啵？欠得脚都走不动哒。”同学的调侃将我拉回现实，这里不是三里桥，这里是兰溪。

没有多少人的街面上，只有一些半大不小的学童在街边玩，沿街的店面开着门，但生意不清不淡，大人们都在做事。我们一群少男少女，都穿着印有“湖南”两字的运动短袖，字是我班一位参加过省运会的同学做的模子自己印的，红的、蓝的运动衣在这乡间小街上格外打眼，因为我们的身材在同龄人中都算比较高的，最矮的我身高也有 162 厘米，其他女生都在 165 厘米之上，两位男生身高都超过了 178 厘米，顿时成了人们聚焦的对象。

不习惯成为人们注意目标的我，顿感浑身不自在，便嚷嚷：“天太热，没什么新鲜的，我们还是到河边去吧。”

两个男生也觉得逛街无聊，便说：“好主意。”

来到清澈如镜的兰溪小河边，我们被这里秀丽的风光迷住了。河里穿梭的机帆船，打鱼的小划子，过河的渡船，还有停靠在溪边的许多大木船，构成了溪上旖旎多姿的景色。碧蓝的天空，澄明的河水，翠绿的岸柳，林立的桅杆，瓦黑的木船，偶然在水中响起的突突声，似在远古的江南水乡插入一曲现代的弦歌。好一幅江南水乡水墨画！

四

第三次到兰溪，就是因为叶紫。在之前知道兰溪，也知道叶紫，但知道叶紫是兰溪人却是近来的事。枫林文艺社的社长萧玉书老师吩咐我，收集叶紫所有出版了的文章，为以后对叶紫进行专题研究预备材料。因此，我开始着手准备工作，也开始阅读叶紫的相关作品和资料。

车子穿行过兰溪时，我很诧异，放眼四望，兰溪的木楼哪里去了？兰溪的老街哪里去了？兰溪河畔的那些桅杆林立的大小木船哪里去了？同行友人告诉我：这可不是当年的兰溪了，如今的兰溪呀，等会儿参观完叶紫故居再回来看吧。

从网络查找得知，叶紫（1910—1939），原名余鹤林，又名余昭明、汤宠，兰溪月塘湖村人。叶紫出身于一个小官吏之家，家里比较殷实。1926年，湖南农民运动一开始，叶紫一家便在他的满叔——共产党员、县农民协会会长余璜的带动下，投身其中。父亲余达才在县农协任秘书长，大姐余裕春任兰溪妇女界联合会会长，二姐余也民任兰溪团委书记。而叶紫则投笔从戎，进入黄埔军校武汉分校学习。叶紫一家6位亲人闹革命，5位牺牲，让人敬仰。

长年的奔波劳累，彻底损害了叶紫的身体。1937年“八一三”事件后，痨病缠身的叶紫与老婆、孩子，离开上海回到益阳兰溪老家，在贫病交迫中度日。

1939年10月5日，叶紫丢下老婆、孩子和他手头正在创作的长篇小说《太阳从西边出来》，在疾病、焦虑、无奈和苦闷中离开了人世。《太阳从西边出来》一书才写了四万字。

读着叶紫的《丰收》，小说中有关乡风民俗的描写不正是民国时期兰溪的写照么。《丰收》中村民打着旗锣鼓伞，抬着关老爷游行求雨的场面，描写得逼真又生动。《偷莲》中村姑下湖偷摘莲蓬，唱着民歌“偷莲偷到三月更啦，家家户户睡沉沉；有钱人不知道无钱人的苦，无钱人却晓得有钱人的心”，摇着小船而返，写得既有情致又感伤，极具洞庭湖地方色彩，反映了水乡农民的真实生活，充满了生活趣味和艺术感染力。

翻开叶紫的小说选集，读着《丰收》等多篇小说及众人的评论文章，秋天，这个叶紫离开的季节，凄凉如许，天妒英才，29 岁，风华正茂的年龄，却因贫病交加而不得不丢下写了四万多字的《太阳从西边出来》，撒手人寰。

母亲失去了一个优秀的儿子，儿子失去了一个好父亲，妻子失去了一个好丈夫，国家失去了一个天才的作家。兰溪的天又哭了起来，兰溪的水汩汩地涌动，似诉说对叶紫的眷恋，似诉说对岁月的绻缱。

岁月似溪水，易流易逝；往事如烟云，容消易散；记忆像小草，容衰易萎，但对于兰溪来说，在岁月的河流中没有流逝，在往事的烟云中没有消散，在记忆的衰萎中没有淡忘。在叶紫的小说里，我找到了民国时光里的兰溪。

站在叶紫故居前，我伫立良久，无语泪流，对这样一位优秀的兰溪人民的儿子，一位中国优秀的青年小说家英年早逝，怎不痛心疾首？我心想，要是换作现在，在这么好的时光里，这么美的兰溪，叶紫一定不会为生计担忧，一定会有一个良好的家居环境，端坐案前，奋笔疾书，把兰溪的美丽，把益阳的变化、新农村建设的成就写进书里，载入历史。

光阴如流水，总是不停地赶着生命的足履前行。无论怎么不舍，终将会随着脚步的移动而远离，就如一些人，若风，来了，走了。

人生没有完满，在前行的路上定会有些缺陷，正因为如此，让人永远记住了他——叶紫。

2020年是叶紫诞辰110周年，也许我们编撰的“叶紫丛书”就是送给他最好的礼物，以告慰先烈与前辈的在天之灵。

五

夕阳如火，踏上归途。兰溪，虽然我只来过三次，每一次都是来去匆匆，但它的独特、它的秀丽、它的俊俏却深深植根在我的心中。

这次是我第三次来兰溪，因为陈伯那首好听的山歌，因为对叶紫先生的崇拜，因为对兰溪的模糊记忆，更因为多次听朋友们谈起兰溪的新变化。兰溪已成为益阳的一颗明珠，如今美丽富饶的水乡，每次来都有新的感觉，无怪乎每次来的人都有新的惊奇、赞叹。

兰溪是一个充满神秘与传奇的地方，兰溪是传播革命火种的地方，兰溪又是一个氤氲着爱情与温馨的地方。

兰溪的双桡龙舟闻天下，兰溪的山歌呱呱叫。

兰溪的牛杂火锅香遍三湘四水，兰溪的油纸伞撑遍江南水乡。

兰溪是一种记忆，一种家乡情结的温馨记忆。

兰溪是一首诗歌，一首历史沧桑的抒情诗歌。

兰溪是一篇散文，一篇丰富优美的纪实散文。

兰溪是一个见证，一个益阳市改革开放四十周年改天换地的真实见证。

兰溪是一幅缩影，一幅中国改革开放、繁荣昌盛美景的缩影。

一个小小的在河之洲，生发了百世繁荣而葱茏如昨。一条小小的两河汇通处的溪流，却流经了千年而长盛不衰。